문학과 테크노루디즘

류현주

현 부산외국어대학교 교수이자 그동안 스토리텔링, 서사학, 문학·문화 번역에 대해
많은 글을 남기고 앞으로도 더 많이 공부해야 하는 평생 학생이다.
주요 저서로는 『하이퍼텍스트 문학』(김영사, 2000), 『컴퓨터 게임과 내러티브』(2003,
현암사), 『사이버텍스트』(번역서, 2007, 글누림출판사) 등이 있다.

글누림 문화예술 총서 11
문학과 테크노루디즘

초판 1쇄 발행 2014년 1월 10일
초판 2쇄 발행 2014년 7월 10일

지은이 류현주
펴낸이 최종숙
책임편집 이태곤 | **편집** 권분옥 이소희 박선주 | **디자인** 안혜진 이홍주
마케팅 박태훈 안현진 | **관리** 이덕성
펴낸곳 글누림출판사 | **등록** 2005년 10월 5일 제303-2005-000038호
주소 서울시 서초구 반포4동 577-25 문창빌딩 2층
전화 02-3409-2055(편집부), 2058(영업부) | **팩시밀리** 02-3409-2059
홈페이지 http://www.geulnurim.co.kr | **이메일** nurim3888@hanmail.net

ISBN 978-89-6327-254-2 93800
정 가 22,000원

＊이 도서의 국립중앙도서관 출판시도서목록(CIP)은 서지정보유통지원시스템 홈페이지(http://seoji.nl.go.kr)와
국가자료공동목록시스템(http://www.nl.go.kr/kolisnet)에서 이용하실 수 있습니다. (CIP제어번호: CIP2013028413)

글누림 문화예술 총서 11

문학과 테크노루디즘

Literature & Technoludism

류현주 지음

글을 시작하며

창을 사랑한다는 것은
태양을 사랑한다는 말보다 눈부시지 않아서 좋다.
— 김현승 「창」 중에서

우리는 창을 사랑한다. 어쩌면 태양보다도 사랑한다고 착각할지도 모른다. 우리는 태양이 없어도 더욱 눈부신 창에 탐닉하고 있다. 우리는 지금 디지털 창을 통해 세상을 바라보는 일이 더 많아졌다. 컴퓨터 '윈도우'와 휴대폰 액정화면이 바로 디지털 창이다. 그러나 스마트폰 시대에 사람들 또한 스마트해져서 이 창만으로 세상을 보지는 않는다. 비록 카톡의 단편적 일상 대화에 탐닉하고, 디지털 글쓰기로 인한 인쇄 출판 시장이 밝은 것만은 아니지만 여전히 이야기를 갈망하는 인간의 속성상, 이야기 향유 예술의 근간인 문학에 대한 향수 혹은 사랑은 여전하다. 이 책은 '이야기에 대한 이야기'이다. 문학을 제목에 붙여 둔 것은 문학의 기를 살리기 위함이다.

문학이라는 예술 장르는 어쩌면 사연, 이야기, 책 읽기, 글쓰기 등의 등가어로 바뀌어 불리면서 우리 곁에 으레 그렇듯 다정하게 머물러 있는 것은 아닐까. 왠지 문학이라고 하면 전문적으로 글을 쓰고 문학을 평가하는 전공자나 예술 전문가들의 몫인 것 같다. 그런데 문학의 속성인 이야기는 이야기를 하고, 이야기를 듣는다는 말을 누구나 쉽게 하듯 더 편안하게 일반인들에게 다가온다.

한편, 이러한 와중에 문학과 문학의 요체인 이야기는 '문화콘텐츠'나 '스토리텔링'이란 개념으로 포장되어 사람들에게 새롭게 다가갔다. 그래서 이를 둘러싸고 문화적, 정책적(혹은 정치적), 이론적, 학문적 담론이 형성되고, 관련 지원 사업과 행사들이 범람했었다. 이 포장지는 화려하게 우리를 유혹했으나 결국 안의 내용물은 '이야기'를 둘러싼 '이야기'였다. 아직도 그 흔적을 찾는 것은 어렵지 않으나 출판계와 학계에서 더 이상 과거만큼 요란하게 회자되지 않는다는 것은 그 개념과 용어가 한때 유행이었음을 반증한다. 그러나 여전히 '이야기'는 영어로 바뀐 '스토리'로, 그리고 '문화'란 색을 입혀 우리 사회 곳곳에서 여러 맥락으로 빈번히 활용되고 있다.

21세기 담론의 핵심은 컴퓨터 기술의 발달과 그것이 우리 생활 전반에 미치는 영향이다. 컴퓨터 기술은 이제 과학 기술에 그치는 것이 아니라 삶의 기술이 되어간다고 해도 과언이 아닐 것이다. 문학도 예외는 아니다. 본 저술서는 이를 '문학과 테크노루디즘'이란 화두로 풀어내려고 한다. 테크노루디즘(Technoludism)은 기술을 나타내는 Technology와 놀이를 뜻하는 라틴어 Ludus를 합성하여 만든 용어이다. 이 개념을 통해 본 저술서에서는 그동안 문학이 경계를 넘어 어떻게 소진되고 진화되어 왔는지, 특히 컴퓨터 기술 결정론이나 디지털 스토리텔링 담론 지배 속에 어떻게 변화를 겪어왔는가 하는 탐구와 고민을 다루었다.

컴퓨터 글쓰기의 혁명을 가져온 하이퍼텍스트 개념의 창시자 바네바 부시의 선언은 "당신이 생각하는대로 As you may think"였다. 정말 디지털 기술은 우리가 생각하는 방식을 그렇게 뚜렷하게 바꾸어 놓았을까? 그렇다. 쓰는 방식은 바꾸어 놓았다. 원고지에 펜으로 쓰기보다 거의 모든 사람이 컴퓨터나 휴대폰 자판을 누르며 글을 쓴다. 그러나 글자판이 머릿속에 그려져 있어도 여전히 생각의 그림은 마음이 그린다. 그래서 마음은 가장 훌륭한 스토리텔러인 것이다. 여전히 상상과 영감과 연상은 컴퓨터 기기에서 오는 것보다는 확연하게 우리의 마음과 바깥세상과의 교류에서 오기 때문이다. 그 세상이 디지털 컴퓨터 창이든, 휴대폰 액정 화면의 창이든 이 창들이 있는 공간 역시 우리가 사는 세상이다. 이 세상과 컴퓨터 안의 세상인 사이버 공간의 혼재, 그것이 오늘날 우리 인간 삶의 공간이다. 혼재混在, 이는 본 저서가 탐험하고자 하는 문학이란 이름의 또 다른 이야기이다.

2013년 12월
류현주

차 례

제 5 부 문학과 하이퍼

제 1 부

문학의 진화

문학의 주검과 망령

1. 문학의 소진

문학은 죽었다. 장례식은 언제 어떻게 누가 치렀는가? 죽었다고 하는데 주검은 보지 못했다. 우리는 관 안에 무엇이 들어 있는지도 모르는 채 관을 들고 가는 일련의 운구 행렬들을 보았을 뿐이라고나 할까? 한때 어떤 휴대폰 광고에 나온 '사랑은 움직이는 거야'라는 문구가 유행한 적이 있었다. 요즘도 가끔씩 듣는 말이다. 사랑과 휴대폰. 움직이면 안 된다고 생각하는 것이기에 움직이는 것이 충격일 것이다. 이 광고는 사랑이야기가 이동하면서(움직이면서) 통화한다는 휴대폰 이미지와 중첩되어 묘한 울림을 주었다. 사랑뿐이겠는가? 사람도 그리고 많은 사람들이 첫사랑처럼 간직하는 문학도 그리고 문학에 대한 사람의 생각도, 느낌도 움직이는 것은 마찬가지이다. 문학을 즐기는 양상도 틀리지만 같은 작품을 읽은 느낌도 달라지기 마련이다.

문학은 한자로 文學이라고 쓰고, 영어로는 literature이라고 한다. 그러나 문학이 한자 뜻 그대로 '문헌에 대한 학문'은 아니다. 또한 문학이 학자들의 어려운 이론 담론으로 점철되는 '학문'으로만 남기에는 일반 대중의 관심이 너무 많다. 다만 앞에서 인용한 광고 문구 '사랑은 움직이는 것'과 같이 문학에 대한 사랑이 식거나 아니면 사랑의 대상이 바뀌기는 하지만 말이다. 학자에게 문학은 '학문'이지만 일반인들에게 문학은 '이야기'를 즐기는 한 방편일 뿐이다.

문학이 움직인다는 것은 문학 용어 정의의 변화를 보더라도 일리가 있는 말이다. 가장 쉽게는 문학은 이야기라고 일반인들은 이야기하겠으나 전공자에게는 그 하위 범주인 시, 소설, 희곡, 비평 등을 의미한다. 이처럼 문(文)과 학(學)이 만난 문학은 우리나라를 비롯한 동양에서도 시대에 따라 그 의미가 다르게 쓰였다. 文은 문장(文章)을 學은 박학(博學)을 뜻하는 것으로서 문학이 이 모두를 의미하는 것이었다가, 이후에는 또 이 둘이 분리되기도 했으며, 편의상 분류한 시, 소설, 희곡, 비평 등의 문학 분류 체계 또한 1910년대까지는 존재하지 않았다고 한다[1].

이제는 비록 다 소진되다시피 시들어버린 것 같지만 아직도 이야기 관련 유행어로서 현재 가장 많이 듣는 용어로는 우리말도 아닌 영어 '스토리텔링'이 있다. 이는 영어 자체로는 새롭고 전문적인 개념이나

---

1) 김동식, 「개화기의 문학 개념에 관하여」, 국제어문학회 2003년 가을 학술대회 발표집, 2003, 54~55면.

의미가 아닌데도 불구하고 학계, 교육계, 기업들에서 매우 열광해온 그럴듯한, 즉 멋지게 들리는 단어이다. 이야기는 분명 매력적이다. 그러나 요즘에는 우리말 '이야기'란 말 대신 영어 '스토리텔링'이란 근사한 포장지에 너무 현혹되고 있는 듯하다. 그래서 그 근사한 포장지 안 내용물의 진부함과 부실함에 실망이 더 커질 때가 많다. 이는 물론 서사학자나 이야기 연구자들이 이야기인 스토리와 이야기하기란 스토리텔링을 심도 있게 구분하는 학문적 담론을 말하는 것은 아니다. 비록 그 학문적 담론마저도 화려한 영어 스토리텔링이란 용어의 외관 빛의 반향에만 의존해 상투적 내용을 논하는 것은 아닌가 하는 생각이 들 때가 많기는 하지는 말이다.

오히려 스토리텔링이란 어려운 영어를 쓰기보다, 방송 매체에 소개되는 '사연'이 더 이야기로서 진정성이 있고, 이들 사연을 잘 전달해주는, 즉 잘 읽어 주면서 사람의 마음을 움직이며 웃음과 눈물로 우리의 삶을 풍요롭게 하는 진행자들이 '스토리텔링'이 무엇인가를 가장 잘 보여 주는 것이 아닌가 생각된다. 그만큼 우리나라에서 스토리텔링이란 학문적 담론의 양산은 일반인들이 실제 경험하고 있는 진정한 스토리텔링의 진정성을 확보하지 못했다. 오히려 문화콘텐츠와 동일선상에서 지역의 문화적 요소를 이야기로 엮어내는 기회를 제공했다는 점에서 한국적 스토리텔링은 그 의의를 찾을 수 있을 것이다. 그러나 이것마저도 이미 역사 탐방이나 명승지, 유적지, 관광지에 가면 해당 지역 문화유산 해설사나 관광 가이드가 들려주는 이야기 형태가 기존에 있었기 때문에 스토리텔링이라는 용어를 써서 굳이 참신함을 강조할 필요는 없었다. 다만 이런 것을 창작적으로 이용하여 또 하나의 이야기 혹은 이야기 상품, 그것이 문학이 되었든 어떤 장르가 되었던 상품화한다는 데서 한국 풍토의 스토리텔링 담론에 의미를 부여할 수 있을 것이다. 문학도 마찬가지였다. 더욱이 새로운 매체를 이용한 문학이란 형태에 대한 이야기들은 더욱 그러해 왔다.

문학은 무엇인가를 묻기 전에, 우리 인간 모두 이야기 동물이라는 것을 인정하자. 어디가나 이야기꽃이 핀다. 언제든지 이야기 거리가 있다. 이야기를 맛깔나게 들려주는 전문 이야기꾼도 있고, 별 이야기 아닌 것도 '별 볼 일 있는' '별 이야기로' 만들어 내는 문학 장사꾼 혹은 재주꾼들도 아주 많다. 그 결과 직접적으로 간접적으로 한 땀, 한 땀 정성스레 문학이란 텍스트를 직조한 장인들도 많이 배출되었다. 그러므로 장르와 매체, 그리고 기법이 다양해지는 문학을 일컬어, 대중 문학, 순수 문학, 장르 문학, 전자(컴퓨터, 디지털) 문학 등등 수식어는 다양하지만 여전히 문학이라는 것은 우리에게 친근한 이야기보따리이다. 그것이 어떠한 형태를 취하든 문학의 중심에 일반 대중을 두지 않고 문학을 논할 수는 없을 것이다. 문학 가치와 대중적 인기가 동의어는 아니다. 그러나 근본적으로 독자 없이 문학이 어떻게 존재하겠는가. 사회 변화에 따라 작가의 무한한 상상력의 나래, 새로운 시도, 그리고 다변화되는 독자들의 취향 덕분에 문학의 지평은 확대되고 진화되어왔다.

문학 창작자들과 이론가들이 그동안에 논의한 '문학이란 무엇인가'라는 화두는 사실상 '무엇이 문학을 문학으로 만드는가' 하는 문학성(literariness)에 대한 문제였다. 작가들의 문학적 공통 자질에 근거한 이들 문학 담론가들에 의해 문학은 이러이러해야 한다는 문학성의 개념이 정립되고, 전통이 확립되며 그것이 고수되어 왔다. "문학이 죽었다"라는 개탄은 이들의 큰 목소리일 것이다. '문학이 왜 필요한가'라는 문학의 가치에 대한 논의는 오랫동안 논의되어 왔음에도 합의점을 찾기는 힘들다. 이러한 문학을 둘러싼 질문들은 매우 추상적이고, 개인적이며, 끊임없는 논쟁의 불씨를 제공한다. 그러나 문학을 즐기는 독자들에게 문학은 '글'에 몰입하여 이야기를 즐기는 하나의 이야기 향유 방식이라는 간단하면서도 명확한 진실로 답을 제시할 수 있기에 문학은 계속 건재하다.

문학이란 '글로 표현된 예술'이라는 일반적 정의에서, '글'이라는 것도 사실 무엇인가를 읽고 쓰는 '문文'이다. 영어에서도 문학 'literature'과 글을 읽고 쓸 줄 아는 능력, 즉 식자(識字) 정도를 나타내는 'literacy'는 어원이 모두 글을 뜻하는 'littera'로 같다. 그러나 '文'의 도구 즉 기술적 측면 이전에 문학이란 더욱 구체적으로 표현하면 '이야기'를 언어로 나타내는 예술 분야인 것이다. 문학은 무엇인가라는 문학의 기본 가치에 대해 이견이 분분하지만 이러한 문학 정의에는 쉽게 공감대를 형성할 수 있을 것이다.

문학에 위기가 왔다는 주장의 두 가지 근거는 크게 문학 외부와 내부 요인에서 찾을 수 있다. 외부적 요인은 기술 발전과 문학의 위상 변화이고, 내부적 요인은 주로 문학 연구 방법적인 것으로서 이 둘 모두 문학을 창작하고 연구하는 학생, 연구자를 비롯하여, 이를 즐기는 가장 중요한 주체인 독자들의 변화와 밀접한 관련이 있다.

일종의 내부적 요인으로서 문학 성향을 보면, 굳이 '순수' 혹은 '대중'으로 문학의 급을 나누는 풍토 또한 있으나, 이는 문학의 위기를 가져온 것이 아니라 창작의 다양성을 가져오는 긍정적 기능이 되기도 한다.

누구나 공감하듯이 첨단 기술, 예를 들어, 영상 기술이나 컴퓨터 기술이 발전함에 따라 우리 사회에서 책을 읽는 문화가 이들을 사용하고 의존하는 문화에 점차 그 자리를 내 주고 있다. 그래서 책을 읽는 사람들이 줄면서 결국 문학을 즐기는 사람들의 수가 줄어들고 있다는 우려 또한 근거 없는 것은 아니다.

1990년 '문학의 죽음'(The Death of Literature)을 선포한 앨빈 커난(Alvin Kernan)은 더 이상 '책 속에 진리가 있다'가 통용되지 않는 압도적 TV의 위력에서 그 원인을 찾았다. 커난은 대학생을 비롯한 미국의 일반 성인들이 일 년에 읽는 책 권수가 급감하고 있는 것에 주목하며[2] 독서가 더 이상 정보 검색의 제 1요소가 아니라고 우려하였다[3]. 이것을 시작으로 나아가 미국 문학계에서는 독자들이 이렇게 변화하는 상황에서 책을 읽고 문학을 연구하며 분석하는 문학 연구(자)의 미래마저 암울할 것이라는 우려까지도 나오게 되었다[4]. 물론 여기서 미국 대학에서 말하는 문학은 곧 영문학을 의미한다. 이는 우리 대학에서 영문학의 위상과는 다르다. 여기서 영문학은 곧 문학이란 의미로서 우리 대학의 국문학에 해당된다. 그러나 문학이 당면한 문제는 미국에서의 문학이

---

2) Alvin Kernan, *The Death of Literature*, Yale U. Press, 1990, p.58.
3) Kernan, p.140.
4) Eugene Goodheart, *Does Literary Studies Have a Future?*, U. of Wisconsin Press, 1999. p.54.

나 우리의 문학의 그것과 통하는 부분이 있으므로 언어를 표기하지 않고 '문학'으로 통칭하였다.

문학의 죽음이라는 엄포가 선언된 후 약 20여 년이 지난 지금, 놀랍게 팽창해 오다 이제 우리의 일상이 된 컴퓨터와 휴대폰, 그리고 여기서 만나는 환상적 사이버 공간의 무한한 신세계를 고려하면 문학은 죽어 있어야 하고 더 이상의 문학 연구는 없어져야 했다. 문학 연구자들 사이에 문학 위기의 내부적 요인으로 가장 많이 지적되었던 것은 기존의 작가, 독자, 텍스트를 해체해 버리는 일련의 문학의 비평적 접근에서 그 원인을 찾곤 하였다.5) 커난이 책을 읽는 것, 즉 독서량 감소에서 문학의 위기를 느끼고 문학 비평 태도를 그 이유 중 하나로 지적하는 부분에서 독서와 해체주의는 흥미로운 조응을 이룬다. 문학의 위기를 가지고 왔다는 이 연구의 태도는 모순적이게도 해체적으로 문학 텍스트를 '읽는' 것이기 때문이다. 그래서 여전히 문학과 함께 탈 혹은 해체(DEconstruction), 후기(POSTstructualism)를 붙여 계속 문학의 비평적 연구는 이루어지고 있다. 문학 텍스트를 '읽는 것'이 책을 '읽지 않는' 문학의 위기를 몰고 왔다고 보는 것은 모순이다.

탈구조주의의 창시자 데리다(Derrida)의 화두는 '차연'(différence)으로서 차이와 지연를 통해 문학 텍스트의 의미는 계속 해체되고 또 다른 의미가 창조되면서 문학 해석이 다양해진다. 문학텍스트의 해체가 곧 문

---

5) 가장 많이 문학 위기의 원인으로 주목받은 것은 해체주의(Deconstruction)이다. 그러나 이에 대해 프랑크 맥코넬(Frank D. McConnell)은 "Will Deconstruction Be the Death of Literature?", *The Wilson Quarterly*, the Woodrow Wilson International Center for Scholars, Winter 1990.에서 강한 반론을 제기하였다.

학의 죽음은 아닌 것이다. 영문학을 대표하는 16세기 영국의 대문호 셰익스피어(Shakespeare)의 작품은 21세기인 현재까지도 재해석되어 계속 여러 번 영화로, 연극으로 재생산되어 왔고, 우리나라에서까지 <마비노기> 게임으로까지 변모되었었다.

희곡이라는 장르는 연극이나 영화로 표현되는 것을 전제로 창작되고, 소설을 근간으로 한 영화 제작은 '각색'이라고 불리곤 한다. 일련의 주요 사건들과 캐릭터가 동일하더라도 시대 배경이나, 캐릭터의 무게 중심, 시점을 달리하여 문학은 동일한 장르로도, 또는 게임이나 행위 예술과 같이 다른 장르와 매체로도 변용(變容) 혹은 전용(專用)된다. 이는 기존 문학이 새로운 해석을 통해 새롭게 부활하고 있는 것으로 표현할 수 있다.

이처럼 20세기 말 문학의 죽음이 선포되었으나, 21세기 오늘 아직 그 문학의 주검은 아무도, 어디서도 찾지 못했다. 문학이 죽었다는 것은 죽을지 모른다는 깊은 우려의 표현이었을지 모른다. 또한 그 배경에는 근본적으로 과거에 누리던 문학이라는 예술의 영광이나 사회, 문화적 입지가 위축되는 것을 토로한 것일 수 있다. 이는 독자와, 시대와, 기술의 변화로 문학이 너무 급변하고 있기 때문에 발생한 것이다. 그러므로 문학의 죽음을 논하는 것은 영상 문화의 압도적 확산과 급변하는 기술 발전 시대에 어떻게 문학이 창의적으로 적응하고 변모하면서 진화해 나갈까 하는 고민을 투사한 것이다. 더불어 문학이 죽었다고 '소문'을 무성하게 내서 문학을 하는 그리고 문학을 보는 자세 변화를 독자와 문학가, 그리고 평론가 혹은 이론가들에게 촉구하거나 혹은 문학의 위상을 보호하려는 이권 개입자들의 방어 자세이었는지도 모른다. 어쨌든 주검 없이 혹은 가사 상태의 문학 죽음 행렬에 생산자이자 소비자, 작가이자 비평가인 독자는 거의 없었다. 그래서 이후 이 행렬에 들리는 아름다운 음악은 모두 진혼곡으로 생각되곤 했다.

사실 논란이 분분한 커난의 선포는 문학 그 자체의 위기보다는 비평이 문학을 전복하는 학문적 분위기 가운데 문학이 지니는 사회적, 문화적, 정치적 함의에서 비롯된 것이다. 그는 미국 대학에서 점차 줄어들어가는 문학 전공 학과의 위상, 문학 창작자가 한 문학 작품의 독립적 작가이기보다 영상물 매체들의 대본 공급자가 되는 위치 강등과 권한의 실추, 저작권 문제 등등 문학이 예술 작품이 아니라 상업적 소모 상품으로 전락되는 우려를 표명한 것이다. 이는 당시 미국 대학에서 오랫동안 문학 작품 중심의 교육을 해 왔던 교수들을 중심으로 영문학과에서 공통적인 문학 과목이 사라지고 대신 개설 과목이 지나치게 분할되고 배타적이며 소수만이 아는 전문 용어/개념의 과목으로 대치되는 경향6)으로 비난받는 대학 문학 교과 과정의 문제점을 반영한 것이다. 비록 한국과 미국, 두 나라의 언어, 문화, 학문적 풍토가 다르긴 해도 이러한 양상이 최근 우리나라 대학의 현실에 비추어 볼 때 전혀 낯설지 않은 것은 왜일까?

이와 같이 문학이 죽었다는 비탄 혹은 죽을 지도 모른다는 위기감은 주로 문학 연구자와 교육자들 사이에서 제기되는 목소리지 독자의 소

---

6) Edward Said, "Restoring Intellectual Coherence", *MLA Newsletter*, Vol. 31, No. 1, Spring 1999, p.3.

리는 아니었다. 주검 없는 죽음을 논해온 것은 문학을 언어와 책에 국한시킨 기존의 문학 개념을 해체 혹은 전복시키는 징후를 위기라고 해석한 주체들에 의한 것이었을 것이다.

우리나라의 상황도 문학 전공 학과의 문제는 미국과 다소 다를 수 있으나 문학 위상 변화에 대한 걱정은 크게 다르지 않다. 20세기가 저물 무렵 컴퓨터가 1999년에서 2000년으로 넘어가면서 2로 시작하는 천 단위를 과연 읽어 낼 수 있는가 하는 우려의 목소리가 거의 공포에 가깝게 세계에 전염병처럼 엄습했었다. Y2K라고 불리는 이 컴퓨터 대란의 강도만큼이나 약간의 시차를 두고 전 세계 문학계에 또한 컴퓨터 게임과 하이퍼텍스트 소설 담론이 광풍으로 불기 시작했었다. 아울러 영상물의 범람으로 독자들의 기호가 영상물로 급선회하면서 이것이 이전의 책으로 대표되는 인쇄 문학의 위상을 흔들고 문학의 계보를 단절시키는 매우 새로운 형태로 간주되곤 했다. 미국의 사례와 마찬가지로 우리나라에서도 문학의 위기를 논할 때 독서량 급감을 우려하고, 특히 문학과 매체 관계로 그것이 불거져 왔었다. 그러나 영상물 때문에 인쇄 매체 책을 안 읽는 것이 아니라 안타깝게도 우리나라 사람들의 독서량은 원래 다른 나라에 비해 현격하게 낮았었고 스마트폰이란 스마트 장난감이 보편화 되면서 이러한 현상은 지금 더욱 두드러지고 있다. 결국, 문학에서 매체는 표현 수단, 매개, 미디어를 지칭하는 포괄적 개념으로서 볼 필요가 있다. 이런 맥락의 매체 개념은 문학의 기존 주요 매체로서 언어, 책과의 관계를 포함하여 최근 혁신적인 문학의 변모 양상을 아우르는데 아주 유효하다.

2. 소진의 문학

무엇보다 문학이라는 예술 장르, 학술 분야를 생각할 때 그것은 언어로 표현된 것이라는 점에 다시 주목해 보자. 노드롭 프라이(Northrop Frye)가 문학 장르를 구분할 때, 관객 앞에서 연기로 보여 주는 것(희곡), 운율 붙여 읊조리는 것(시), 독자를 위해 글로 쓰여 진 것으로 나누었는데[7], 이 모두 언어("words")를 그렇게 한다는 것이었다. 여기서 언어는 문학의 수단으로서 매체라고 할 수 있다. 그러나 언어는 글만을 의미하는 것은 아니다. 구비 문학이 기록 문학으로 바뀌면서 문학은 곧 글이라는 개념이 지배해 왔다. 여기서 간과되어 온 것은 '글' 이전에 '말'이 있었다는 것이다. 구비문학이라고 할 때, 언어로 쓰인 물질적 텍스트가 없어도 여전히 '문학'이라고 간주한다. 글이 없어도 입으로 전해져 내려오는 이야기란 의미의 구비 문학은 문학의 본질이 언어 이전에 '이야기'에 있음을 잘 보여 주는 증거이다. 컴퓨터 매체 문학, 다시 말해 컴퓨터를 '매개'로 하는 문학이 이어 쓰기나 하이퍼링크로 텍스트(단위)가 전개되는 것은 이 구비 문학의 '말'이 '글'로 재매개 된 것이다. 사람들의 입을 통해 전해 내려오는 이야기들이 전하는 사람들에 따라 이야기가 추가, 변경되어 계속 누적되는 '적층 문학'의 경우도 말이 글로 재매개 된 예이다. 재매개로 해석하면 언어라는 매체는 다시 글과 말로 나뉘면서, 이 글과 말 또한 각각 매체로 간주된다.

언어를 초월한 이야기 구사와 재현의 문제는 문학 연구가 서사 연구

---

7) Northrop Frye, *Anatomy of Criticism*, Princeton U. Press, 1957, pp.246~247.

로 확대되는 계기가 된다. 이때 재현은 이야기를 보여 주고, 기존의 문학을 기반으로 다른 매체나 장르로 변용(혹은 전용)시키는 것을 말한다. 그래서 이와 같이 말과 글에 국한시키지 않고 이야기를 전하는 형태 모두는 문학 연구를 넘어 서사 담론 안에 포용된다. 서사물 안에는 장르와 매체를 초월하여 이야기를 담을 수 있다. 무성 영화가 대사 없이 영상만으로 영화가 될 수 있었듯이 발레는 영상이나 언어가 없이도 몸짓으로 이야기를 하는 서사물로 간주될 수 있기 때문이다. 이런 맥락으로 보면 장르는 매체라는 말과 호환되어 사용될 수 있다. 예를 들어 소설(문학)은 언어로, 영화와 게임은 영상으로 이야기를 전하는 서로 다른 장르이면서 매체(medium)가 될 수 있기 때문이고, 이때 매체는 어원 그대로 매개역할(mediate)을 한다는 뜻으로 사용하였다. 서사와 매체의 문제는 나아가 같은 어원에서 변형된 미디어(media)로 확산되고, 결국 문학 연구와 창작도 함께 확대되는 계기가 될 것이다.

우리에게 언론 매체로 통하는 미디어(media)는 매체(medium)의 복수 형태이다. 물론 단수, 복수의 개념으로 미디어를 논하기에 미디어 연구(Media Studies)는 독자적 연구로 확립된 만큼 매우 광범위한 학문 분야로서 그 안에 많은 하위 연구 분야들이 있을 수 있다. 그럼에도 불구하고 문학 혹은 서사와 관련 미디어와 매개를 아우르는 말로 그 하위 개념인 매체를 사용하는 것은 무엇보다 미디어 연구 이전에 앞에서 언급한 바와 같이 매체가 가지고 있는 '매개하다'라는 본래 어원의 의미에 중점을 두기 위해서다. 일반적으로 미디어는 우리말로 매체라고 옮겨질 때 '언론' 매체를 지칭하는 경우가 많다. 문학과 서사에서 매체는 '매질'이라고 옮겨질 수도 있고, 미디어의 다른 말로, 언론 매체를 줄인 형태로 사용되기도 한다. 한편, 미디어라고 영어 그대로 사용할 때는 최근 늘어나는 우리나라 대학의 미디어 학과 사례가 잘 보여 주듯이 언론을 의미하는 기존의 신문 방송학과 기타 문학까지 아우르는 경우가 있어서 혼선을 빚기도 한다. 그렇게 되면 매체란 단어는 미디어 연구를 상위 개념으로 보았을 때 하위 개념이 되기 때문이다. 그래서 여기서는 신문 방송학으로서의 미디어 학이 아니라 문학과 서사 담론 차원에서 '매개하다'라는 역할에 치중하여 '매체'라는 용어를 사용하는 것임을 밝혀둔다. 그러므로 여기에서 의미하는 매체 개념은 문학 및 서사와 관련된 매체, 그리고 미디어의 문제를 모두 포함할 수 있기에 이야기를 들려주고, 보여 주고, 제시하고, (재)창조하는 것 모두 매개 작용으로 파악하여 이를 대표하여 매체란 용어를 사용하였다.

서사학자 토마스 레이치(Thomas Leitch)는 서사학의 개념을 확립한 대표적 서사학자인 세뮤어 채트먼(Seymour Chatman)의 서사 이론이 매체와 관련 없이 구조에만 치중한 것에 반론을 제기하고, 서사의 매체적 특성에 관심을 기울이면서도 동시에 그것을 아우를 수 있는 서사론을 펼쳤다. 레이치의 견해를 보면8), 그가 매체와 장르의 개념을 상호 호환하여 사용하는 것을 볼 수 있는데, 그에게 소설을 연극이나 영화로 바꾸는 각색은 한 매체를 다른 매체로 바꾸는 것이기도 하다. 또한 앞에서 지적한 바와 같이, 소설과 희곡의 '글'이 영화와 연극의 대사인 '말'로

---

8) Thomas M. Leitch, "Narrative as a Display", *What Stories Are*, Penn State U. Press, 1986, pp.18~41.

바뀔 때 이 언어와 문학이란 매체가 또 다른 예술 장르, 연기라는 또 다른 매체로 바뀌는 것이기도 하기 때문에 결국 매체는 이야기 매개 역할을 하는 것이다.

이와 같이 레이치 서사 관점9)의 핵심은 서사를 보여주는 방식(a display mode)으로서 제시적 매체(presentational medium)로 파악한 것이다. 예를 들어 린드 워드(Lynd Ward)가 목판에 그래픽 이미지로 이야기를 표현한 "목판 소설"(novels in woodcuts)이나 언어 없이 그림으로만 표현하는 만화를 보면 모두 이야기를 전하고 있는 서사이지만 '목판'과 '그림'이라는 매체로 인해 그 서사성이 달라진다. 만화에서 그림(nonverbal)으로 전하는 이야기를 채트먼이 우를 범했듯이 말과 글로 풀이해 놓으면 결코 만화가 전하는 이야기를 전할 수 없게 된다.

구비 문학을 문학이라고 수용하면서도 언제부터인가 우리는 이렇게 문학을 언어(말과 글)와 책에 가두어 버렸다. 서사 담론은 문학의 이러한 지엽적 제약을 극복할 수 있는 한 방편이다. 서사학을 문학 매체의 한계 극복 담론으로 해석한 것은 미디어 연구자 데이비드 볼터(David Bolter)와 리차드 그루신(Richard Grusin)의 매체 정의에 기반을 둔 것이다. 이들은 매체의 단절을 경계하며, 새로운 매체의 등장에서 새롭다는 것은 사실 단절이 아니라 기존 매체를 다시 매개하는, 재매개라는 점을 강조한다. 이를 바탕으로 디지털 문학 담론이 "미디어는 메시지"라는 맥루한(McLuhan)의 기술 결정론에 함몰되지 않을 수 있다. 즉, 기존 미디어 즉 인쇄 매체를 재매개하는 것이라고 볼 때 전자 문학이 인쇄 문학

---

9) Leitch, pp.30~35.

과 단절된 것이라거나 전혀 새로운 문학이라는 지나친 매체 옹호 태도를 지양하는데 주효하다. 볼터와 그루신에게 기술은 미디어이면서 매체이다[10]. 이들은 매체는 재매개(remediate)하는 것이라는 매우 단순하면서도 설득력 있는 정의를 내렸다.

텔레비전, 영화, 컴퓨터 그래픽, 디지털 사진, 가상현실, 이 모든 기술(technology)을 우리 문화에서는 미디어(media)로서 인정하고 사용한다. 이러한 문화적 인정은 이들 기술 각각의 기능을 인정하는 것뿐 아니라 서로 다른 미디어와 연관되어 있다는 것에서 비롯된 것이다. 이들 각각 기술은 기술적, 사회적, 경제적 맥락의 네트워크에 참여하는데, 이 네트워크가 기술로서 매체(medium)를 구성하는 것이다[11].

매체를 초월하려는 창작의 무한한 가능성 타진은 문학 장르 발전의 견인차 역할을 해 왔고 그만큼 이야기의 종류 또한 다양해졌다. 그렇다면 문학의 지평 확대는 기술의 확대 이전 마음 즉, 창의력과 상상력의 확대를 통해 이루어져 왔고, 나아가 문학에서 '글'의 굴레를 벗기는 형태까지 확장되어 왔다. 문학이 있기 전 이야기가 있었고, 글이 있기 전 말이 있었다. 이것이 문학 탄생의 기본이다. 이야기를 (말)하고 듣는 행위는 가장 역사가 오래된 인간의 원시적 오락이기 때문이다.

호모 사피엔스에게는 필수적으로 이야기를 하는 것이 필요했다. 그 필

---

10) 이들은 미디어 연구자이므로 본 저서의 서사적 포괄 개념 매체와 달리 '미디어'의 개념과 '매체'를 구분하여 사용하고 있다.

11) Jay David Bolter & Richard Grusin, *Remediation: Understanding New Media*, MIT Press, 1999, p.65.

요성은 먹는 것 다음으로, 그리고 사랑과 주거지보다도 먼저 요구되는 것이었다. 수백만 명의 사람들이 사랑이나 집이 없이도 살아가지만 아무도 침묵으로 살아가는 사람은 거의 없다. 이 침묵의 반대는 곧 내러티브 서사로 이어지고, 이야기 소리는 우리 삶의 지배적 소리가 된다. 이는 우리 일상과 관련된 소소한 이야기부터 의사소통이 전혀 되지 않는 정신병자들의 허황한 이야기까지를 아우른다.[12]

문학의 경계는 글로 지면에 쓴 예술로서의 한계를 의미한다. 그 한계 극복은 우선 문학 자체 내에서 다양한 서사 기법과 문학적 장치의 실험, 그리고 타 예술 장르와의 창조적 접목으로 시도되어 왔다. 전자는 작가 자신의 고민과 용기에서 출발하여 문학사로 뿌리 내리는 문학계만의 조용한, 그러면서도 숭고한 반란의 움직임이라고 비유할 수 있다. 물론 이는 시간이 흘러 역사가 내린 평가이고 실험이 시도될 당시에는 인정보다는 부정하는 분위기가 팽배해 온 것이 문학, 예술, 학문 발전에 나타나는 공통점이다.

이에 비해 후자는 전자의 성격을 보유하면서도 상대적으로 전자에 비해 좀 더 대중적 친근함을 염두하고 실험 정신을 펼치는 경향이 있다. 결국 전자와 후자, 이 두 가지 문학 한계 극복 방법은 모두 예술의 근본이라 할 수 있는 '낯설게 하기'를 실현해 문학 향유의 새로운 방법을 제시함으로써 그 지평을 확대해 온 것이다.

낯설게 하기의 정점은 컴퓨터 매체가 가져온 문학과 서사의 낯선 경험일 것이다. 기존의 익숙함에서 벗어나야 한다는 신호탄은 '종말' 혹

---

12) Reynolds Price, *A Palpable God*, Atheneum, 1978, p.3.

은 '죽음'이라는 용어로 표현되었다. 문학의 죽음이 그랬고, 책의 종말이 그러했다. TV 영상물 때문에 문학이 죽었다고 하고 사이버 공간의 등장으로 책의 시대가 끝났다며 문학인들은 새로운 시대를 예견하였다. 첨단 기술하면 항상 먼저 떠오르는 것은 컴퓨터 기술이다. 그러나 가장 근원적, 그리고 영구적 기술은 예술이다. 낯설게 하기가 곧 예술의 기본적 장치이자 목적이기 때문이다.

예술의 목적은 사물의 감각을 알려진 대로가 아니라, 인식 되는대로 전달하는 것이다. 예술의 기법은 사물을 "낯설게" 만들고, 형식을 어렵게 만들며 인식을 더욱 어렵게 하고 오래가도록 하는 것이다. 왜냐하면 인식의 과정 그 자체가 심미적 목적이며 길게 연장되어야 하기 때문이다. 예술이란 대상의 예술성을 경험하는 것인데, 그 대상은 중요하지 않다.13)

종말이나 죽음이란 표현은 낯선 것을 처음 경험하는 충격과 참신함의 발로이다. 이 표현들은 문학에 대한, 그리고 문학 향유 방식에 관한 인식과 패러다임 전환의 신호탄이다. 그러므로 무엇이 끝났다는 종말 혹은 죽음의 의미는 그 존재가 없어진다는 것으로 들리지만, 본 의미는, 기존의 그것에 대한 개념, 인식, 고정 관념이 바뀌어야 한다는 강력한 선언을 의미한다. 책의 종말은 인쇄기로 찍어내는 책에서 디지털화시킨 전자책으로의 변환을, 그리고 문학의 죽음은 하이퍼 픽션이나 게임과 같은 쌍방향 서사를 통해 아직도 건재하다. 그동안 있었던 문

---

13) Victor Shklovsky, "Art as Technique", *Russian Formalist Criticism: four essays*, Lee T. Lemon, Marion J. Reis, (trans.), U. of Nebraska Press, 1965, p.12.

학의 실험적 노력과 직면한 도전들을 문학 이외의 다른 예술 장르와의 만남 그리고 문학 내부의 경계 허물기를 통해 살펴보면서 이러한 일련의 노력들이 문학의 지평을 어떻게 확대했는지를 한번 탐구해 보자.

문학의 경계

1. 예술 장르의 만남 : 외적 지평 확대

외연적 문학 지평 확대는 주로 '무엇 무엇과의 만남'이란 예술가들의 자발적인 장르 접목 시도로 시작되었고, 예술 수용자에게 색다른 경험을 제공해 준다. 옛 조선시대 문학인 『규중칠우쟁론기』와 한국 고전 무용은 우리나라 것임에도 현대 소설이나 무용에 비해 상대적으로 친숙하지 않은 것이다. 이 두 가지 장르는 무용극 '아씨방 일곱 동무─규중칠우쟁론기'로 공연되면서 전통 문학과 무용 두 장르 모두 남녀노소 누구나 친숙하게 즐길 수 있는 창작극이 되기도 했다.

예술 장르는 일차적으로 각 장르의 특성, 말하자면, 문학은 평면적, 미술은 일차적으로 시각적, 음악은 청각적인 감각에 호소하지만 수용자가 장르마다 독립적으로 별개의 감각에 자극을 받는 것이 아니다. 어떤 예술이든지 이러한 모든 감각이 공통적으로 한데 어우러지는 경험을 수용자에게 제공한다. 모든 예술은 각 표현 방법이 다를 뿐 모두 나름대로의 방식으로 인간의 영혼과 영감의 상호작용을 일으키고 예술적 가치를 상승시키기 때문이다.14)

TV 영상이 문학 장르 사멸의 원인으로 지적되곤 하지만15) TV 매체로도 문학을 즐길 수 있다. '영상과 문학의 만남'의 시도는 우리에게 가장 친숙한 만남의 형태이다. 이러한 시도로 우리에게 잘 알려진 것이 'TV 문학관'이다. KBS의 대표 프로그램이기도 했던 'TV 문학관'이란 표현은 우리에게 TV가 문학을 죽인 영상매체가 아니라 오히려 문학의 품격이 TV 드라마를 여느 드라마와 차별해 주고 있음을 말해 준다. 같은 방송국의 프로그램이기도 한 'TV 소설' 또한 마찬가지로 문학의 향기를 영상을 통해 풍부하게 전한다. 물론 방송국에서는 품격 높은 '드라마'로서 소개하지만 그래도 '문학'이란 말은 차별화된, 특별한 문학의 기쁨을 독서가 아닌 '시청'으로 선사한다. 이는 책으로 문학을 즐겨왔던 독자 친화형 '영상과 문학의 만남'이다. 1980년대부터 시작된 이러한 문학과 영상의 TV 중개는 현재 문학이냐 드라마냐의 경계를 넘어 '콘텐츠'로 모두 수용되고 있다. 그래서 콘텐츠란 말은 여러 모로 적용할 수 있는 포괄적 유행어가 되면서 방송과 문화계에서 '방송·문화콘텐츠'란 말이 자주 등장하였다. 이제는 비단 방송과 문화에

---

14) 이창복, 『문학과 음악의 황홀한 만남』, 김영사, 2011, 14면.
15) Kernan, p.58.

국한되지 않고 모든 것을 아우르는 광범위한 용어로서 '콘텐츠'란 말이 쓰이고 있다.

TV 문학 프로그램 이외에 우리에게 가장 친숙한 또 하나의 문학 만남 형태는 기존에 발표된 문학 작품을 근간으로 탄생한 영화와 연극이다. TV 소설과 같이 TV에 담긴 문학을 영상 문학이라고 부르기도 하지만, 이에 비해 영화와 연극은 문학 원작을 바탕으로 하더라도 독자적 각 장르 이름 그대로 영화와 연극으로 간주된다.

영화, 연극, 영상 문학에 비해 상대적으로 익숙하지 않은 문학과 타 장르와의 교류는 '만남'이란 표현을 통해 접목 시도가 이루어진다. 현재 그 형태는 문학과 미술, 문학과 도예, 문학과 무용의 만남이란 이름으로 다양하게 시도되고 있다. 한 마디로 '문학과 예술'의 만남으로 확대되고 있는 것이다.

소설이 영화 시나리오나 연극 각본으로 각색되고, 시가 노래의 가사가 되는 것은 문학과 다른 장르 만남의 가장 흔한 형태이다. 그래서 이러한 만남은 '만남'이란 표현을 굳이 하지 않을 정도로 자연스럽게 문학 작품이 해당 예술 장르의 '모티프'가 된다. 우리나라 문학계, 창작자든 비평가든, 에서도 자주 쓰이는 이 단어, 모티프는 사실상 음악 용어에서 비롯된 것이다. 이렇게 우리에게 친숙한 문학 장르 확대 형태에서는 언어 텍스트인 문학이 해당 장르에 맞추어 변용되면서도 언어로 전하는 문학성이 간접적으로 구현된다. 영화는 영상의 미학이기도 하지만 이야기 전개에서 주인공들의 대사나 내레이션에서는 역시 글이 영상과 함께 음성으로 발화되며 언어 예술로서의 문학 특성이 발현된다.

악극과 오페라는 음악에, 무용극은 춤에 문학성을 싣는다. 이에 비해 문학의 언어 텍스트가 온전히 비언어 텍스트로 구현되는 만남도 있다. 무용극에 비해 발레는 대사 없이 몸짓으로만 이야기의 내용을 전달하다. 구노(Gounod)의 오페라 <파우스트>는 괴테(Goethe)의 『파우스트』(Faust) 문학 텍스트를 음률에 실어 가사와 음성으로 전달하지만, 작곡가 리스트(Liszt)는 <파우스트 교향곡>을 통해 음악적 선율로만 글을 음악으로 풀어냈다. 한편 괴테는 자신의 시극인 이 작품을 음악의 오라토리오 방식으로 전개하였는데, 문학과 영화에서 오페라의 라이트모티프(leitmotif) 사용은 앞의 모티프가 그러하듯 더 이상 새로운 서술 기법이 아닐 정도로 음악적 요소는 비단 시의 율격 리듬 그 이상으로 문학과 밀접한 인연이 있다.

뛰어난 화가이면서도 훌륭한 예술 비평 이론가이기도 한 레오나르도 다빈치는 "그림은 보는 시이고, 시는 느끼는 그림"이라고 표현한 바 있다16). 이 말은 우리나라 한 미술관에서 기획된 전시 주제이기도 했다. 주제였던 무형화 유형시(無形畵有形詩), 즉 조형화 작업 시는 형상이 없는 그림이고, 그림은 형상 있는 시라는 의미이다17). 이는 문학(시)과 그림의 공통점이자 차이점을 잘 드러내는 두 장르의 조화로운 가능성을 대변한다. 실제 그 만남은 우리나라 작가와 미술가들 사이에서도 활발하게 진행되어 왔다. 2004년부터 대산 문화 재단은 '문학과 미술

---

16) "Leonard da Vinch quotes", http://www.goodreads.com/author/quotes/13560.Leonardo_da_Vinci
17) 왕진오, "문학과 미술의 만남 가나아트 기획전", http://blog.naver.com/PostView.nhn?blogId=wangpd&dogNo=120121739400

의 만남' 전시 지원 프로그램을 운영해 왔고, 관심 있는 미술 작가들이 시나 소설을 읽은 느낌을 회화와 조형물로 표현하여 문학을 미술 전시관에서 즐기도록 하고 있다.

이야기란 story의 어원이 'to see'라는 것을 생각해 보면 이야기를 읽는 책에 담는 소설과 영화, 연극은 각색을 통해 장르 전환이 자연스럽게 될 수밖에 없는 것인지도 모른다. 소설과 영화의 행복한 동거는 우리에게 매우 친숙한 예술 장르 변환이다. 생각해 보면 '읽는 것'과 '보는 것'은 매우 밀접한 관련을 맺고 있다. 신문을 '보고', 읽을 수 있도록 만든 시나리오 문자 텍스트를 '보고' 즐기는 영화로 만드는 것이 그 좋은 예이다. 최근에는 우리나라 작가도 아닌 미국 작가 헤밍웨이의 유명한 단편『노인과 바다』가 퓰리처상을 수상한 60주년을 기념하기 위해 영문학자도 아닌 우리나라 배우들이 연극으로 무대에 옮긴 바 있다.

시화전이란 것은 이미 그 역사가 오래된 것이어서 독자들에게 가장 익숙한 '문학의 전시' 형태이다. 21세기에도 문학과 미술의 만남은 이어지면서 시뿐 아니라 소설의 문장을 미술품에 담아내고, 표현된 미술 작품도 평면 회화에서부터 입체적 조형 설치물로 확대되고 있다[18]. 2008년에는 시인 유치환과 소설가 김유정 탄생 100주년 기념을 위해 작가의 시와 소설이 각각 거제도와 춘천에서 회화를 배경으로 특별 전시가 진행되기도 했다.

문학과 미술이 어떻게 다양하게 만날 수 있는지를 잘 보여 주는 전

---

18) 대표적인 것으로 2010년 서울에서 열린 "박범신·안종연, 문학과 미술의 만남 '시간의 주름'전"이 있다.

시회 예로 '저작걸이展'을 들 수 있다. 저작걸이展은 문학, 회화, 시각
예술 등 각기 다른 결과물로 그동안 창작되어 오던 것을 함께 유기적
으로 연계하려는 노력으로 시도된 것으로 전시회 이름은 문학(著)과 예
술작품(作), 그리고 영화나 사진(걸이)등을 의미하는 글자들을 조합하여
만든 것이다. 뿐만 아니라 "저작걸이는 청각적으로 다양한 문화와 그
결과물들이 대중 앞에 드러나고 거래되며 활기를 띄는 전통시장을 의
미하는 저잣거리와 거의 같게 들림으로서 살아있는 문화, 가까이 존재
하는 문화, 입체적인 문화행사로서 인식되는"[19] 효과를 준다. 2011년
부터 개최되었던 이 전시회에서는 시, 소설, 극본 등 문학을 평면미술
(회화), 사진 및 영상, 설치미술, 퍼포먼스로 펼친다. 기존의 시화전 혹
은 문학과 미술의 만남과 비교할 때 이러한 종류의 시도는 두 장르 만
남의 표현 양식이 좀 더 다양해지고, 미술 작품과 교감된 문학 텍스트
책을 판매하기도 하며, 작가와의 만남의 장도 마련함으로써 문학 향유
는 물론 실제 작품이 판매되는 유통과 소통의 공간이 되고 있음을 잘
보여 주고 있다.

한편, 이러한 두 장르의 통섭 노력은 융합 연구에서도 최근 문학 연
구자들을 중심으로 활발하게 이루어지고 있다. 이는 학제간 공동 연구
가 아니라 문학 전공자가 문학의 지평을 문예학과 미학이란 큰 틀에서
연구자의 학문 깊이와 관련 분야에 대한 개인적 관심으로 문학과 음악,
그리고 문학과 미술에 대해 연구한 성과이다.

---

19) '전시개요', 저작걸이展, 이 전시회에 관한 모든 설명은 http://www.jeojag-geori.com을
참조하여 인용.

사실상 시화전이란 말 그대로, 시(詩)와 그림(畵)을 펼치는 것(展)이지만, 시화전이 처음부터 미술 작품을 주로 전시하는 미술관, 갤러리와 같은 전용 예술 전시 공간에서 선보인 것은 아니었다. 전통적인 문학과 미술의 만남인 시화전의 전통은 현재까지 계승되면서 오늘날 그것은 문학과 미술의 만남이란 이름으로 바뀌어 미술 전시관에서 선보이는 추세를 보인다. 아마도 이러한 변화에는 미술 작품이 단순히 시라는 문학 작품 배경의 들러리 위치를 벗어나 각자 두 예술 장르가 조화롭게 어우러진다는 상징적 의미가 담겨져 있을 것이다.

그럼에도 불구하고, 이 모든 노력은 문학에 영감을 받은 것이지만 결과는 문학의 장르가 아니라 음악과 미술 장르로 남은 것이고, 하나의 실험적 시도로서 새로운 융합 장르가 탄생한 것은 아니다. 두 예술 장르 A와 B의 만남이라는 A+B 표현에서 무게 중심은 결국 B 장르이고 A는 영감을 제공한 소재 역할을 주로 하는 것이다. 시화(詩畵)전에서는 시A의 배경으로 그림B가 들어간다. 전시회의 문학은 화가와 미술가가 시와 소설A를 해석하여 그 예술가의 작품B로 탄생한 것이다. 앞서 언급한 융합 연구에서 문학 연구자가 미술과 음악을 해석하였듯이 말이다. 문학연구자가 미술을 해석하는 것과 미술 비평가가 문학을 바라보는 시각은 상호 연관성, 영향 등을 공통적으로 다루지만 전자는 미술을 글로 풀이하는데 비해 후자는 그림을 위주로 미술을 부각시킨다.[20] '만남'이란 두 장르의 결합 노력은 예술 창작 결과물을 함께 접

---

20) 대표적인 두 저서 - 고위공, 『문학과 미술의 만남』, 미술문화, 2004 / 이가림, 『미술과 문학의 만남』, 월간미술, 2000을 비교해 보면 잘 나타난다.

목하는데 비해 연구자들의 해석은 엄밀히 말하면 예술 작품 보다는 그 작품을 창작하는 과정에서 문학 작가와 예술 작가가 어떻게 상호 교류하며 영감을 주었나 하는 작가의 전기적 관점이 지배적이다.

2. 문학 장르의 조화 : 내적 경계 허물기

문학 논의에서 경계해야 할 것은 문학의 경계이다. 문학의 경계는 사실 문학 내부에서 먼저 긋기 시작했다. 단순히 언어 텍스트 예술과 비언어 텍스트 예술로서 장르를 구분한 것이 아니라 엄숙한 언어 예술로서의 문학과 일반 대중들이 쉽게 즐기는 대중적 문학을 구분하여 '장르 문학'으로서 탐정소설과 공상, 과학 소설을 구분하지 않았는가. 그러므로 경계해야 할 것은 문학 안팎의 경계가 아니다. 문학 외 다른 장르와의 구분 짓기는 앞에서 언급한 '만남'을 보았을 때 의미가 없어지고 있다는 것을 알 수 있다. 이러한 노력은 장르를 구분하기 위한 것이 아니라, 다른 장르에서 공통점을 찾는 시도이기 때문이다. 따라서 점검해 봐야 할 문제는 문학 내에서의 경계 나누기일 것이다. 그동안 문학 지평의 확대를 가져온 한계 극복은 창작자의 고통과 비평가·연구자의 해석 및 재해석 노력의 결과로 이루어진 것이다.

작가들의 창조적 실험 정신, 예술가들의 문학에 대한 관심이 이렇게 활발한데, 그럼, 왜 문학은 죽었다고들 했을까? 죽음으로 몰고 간 것은 과연 영상이란 미디어의 지배적 권력 때문인가? 문학의 죽음이라는 표현은 인쇄물 책과 영상물이란 이분법적 사고에서 시작되었다. 이 구분의 중심에는 기술의 발전이 있다.

1990년대 초 영화와 TV에 컴퓨터 스크린이 가미되면서 기존 인쇄물과 영상물 혹은 전자물은 더욱 외관상으로만은 확연히 구분되는, 더 정확히 말하면, 학자와 이론가들이 구분하는 양상을 보여 왔다. 당시 후기 산업사회에 눈부신 기술 발전은 인쇄물로 '읽는' 문화를 컴퓨터 스크린으로 '보는' 문화로 급격히 바꿈에 따라 이는 곧 인쇄 문화의 대표적 산물인 책의 종말로 해석되었다. 주목할 것은 컴퓨터 기술 발전으로 촉발된 일련의 문학의 죽음-인쇄된 책의 종말이 쌍방향 서사 담론의 시작이 되었다는 사실이다. 여기서 종말은 오랫동안 책에 선형적으로 고정된 소설의 종말을 의미하는 것으로 파격적인 비선형적 쌍방향 소설이 등장하는 신호탄이 되었고, 그 대표적인 형태로 하이퍼 픽션이 거론되곤 했다.

Y2K 컴퓨터 대란을 염려하던 당시, 종말론은 문학계에서도 자주 등장하였다. 책의 종말, 문학의 끝이 그것이다. '책의 종말'이란 표현은 흥미롭게도 비평가나 문명 이론가의 해석이 아니라 소설가에게서 먼저 나왔다. 이를 통해 창작하는 사람들의 관점에서 컴퓨터 매체가 창작에 미치는 영향을 감지하고, 많은 실험적 소설 기법의 한계를 컴퓨터 매체를 통해 극복하려고 했던 것을 짐작할 수 있다.

최초의 하이퍼 소설 『오후, 이야기』(*Afternoon, a story*)를 쓴 마이클 조이스(Michael Joyce)를 비롯하여 이 새로운 형식을 작품 창작에 활용한 거의 대부분 영어권 작가들은 기존에 작품 활동을 하던 소설가들이었다. '책의 종말'이란 이름으로 글을 발표한 쿠버(Coover)나 옐로우리스(Yellow- lees) 역시 마찬가지이다.21) 쿠버는 기존의 인쇄 소설로 작품을 발표하면서 도 다매체, 다장르적 기법을 구사하고 이러한 기법을 컴퓨터 매체로 가장 잘 구현할 수 있다는 긍정적 입장을 보이며 그 대표적 사례로 하 이퍼 픽션을 환영했고, 실제 하이퍼 소설을 창작하기도 한 옐로우리스 는 이 새로운 형식을 사실상 매우 색다른 발명 수준이 아니라 실험적 기법 혹은 작법을 통해 문학사적 족적을 남겼던 이전 작가들에서 그 계보를 찾았다. 그럼으로 새로운 형식의 하이퍼 소설에서 새로움은 newness차원이라기보다 기발한 참신함 novelty에 더 가까운 것이다. 옐 로우리스가 1990년 첫 하이퍼 소설이 발표되기 바로 전 연결되는 계보 로서 1967년 존 바스(John Barth)의 "소진의 문학"을 언급하는 것은 이 를 잘 뒷받침해 준다. 바스는 이 글에서 그동안 문학사적으로 거의 모 든 참신한 시도들이 펼쳐졌기 때문에 이제 더 이상 새로울 것이 없다 는, 아이디어 고갈 문제에 대한 작가로서의 고민을 토로했다22).

하이퍼 픽션과 함께 쌍방향 서사로서 새롭게 주목받은 것은 컴퓨터 게임이다. 컴퓨터 게임의 역사가 1970년대부터 시작된 것이지만 스토 리텔링 차원에서 텍스트와 동영상, 음향 등 다매체적 차원을 넘어 텍 스트와 게임을 하는 사람간의 상호작용이 독특한 양상을 보이는 게임 은 21세기가 들어서도 게임의 진화와 함께 스토리텔링 논의와 궤를 같

---

21) Robert Coover, "The End of Books", *The New York Times*, 1992년 6월 21일자. J. Yellowlees Douglas, *The End of Books--Or Books without End?:The Interactive Narratives*, U. of Michigan Press, 2000.
22) Yellowlees, p.8, 재인용.

이하며 연구가 진행되고 있다. 소설에 구현된 세상은 실제 존재하는 것이 아니라 허구적(fictional) 현실을 담고 있기에 소설의 또 다른 이름이 fiction(허구)이다. 그래서 이 책에서 필자는 하이퍼 '픽션'과 하이퍼 '소설'을 자유롭게 병행하여 사용하였다. 또한 우리나라에서도 비록 우리말과 영어의 차이이기는 하나 특정 소설 종류를 부를 때, 예를 들어 '팬픽션'과 같이 '픽션'이란 명칭을 붙이기도 한다.

이러한 가상공간이 컴퓨터 게임에서는 또 다른 허구적 공간(virtual world)이 되고, 여기서 유저/게이머/독자는 텍스트를 읽고 과제를 수행하며 그 가상 세계를 구성하는 실제 캐릭터 역할을 하기도 한다. 여기서 소설과 게임의 허구적 현실(fictional, virtual reality)은 ARG (Alternate Reality Game)의 경우, 실제 이들 게임하는 사람들이 살고 있는 게임 밖의 현실(reality)과의 경계를 넘나들며 두 현실을 오고 간다. 현실의 이메일 계정을 통해 임무를 전달 받고, 게임 세계에서 과업을 수행하며 암호를 풀어 이야기를 전개해 나가는 식으로 일종의 문학 창작의 협업이 이루어지는 것이다. 이러한 컴퓨터 게임을 쌍방향 소설로 볼 것인가에 대해서는 논란의 여지가 많지만 분명한 것은 이와 같이 개념적으로가 아니라 실질적으로 서사 텍스트와 수용자가 활발하게 상호작용이 이루어진 서사물이 전에는 없었다는 점만으로도 문학 연구자에게 시사하는 바가 크다고 하겠다.

우리나라에서도 하이퍼 소설과 비슷한 시기에 함께 문학 연구자들에게 주목받은 컴퓨터 게임은 계속 새천년 예술로 진화하고 있고 그에 따라 문학적 함의, 스토리텔링 차원에서 계속 연구할 필요가 있다. 우리나라에 하이퍼 문학이 소개될 당시 컴퓨터 게임과 함께 쌍방향 서사에 대한 관심이 매우 높았었다. 새 시대의 스토리텔링으로서 하이퍼 소설과 게임 중, 게임이 가지는 의의는 적어도 하이퍼 픽션 논의처럼 한 번 반짝하고 슬며시 사라지는 쌍방향 서사가 아니라는데 의의가 있다. 게임은 지금까지도 계속 진화하며 문학에 대한 인식 제고와 지평 확대에 기여하고 있다.

한편, 게임을 문학으로 볼 것인가와 관련하여, 게임이 아닌 게임과 관련된 소설, 일명 게임 소설이란 것이 있다. 서구권에서는 기존에 발표된 영화나 게임을 좋아하는 열혈팬들이 이것을 근간으로 소설을 연작으로 창작하는 것을 팬픽션이라고 한다. 우리나라의 팬픽션이 아이돌 스타를 중심으로 한 대중 연예 스타 팬들이 주로 창작하는 것과 대조를 보인다. 그래서 게임을 즐기는 사람들이 창작한 팬픽션이나 게임으로 만들어질 목적으로 만들어진 창작물을 우리나라 일각에서는 '게임 소설'이란 이름으로 부르기도 한다.

2000년이 밝아 오면서 우리나라에서는 문화관광부의 주도로 컴퓨터 매체를 문학의 도구로 사용하게 될 서막을 알리는 '언어의 새벽'을 환영하면서 '새천년 예술'을 선언하였고, 당시 컴퓨터 매체가 마치 예술의 빅뱅을 몰고 올 위력을 발휘할 것 같은 흥분된 예견이 난무했었다. 문학에서도 20세기말부터 PC 문학, 통신 문학을 비롯하여 컴퓨터 문학, 사이버 문학, 전자 문학 그리고 하이퍼 문학 논의를 통해 '새롭다'는 이름하에 모두 디지털, 컴퓨터 매체와 문학 담론이 주를 이루었다. 당시 디지털이나 컴퓨터라는 용어와 문학이 결부된 학술 대회와 세미나, 특강들이 빈번하게 열리는 것은 물론 심지어 유사한 책 제목의 저서들마저 출판 봇물이 일었던 것을 보면 학자와 연구자들이 시대를 읽고 있다는 것을 알려 주어야 한다는 강박 관념의 발로가 아닐까 하는 의구심마저 느끼게 할 정도였다. 그래서 쌍방향 문학, 하이퍼 문학 등 컴퓨터 인터넷 웹 시대의 문학은 여전히 글로 쓴 이야기란 기본적 문학의 형태를 간직하고 있음에도 컴퓨터라는 매체 혹은 기술이 보여 주는 향유 방식에 흥분할 만큼, 어떻게 보면 해당 형태의 활발한 창작 혹은 제작, 안정적 독자층 형성, 확고한 이론 정립보다는 연구자와 학자들의 담론만 무성했다고 해도 과언은 아닐 것이다. 나 자신은 물론 이 글을 읽는 독자 특히 연구자들이 있다면 이러한 비난에서 벗어나기는 힘들 것이다.

새로운 형태의 소설로 미국에서 등장한 하이퍼 픽션은 기존 픽션을 넘어서는(hyper-fiction) 것임에 틀림없다. 그러나 우리나라에서 연구자들이 논의는 많이 하지만 실제 이 소설 작품들을 읽은 사람은 많지 않았고 과장된 담론(hype)만이 양산되었다고 판단된다. 하이퍼 소설을 하이퍼링크 클릭 몇 번의 인상으로 판단하고, 그것을 여러 독서로(reading path)를 통해 이야기를 탐험해 보지 않음으로써, 단지 쌍방향은 독서 경험 보다는 클릭 경험(hyper-criticism)이라는 피상적 편견을 심어 준 원인이 되기도 했다. 많은 하이퍼 소설에 대한 우리나라 학자들의 글 가운데 하이퍼 소설 텍스트 인용 내용이 거의 모두 유사한 것은 이러한 사실을 뒷받침한다.

그러므로, 쌍방향 서사보다는 오히려 우리나라 문학사적 측면에서 컴퓨터 매체의 기여는 역설적이게도 컴퓨터와 직접적 관련이 없는, 다시 말하면 기존 인쇄물 고정 텍스트로도 발표된 장르인, 장르 문학의 재조명에서 찾을 수 있다. 다만 컴퓨터 매체가 만든 공간인 컴퓨터 통신과 온라인은 분명 무협, 판타지, 공상 과학 등으로 대표되는 장르 문학이 활성화되는 계기를 마련하였다. 이전의 장르 문학은 순수 문학에 가려져 주목을 받지 못하였다가 작가와 독자가 자유롭게 만나는 또 하나의 문학의 만남 혹은 시장으로서 사이버 공간이 등장했던 것이다. 그래서 이 두 문학, 정확히 말하면, 이 두 소설 부류들의 경계 상에서 장르 문학은 등장하여, 경계 문학이라고도 불리게 되었다. 결국 경계 문학은 문학 내 경계를 다시 완전히 허물었다고 아직 말할 수 없지만, 분명한 것은, 경계에 대한 재인식을 가져왔다는 점이다.

처음 통신 문학을 출발점으로 하여 사이버 공간에서 알려지지 않은 작가들의 소위 '경계의 문학' 시도가 활발하게 이어지자 창작자보다는 문학 연구자들이 관심을 가지기 시작했다. 이제는 드디어 환상 및 무협 소설을 비롯한 장르 문학이 문학 공모전 대상 중 한 장르로 포함되고, 해당 작품의 종류도 역사와 로맨스로 확대되었으며, 신인작가 발굴의 등용문인 일간지의 신춘문예나 문학상에서도 별도의 장르 문학만의 공모전까지도 만들어졌다. 공모전의 대부분은 <판타지 문학상>이라는 이름을 붙였지만 대상 작품은 그동안 본격 문학으로 인정받지 못한 '주변부 문학 장르'가 모두 포함된다.

이제 컴퓨터 매체가 가져온 언어의 새벽, 문학의 새벽이 밝은 지 10여 년을 훨씬 넘었다. 이제는 웹 시대에서 모바일 시대로 급변한 지금,

책으로 읽느냐, 컴퓨터 화면으로 즐기느냐 하는 인쇄물과 컴퓨터 전자물의 문학 매체의 양분 문제는 과거에 비해 현격하게 논의가 줄어들었다. 스마트 기술 시대에 과연 문학 연구는 스마트해졌는가? 답은 그렇다고 할 수 있다. 문학인과, 예술인, 그리고 연구자들이 경계 나누기, 양분의 논리가 서서히 사라지고 이 모든 것이 스토리텔링 혹은 콘텐츠라는 폭넓은 개념에 함께 수용되었기 때문이다.

컴퓨터가 대중화되고 디지털 기술이 발전되기 훨씬 이전부터 존재해왔던 스토리텔링과 콘텐츠라는 용어, 아니 정확히 말해, 이 단어가 우리나라에서는 또 다른 유행어가 되어 버렸다는 것이다. 이 문제의 근본적 원인은 이들 용어가 우리나라에서는 컴퓨터 게임과 서사, 디지털 스토리텔링과 함께 비로소 문학 연구자들에게 회자되었기 때문이다. 그 결과 이 두 단어와 컴퓨터 게임, 그리고 게임에서 이어지는 판타지 문학이 모두 연동되어 동일시 되게 되었다.

한국적 컴퓨터 매체 문학 담론은 한 마디로 인쇄 문학/전자 문학, 본격 문학/장르 문학이라는 이분법적 구도였다. 그러나 21세기 디지털 시대의 문학 담론은 문학과 디지털 스토리텔링의 문제라고 보아야 할 것이다. 즉, 문학은 컴퓨터 매체를 사용하면서 언어적 예술의 한 장르로서 장르 문학, 하이퍼미디어 문학은 물론 인터넷 릴레이 소설, 컴퓨터 게임까지 아우르는 디지털 스토리텔링의 한 부류로서 자리매김 되어 갔다. 이런 맥락에서 보면 비록 외국어이긴 하지만 스토리텔링이란 단어는 문학의 경계를 넘나들기 좋은 문학 진화의 가능성을 열어 둔 개념인지도 모른다. 디지털 컴퓨터 매체가 상용화, 대중화되기전부터 스토리텔링은 존재해 왔으나 우리나라에서는 이 매체를 통해 스토리텔링이 재조명된 것이다. 그래서 스토리텔링은 곧 디지털 스토리텔링을 의미하는 등치 개념이란 오해도 생겼다.

한국적 디지털 문학 담론만의 특성은 다음과 같다. 첫째, 컴퓨터 매체의 문학적 의의는 장르 문학의 재발견 및 활성화를 가져왔다. 둘째, 디지털 문학이 곧 장르 문학, 특히 판타지 문학이고, 셋째, 컴퓨터 게임과 판타지 문학을 동일시하며, 넷째, 문화콘텐츠로 게임은 중요시하면서도 그것과 밀접한 관련이 있는 장르 문학은 콘텐츠라는 사실을 간과하고 있다. 첫째 사실은 컴퓨터 매체가 우리 문학사에 미친 부정할 수 없는 긍정적 기여이다. 그러나 그 결과로 파생된 나머지 특성들은 문학의 경계가 무너질 즈음 또 하나의 문학 담론의 경계 긋기로 작용할 수 있다.

이를 가장 잘 보여 주는 우리나라의 대표적 두 사례를 살펴보자. 하나는 디지털 작가상 공모전이고 또 하나는 게임 문학상이다. 2006년부터 문화관광부 주최로 매년 열리고 있는 대한민국 디지털 작가상 공모전은 전자책 콘텐츠를 발굴하고 디지털 작가를 양성한다는 목적 하에 제정된 연간 행사로서 대상은 모두 무협·판타지·추리·로맨스·역사 등 장르문학이다. 올해 있었던 제 5회 공모전의 심사 위원장은 수상작들에 대해 "'본격문학'의 수준에 비추어도 손색이 없고…… '디지털 문학'의 가능성'을 실감하며… 전자책 시대에 맞는 새로운 글쓰기의 가능성을 보여 주었다고" 평을 한 바 있다.[23] 이 평을 보면, 역시

---

23) 심사평 및 이 상에 대한 배경 설명은 "제5회 대한민국 디지털작가상 시상식 개최",

본격 문학과 장르 문학을 구분하면서 전자가 당연히 수준이 높고 그동안의 장르 문학은 그 수준에 미치지 못하는 것이라고 생각했던 우리 문학계의 편견을 보여준다. 뿐만 아니라, 디지털 매체 이전부터 있었던 (새롭지 않은) 장르 문학 글쓰기를 새로운 글쓰기로 해석하고 (인쇄책)으로도 이미 오랫동안 선보였던 이 문학을 전자책 시대의 맞춤형이라는 전형적인 우리 문학계의 스토리텔링 매체와 장르 편향성을 시사해준다. 이는 심사위원 한 사람의 의견이 아니라 우리 문단의 장르 문학에 대한 생각을 잘 반영하는 한국 장르 문학, 그리고 이 장르에 대한 오해로 발생한 한국 디지털 문학의 현주소를 잘 나타내 준다.

또 하나의 좋은 사례는 'NHN 게임 문학상'이다. 게임 시나리오를 공모하는 이 시상식에서 심사위원들은 수상작에 대해 "우리나라에서 새로운 해리포터나 새로운 반지의 제왕이 나올 것을 기대할 정도로 작품의 질이 높았다"고 평하였고[24] 주최 측 대표는 게임 문학상이 게임 시나리오 작가 발굴은 물론 문화콘텐츠 산업 전체의 발전에 기여하는 것으로 감회를 술회했다.[25]

여기서 판타지 장르 문학과 컴퓨터 게임과의 연관성을 부정할 수는 없지만 왜 컴퓨터 게임이 장르 문학의 단초가 되는지를 묻지 않을 수 없다. 이유는 앞의 디지털 문학상 심사평과 동일하다. 컴퓨터 디지털

2011년 1월 12일, 문화체육관광부 보도자료 참조, http://www.mcst.go.kr
24) 김득렬, "'한국판 반지제왕의 꿈', 제2회 NHN 게임문학상 시상식", <게임메카>, 2011년 11월 21일자, http://www.gamemeca.com/news/news_view.html?seq=26&ymd=20111121
25) 남정석, "NHN, 제2회 NHN 게임문학상 시상식 21일 개최", 2011년 11월 21일자, <스포츠 신문>.

매체와 장르 문학의 동일시에서 비롯된 것이다. 이 평을 보면, 디지털 문학상 심사평에서 우리나라 디지털 문학의 장르 문학 편향성을 엿볼 수 있던 것과 같이, 컴퓨터 매체에 편향된 우리 문학 담론의 문제가 이 게임상에서도 나타난다. 이 두 공모전은 미래 디지털 전자책의 시대에 문화 산업으로서 게임과 장르 문학을 대표적 문화콘텐츠로 육성한다는 우리나라의 문화 산업의 의지를 잘 반영한 것이다. 이는 게임과 소설, 그리고 문학을 연계하여 스토리텔링 산업을 육성함으로써 세계적 문화 산업의 콘텐츠 강국이 되겠다는 야심찬 의지의 표명이다. 그러나 두 심사평에서 뚜렷하게 보여 주듯 대상은 게임 시나리오지만 결국 이는 심사평에서도 언급된 해리포터(Harry Potter)와 반지의 제왕(The Lord of the Rings)을 보면 게임 시나리오와 판타지 문학을 동일선상에서 바라보는 것이고, 결국 오랫동안 주변부에 있었던 판타지 문학은 다시 비주류가 되고 주류의 자리에는 게임 혹은 게임 시나리오가 들어서서 전경화되는 것이다. 한 마디로 게임 시나리오를 게임 문학(소설)으로 규정하면서 우리 문학 기반 게임(혹은 게임 기반 문학) 연구자들에게는 디지털 컴퓨터 매체-게임(문학)-장르(판타지)문학이라는 고정된 틀이 만들어진 것이다 이것이 한편으로는 문학 지평 확대의 기회가 되지만, 동시에 또 하나의 문학의 경계 이분법은 아닌지 고민할 필요가 있다.

지금까지 문학 안팎의 경계 그리고 경계의 만남을 살펴보았다. 또한 밖의 경계에서 일어나는 실험적 시도, 그리고 안에서 일어나는 새로운 문학 형태, 기법 등을 하이퍼 소설, 경계 문학, 게임 등의 문학사적 자리매김을 통해 점검해 보았다.

결국 문학 죽음의 논란은 문학의 미래적 가능성 타진의 기회를 마련하였다고 해석 할 수 있다. 죽음이니 종말이니 하는 것은 또 하나의 새로운 무엇이 등장하는 성장통의 신음에 비유된다. 여기에는 문학의 죽음에 대한 한 작가의 토로와 같이 새로운 것을 추구해야 하는 창작자의 고민이 십분 담겨있다.

문학의 역사는 반복되면서 그 소리가 희미해지는 마치 메아리 방에서 들리는 소리와 같다. 또는 다른 비유를 들자면 결국 문학은 매번 폭발적 새로운 선언에 의해 찾아내서 다 써버리는 원유나 물과도 같다. 문학의 역사가 문학이 어떤 모습이 될 수 있는지에 대한 새로운 아이디어의 역사라면, 우리는 모더니즘과 포스트모더니즘이 그 아이디어의 샘을 고갈시킨 지점에 와 있는 것이다.[26]

문학은 언어 예술이다. 이는 누구나 공감하는 말이다. 문학은 이야기를 들려주는 예술 장르 중 하나이다. 문학에서 이야기로의 확장, 이 과정에서 문학은 낯선 모습을 하기도 한다. 예술의 근본이 낯설게 하기라면, 언어 예술로서의 문학은 끝없이 새로움을 추구해야 한다. 계속 낯설음을 독자에게 제공해야 하는 것은 작가에게는 매우 큰 도전이다. 어디에서 누구나 사용하고 접하는 '문자'를 기본 수단으로 해야 하기 때문이다. 문자, 글, 언어에 생명을 불어 넣는 것은 작가의 몫이고, 그래서 작가의 고민과 노력의 산물인 문학 텍스트는 독자의 상상력을 고

---

26) Lars Iyer, "Nude in your hot tub, facing the abyss(A literary manifesto after the end of Literature and Manifestos)", *The White Review*, http://www.thewhitereview.org

무시키고 감흥을 불러일으킨다. 그래서 문학을 창작하는 문학인writer 중에서 소설가는 novelist로 불린다. 이는 소설가가 끊임없이 새로움(novelty)을 추구해야 하는 숙명을 안고 있기 때문일 것이다. 창작자 고뇌의 막다른 길은 아이디어의 고갈, 즉 문학의 소진이다. 그러나 결국 다시 또 창의성의 샘물은 고여 새로운 형식과 기법의 문학이 선보이게 되는 것이다. 그것은 크게 세 가지, 쌍방향 서사로서 하이퍼 문학과 게임, 그리고 장르 문학에서 영향을 받은 게임과, 또 논의의 여지는 있으나 문학의 가능성을 보여주는 게임과 문학의 동거이다.

컴퓨터 매체가 만든 가상공간, 즉, 통신 공간과 사이버 공간이 장르 문학 활성화에 기여한 것을 보면 컴퓨터 매체와 문학과의 관계에서 또 하나의 중요한 특징이 포착된다. 그것은 다름 아닌, 창작과 유통이 기존 오프라인에서 온라인으로 바뀌었다는 점일 것이다. 이 과정에서 어느 정도 나름대로 인증을 거쳤다고 판단되는 기존 작가, 혹은 신인 발굴 작가들의 작품을 중심으로 비평가의 서평, 언론의 홍보, 서점에서의 유통을 거쳐 작가가 독자를, 독자가 작품을 만나는 문학 산업이 온라인에서 누구나 글을 발표하고, 그것이 독자들을 만나면서 이것이 오히려 기존 오프라인에서 역으로 출판되는 사례들도 생겨났다. 이렇게 해서 본격 순수 문학에 대해 언제부터인가 이와 대조되는, 그리고 대부분 이것에 비해서는 작가적 역량이 부족하다는 것을 넌지시 내포하는 장르 문학과의 경계가 희미해지는 계기가 되었다.

공상 과학, 판타지의 장르 소설에 우리나라에서는 특히 여기에 무협 소설이 추가되는데, 이들 문학은 상대적으로 기존 문학계에서 소외 되었으나 이제 이 경계 문학은 문학의 경계를 허무는 기여자가 되었다. 그래서 PC 통신 시절부터 인터넷 사이버 공간까지 컴퓨터 매체가 만들어내는 가상공간에서 자유롭게 상상과 표현의 장르를 펼치는 분위기가 조성된 이 공간이 장르 문학의 주 발표장이 되자 우리나라에서는 통신 문학이나 사이버 문학이 곧 장르 문학의 동의어로 사용된 것이다. 또한 신인을 발굴하는 문학잡지나 일간지의 신춘문예에서는 아예 이들 문학 장르만을 공모하는 독자적 문학 공모전도 늘어나고 있는 추세다. 그러므로 온라인/오프라인, 인쇄문학/온라인 문학의 경계는 매체의 구분이지만 이 구분의 함의는 매체가 아니라 문학 경계를 허물어 경계 문학의 탄생 혹은 장르 문학의 재발견이란 문학의 지평을 확장한 긍정적 영향으로 작용하였다.

　게임 자체는 텍스트를 통한 스토리텔링이고 여기에 게이머 혹은 독자의 쌍방향 소통을 통해 새로운 '독서' 경험을 제공한다. 게임 시나리오를 공모하면서 공모한 작품을 과연 게임 소설이라고 칭할 수 있느냐, 또는 게임이 소설이 될 수 있느냐 하는 것은 심도 있는 논의가 이루어질 필요가 있다. 그러나 여기서 게임과 문학의 장르보다 더 중요한 것은 창작자가, 시나리오 작가든 제작자든, 또 소설가든 이전에 비해 컴퓨터 스토리텔링에 상당히 노출이 많이 되어 있는, 그래서 때로는 많이 즐기던 사람들이 곧 독자이자 게임 유저(users)이자 게이머(game players), 나아가 협업 작가 혹은 공저자가 되는 시대가 되어 가고 있다는 것이다. 문학과 소설의 종말을 우려하는 분위기 속에도 컴퓨터 혹은 최근 스마트 모바일이 생활의 일부로 밀착된 유저들은 우려하지 않는다. 이들은 문학이 아니더라도 다양한 스토리텔링에 익숙해 있고, 결과적으로 스토리텔링의 생산자와 소비자로 부상하고 있다. 따라서 이들이 곧 잠재적 미래 문학의 주요 창작자와 독자가 되면서 문학 지평 확대에 독점적 역할은 아니더라도 적어도 선도적 역할을 할 것이라는 기대는 해도 좋을 것이다.

제2부

문학 · 문화 · 기술 · 산업

문학 다변화와 매체 다각화

1. 문학의 혼령

앞에서 우리는 진혼곡과 위령제 없이 문학이 경계를 넘나들며 아직
건재하고 있는 문학의 혼령을 보았다. 문학의 죽음 혹은 그 위기를 걱
정한 사람들은 문화콘텐츠 움직임을 통해 그 부활을 보았다. 관례적으
로 진행되어 오는 신문의 신춘문예나 일부 문학잡지의 문학 공모전을
제외하고는 문학만을 공모하는 대회들은 점차 보기 힘들다. 그러나 문
학 공모전보다는 대신 '스토리텔링'이라는 이름으로 콘텐츠 공모사례
가 계속 증가 추세에 있다. 많은 유행 사례를 따라 '이야기 창작 공모
전'을 '스토리텔링'으로 바꾼 이 공모전은 문학 공모전이 확대된 개념
이다.

여기서 주목할 것은 두 가지 사항이다. 하나는 기본적으로 이들 공모전에는 시, 소설, 수필, 동화, 희곡과 같은 문학이 반드시 포함된다는 것이다. 이것은 여느 문학 공모전이 그러하듯 완성된 문학 작품을 모집하는 것이다. 또 하나는 공모전의 대상이 다른 콘텐츠 매체인 만화, 게임, 영화, 애니메이션, 드라마까지 확대될 때, 대상 텍스트가 모두 '언어로 쓰인', 스토리보드(게임, 만화), 대본(드라마), 시나리오(영화)라는 점이다. 물론 스토리텔링 공모전에서는 만화나 애니메이션(동영상 포함)과 같이 그 자체 매체의 완성물을 제출하도록 하는 경우도 간혹 있으나 대부분 이와 같이 언어로 된 결과물만을 요구하는 것이 더욱 많다. 여기서 앞의 문학 장르와 달리 매체에 따른 서사성이 달라지고 문학의 범주에 이들을 포함시키는 문제는 이견이 있을 수 있다. 그러나 이들에게서 문학성을 과연 부정할 수 있겠는가. 문학의 죽음을 본 자들, 이제 문학이 아닌 것에서 그 문학성에 눈을 돌려 문학의 부활을 보았다. 문학은 위기가 있고, 죽었다고 과장될 수 있으나 문학적 활동은 끝이 있을 수 없고, 문학성은 영원히 살아 있을 것이다. 그것이 규칙이나 문법이라는 족쇄를 채우지만 않으면 말이다.

문학은 계승되지만 전통 문학의 '전통'은 계속 진화한다. 문학이 바뀌고 있다고 하지만 정확히 말하면 문학의 개념이 바뀌는 것이다. 문학이 예술 장르라고 볼 때, 그 예술로 표현하는 것은 어떤 이야기이다. 그러나 굳이 문학이라고 칭할 때 다른 장르와 구분될 수 있는 것은 문학이란 바로 글로 쓰인 이야기가 책에 담긴 형태를 취하고 있다는 개념으로 고착되었다. 문학을 통해 이야기를 접한다는 기본적 문학의 기능 때문에 여전히 컴퓨터가 지배적 매체가 되는 현재에도 문학은 사람들이 즐겨 찾는 예술이다. 다만, 책의 형태로서, 인쇄책과 전자책으로 다양해졌을 뿐 여전히 문학 공모전과 문학을 즐기는 책 출판은 계속되고 있다. 그래서 주검이 없는 문학의 죽음을 논하기에 앞서 '위기'라고 표현되는 것은 문학 기본의 흔들림이 무엇인지 짚어 봄으로써 곧 그 위기는 문학의 지평을 확대하는 기회에 대한 또 다른 시각으로 간주된다.

문학의 위기 혹은 죽음은 한 마디로 문학 연구자들이 문학을 너무 책과 글, 그리고 창작자와 이론가들이 정해놓은 '문학성'의 규칙, 다시 말해 문학적 전통 혹은 규범에 가두어 놓은 것에서 비롯되었다. 그리고 그동안 그것의 결정적 원인은 앞에서 살펴보았듯이 국내외를 막론하고 영상과 컴퓨터로 대변되는 첨단 정보 통신 기술에서 찾아온 것이 사실이다. 문학성의 규칙은 바뀌지만 문학적 활동은 여전히 활발하게 진행되고 그 안에서 문학적 특성으로서의 문학성은 살아 있다. 글이 있기 전 말이, 문학이 있기 전 이야기가 먼저 존재해 왔으며 가장 원초적 기술은 창작이기 때문이다.

우리나라에서도 문화콘텐츠 산업의 핵심은 이야기에 있다. 대규모 정부 주도의 문화콘텐츠 산업들은 각종 기관과 지역을 중심으로 '스토리텔링 공모전'으로 확산되는 추세이다. 예를 들면, 무궁화나 원자력을 소재로 하거나 어떤 특정 지역의 문화를 소재로 한 이야기 발굴로 계속되고 있다. 문학이 죽었다고 생각하는 사람들에게 문학은 콘텐츠로 부활하고 다른 이야기 매체와 공생하는 것이다.

영국에서 셰익스피어로 대표되는 영문학의 자존심이 판타지 문학의 선구자 J.R.R 톨킨(John Ronald Reuel Tolkien)에 이어 조안 롤링(Joanne Rowling)으로 계승되는 가운데 문학과 영화 산업으로 면면히 이어지고, 롤링의 해리포터 시리즈 영화 배경이 유명 관광지가 되었듯이 톨킨의 소설을 기반으로 만든 영화의 배경은 뉴질랜드에서 새로운 관광 자원이 되어 높은 부가가치를 생산하고 있다. 여기서 콘텐츠는 이야기에서 출발하여 문학으로, 다른 매체로 산업 자원이 되었다. 이러한 이야기 산업 자원은 영국, 아일랜드, 호주를 선두로 각국에서 앞다투어 '유네스코 문학 도시' 조성 노력으로 이어져 온 것을 보면, 문학은 여전히 죽지 않았다.

이 위기를 기회로 보는 것은 근거 없는 상투적인 낙관론일 수 있다. 그러나 이야기 향유 매체가 문학이라는 장르만 있는 것이 아니고, 문학이 책(media)과 글(medium)로만 담기던 '과거의 영광'에 집착하지 않는다면 다른 종류의 이야기 매개 매체 혹은 장르와의 연계를 통해 이야기 창작의 불씨는 꺼지지 않을 것이다.

2. 문학과 기술

기술은 한자로 쓰면 奇術, 技術, 記述이라고 풀어 쓸 수 있다. 우리가 흔히 거론하는 기술은 과학 기술을 일컫는 두 번째 한자이다. 새삼스럽게 기술의 세 가지 뜻을 살펴보는 것은 문학과 이야기를 논함에 있어 나머지 두 글자의 의미가 중요한 시사점을 던져 주기 때문이다. 더욱이 기술 결정론이나 기술 만능주의란 말이 대두되었던 것을 생각하면 간과되어 온 이 두 한자의 의미를 다시 한 번 되새겨 볼 필요가 있다. 과학 기술이 있기 이전 인간의 감성과 창의력이라는 역사적 가장 큰 기술이 인류의 역사상 찬란한 문화와 이야기의 꽃을 피워 왔다. 이 장에서는 컴퓨터 첨단 과학 기술에 앞선 이러한 인간의 놀라운 재주(奇術)의 진면목을 탐구하고 기록(記述)하려고 한다.

인터넷은 사람들이 사이버 공간에 모여 다양한 이야기를 펼치는 人터NET이다. 컴퓨터 네트워크는 곧 인간 네트워크를 형성하고 있는 것이다. 이 인간 모임의 터전에서는 풍부한 이야기들이 제공되는 것은 물론 그것을 전달하는 과정, 기법, 기술의 새로운 방법들도 등장하고 있다. 이야기들은 언어적 인쇄물이나 실제 사람들이 모인 이야기 터에 국한되지 않고, 이메일, 게시판, 인스턴트 메시지, 블로그, 웹 사이트 등 무궁무진한 이야기의 네트워크로서 사이버 공간에서 전달된다.

인간 네트워크로 형성되는 사이버 공간에서 이야기는 이야기를 공유하는 사람들 간에 즐길 수 있는 개인적 재미 차원을 넘어 '이야기꾼'들은 함께 모여 새로운 문화 기술 및 산업의 기회를 창출하게 된다. 人터NET의 이야기가 언어적 텍스트로 존재할 때는 전통적이고 고전적인 차원의 문학이 되고 비언어적인 텍스트로 제공될 때는 영화, 드라마, 애니메이션, 컴퓨터 게임의 콘텐츠로 공유되기도 한다. 이것이 곧 콘텐츠들 사이에 이야기 소스를 상호 공유하는 '원소스 멀티 유시즈 OsMU'(one source multiple uses)이고 OsMU는 디지털 시대 내러티브를 가장 집약적으로 표현하는 개념이다. 따라서 디지털 시대의 전통적 문자 예술로서의 문학은 음향, 동영상 등 다매체 즉 멀티미디어를 점차 수용하게 되고 예술 장르 또한 시, 소설, 영화, 연극 그리고 컴퓨터 게임까지 서로 넘나들며 융합되는 현상을 보인다.

21세기 정보 통신 기술 발달의 쾌거는 경제, 사회, 문화적 함의를 넘어 현대인의 생활 곳곳에서 큰 영향력을 발휘하고 있다. 컴퓨터 및 정보 기술은 단순히 하드웨어적 발전만을 가져 온 것은 아니다. 그 하드웨어를 매개로 만들어진 사이버 세계는 현실에 존재하지 않으면서도 우리의 생활 현실과 매우 밀착되어 있다. 사이버 스페이스(Cyberspace)란 용어를 탄생시킨 윌리엄 깁슨(William Gibson)에게 사이버 공간은 머릿속에서 그려 보는 '환각'(hallucination)이었다. 우리에게는 우리말이 아닌 영어 사이버 스페이스는 언어 자체도 처음 들었을 때 생소하면서 동시에 몽롱하고 환상적인, 그래서 막연한 추상명사에 불과했다. 그러나 그것은 오늘날 우리 눈앞에 펼쳐지는 현실이 되었다. 현실이란 꿈에만 그려 봄직한 상황이 사실이 되었다라는 의미(reality)이면서 동시에 사이버 공간은 가상 '현실'이 되었다. 사이버 스페이스, 사이버 세계, 사이버 공간 등 우리말과 영어를 섞어 다르게 표현하기는 하지만 사이버~는 너무나도 친숙한 우리말 속의 외래어 접두사가 되다시피 했다. 사이버 수사대, 사이버 범죄, 사이버 머니 등등.

사이버 공간의 현실은 '가상현실'(virtual reality)이다. 그러나 이것은 사이버 공간에 머무는 동안에는 실질적(virtual) '현실'(reality) 세계가 된다. 이러한 이유에서 우리나라 사람들이 종종 사이버 공간의 또 다른 영어 명칭인 a virtual world에 대해 '실질적'이라는 말과 '가상적'이라는 상호 대조적 개념이 어떻게 같은 것을 지칭하는지 의아해 한다. 결국 오늘날 컴퓨터 정보 통신 기술은 이제 기술이 아니라 우리의 생활이 되었고 인간의 일거수일투족이 디지털 세상의 콘텐츠가 되고 있다고 해도 과언은 아닐 것이다.

'디지털'이란 용어가 컴퓨터 전공자가 아닌 일반인들에도 회자되기 시작할 때 '디지털'을 '돼지털'로 발음하는 한 포장마차 아주머니가 등장하는 광고가 있었다. 몇 년이 지나자 이러한 농담은 진부해져 더 이상 웃음을 자아내지 못했다. 그만큼 디지털, 사이버라는 컴퓨터 매체 환경이 전혀 새로울 것이 없이 우리 생활 속에 녹아 있기 때문이다. 이에 발맞추어 대학의 학과나 대학원 과정 또는 연구소에도 문화콘텐츠, 영상, 디지털 등의 용어를 넣는 것이 유행이 되었다. 대학에는 이러한 용어가 들어간 프로그램이 신설되거나 또는 기존의 학과 이름이 이러한 용어가 들어간 학과 이름으로 변경되기도 하고 혹은 서로 다른 학과가 통합하여 이 용어가 들어간 통합과정도 생겨났다. 이는 이들 용어가 연상되는 디지털 매체가 학계에서도 주요 관심사로 부상했음을 보여 주는 것이다.

미디어학의 토대를 마련한 마샬 맥루한(Marshall McLuhan)이 미디어 이론을 정립할 당시 가장 'hot'한 매체는 TV와 라디오였다. 듣는 라디오가 전부였던 시대에 보고 들을 수 있는 TV가 등장하면서 맥루한은 이들 미디어 환경의 차이를 분석하였다. 맥루한[1]은 라디오를 'hot'으로 TV를 'cool'한 매체로 구분하였다. 전자는 특별히 의미 이해나 가치 발

---

1) Marshall McLuhan, *Understanding Media: The Extension of Man*, MIT Press, 1994. p.22. 1964년 뉴욕 McGraw Hill에서 출판된 것을 루이스(Lewis H. Lapham)의 소개 글과 함께 새롭게 출판된 것.

굴에 신경을 쓰지 않고 한 가지 감각에만 신경을 쓰는 아주 선명한 매체("high definition") 후자는 상대적으로 그렇지 않아 비교적 모호한 매체("low definition")로서 매체 수용자들의 노력이 세부사항을 읽어 내기 위해 많은 노력이 필요하다. 비록 이렇게 구분은 했으나 서로의 성격이 항상 완벽하게 나뉘는 것이 아닌 만큼 이에 대해 논란도 많았다. 그러나 분명한 것은 영어 'hot'이 가장 주목의 대상이 된다는 의미, 그리고 'cool'이 멋진이란 의미로서 우리말이 아닌데도 우리 사회에서 많이 쓰이고 있듯이, 이 둘 다 특정한 시대에 사람들의 이목이 집중되는 것을 모두 의미하기는 마찬가지이다. 더 이상 라디오나 TV, 초고속 인터넷이 'hot'한 상품으로 이것을 보유한 사람이 선망의 대상이 되는 'cool'한 매체가 아니다. 분명한 것은 최근 가장 'hot'한 매체는 스마트폰이란 것이다. 어떤 스마트폰에 어떤 앱(application)을 가지고 있느냐에 따라 'cool'한 매체가 된다. 첨단 기술을 잘 다루는 'cool'한 사람은 이제 컴퓨터를 떠나 스마트폰을 능수능란하게 잘 다루고 또 그것을 최대한도로 잘 이용하는 사람이다. 무엇보다 휴대폰과 인터넷이 구분되지 않고 스마트폰으로 내 손 안에서 현실과 가상현실을 오가며 사이버 세계에서 유영할 수 있는 'cool'한 시대가 되었다. 편의상 이들을 기종의 이름만으로 스마트 세대라고 해 두자. 여기서 이들이 과연 스마트해지는지 분명 논쟁의 여지가 있을 것이고 반대 의견도 충분히 있을 수 있지만, 편의상 이름만 그렇게 부르기도 한다.

그럼 오늘날 스마트 세대에게는 그렇지 않은 사람들에게 없는 변종 유전자 X가 있는 것인가? 디지털 시대의 인간들은 게임과 인터넷의 가상 세계에 갇혀 영원한 어린이로 남고 싶은 피터 팬들이 되어 가는가? 외부와 단절된 채 자기 방에 갇혀 스스로 기분 좋은 자폐증 환자이기를 택하며 컴퓨터 게임과 인터넷에 몰두하는 일본의 히키코모리족은 정말 이 시대가 낳은 신인류인가? 꼭 그런 것만은 아닌 것 같다.

한편, 1965년 컴퓨터 집적 회로 즉, 칩에 담긴 트랜시스터, 다시 말하면 처리 능력이 2년마다 두 배 빨라진다는 예견이 있었다. 이것이 유명한 인텔 창업자 무어의 법칙이다. 그러나 그것마저도 1년 6개월마다 업그레이드 될 것이라고도 알려져 그 속도는 더욱 빨라질 것으로 예측되었다. 그래서 세계적 소프트웨어 기업 마이크로소프트사의 빌 게이츠는 컴퓨터 기술 발달의 속도를 '생각의 속도'라고 예견하였다. 이와 더불어 국가들 간 세계화 바람과 국경을 초월한 사이버 공간의 대중화에 따라 정글의 법칙 또는 적자생존의 형태로 세상이 함께 변화하고 있다. 18개월과 생각의 속도라는 표현의 차이가 잘 보여 주듯 우리가 주목하는 것은 변화 자체라기보다는 변화의 속도 그리고 그것의 파급효과이다. 오늘날 우리는 변화를 감지할 시간적 여유도 없이 이미 그 변화의 결과를 체험하고 있는 것이다. 그런데 이제 속도 못지않게 이러한 혁명적 변화의 시작은 1990년대로 볼 수 있다. 오늘날 컴퓨터라고 외래어 그대로 자연스럽게 사용하고 있으나 사실 1995년 우리나라 문화관광부에서 발표한 컴퓨터 용어 순화안에서 컴퓨터는 '전산기'였다. 또한 전자 우편이라고 우리말로 불렸던 이메일도 지금은 '이메일'이라는 영어로 통용되고, 오히려 전자 우편이란 우리말은 우체국의 새로운 우편물 서비스의 이름이 되었다. 우체국의 전자 우편 서비스는 대량으로 공지 사항을 알릴 때 내용을 작성한 종이 공지문을 편지 봉투에 넣어, 혹은 봉투와 공지문이 하나로 단일 처리되어 발송자와 수신자까지 명시된 우편물 작성은 물론 배달까지 일괄적으로 모든 것을 처리해 주는 서비스를 일컫는다. 전자 우편이라고 하면 이메일과 같은 의미라는 것을 모르는 사람이 많을뿐더러 기존의 종이로 된 우편물 배송 서비스인 전자 우편 서비스는 더더욱 아는 사람이 드물 것이다. 그만큼 컴퓨터와 이메일은 언어를 초월하여 세계적으로 동일하게 사용하는 기본적 통신 수단이 되었다.

컴퓨터 기술의 발달로 컴퓨터 디지털 기기 가격이 낮아졌고 결과적으로 가격 저렴화에 따라 대중적 보급도 용이해졌다. 우선 주로 연구 기관에서 사용하던 방만한 크기, 그리고 이후 큰 가구만했던 컴퓨터는 개인용 소형 컴퓨터 PC로 바뀌고, PC도 데스크탑에서 평면으로 얇아지더니 노트북에서 울트라북, 탭북까지 실내 책상에서 실외 내 무릎으로, 이제는 내 손 안에서 휴대폰으로 사이버 세상에 들어간다.

인터넷의 경우, 미국에서 국방의 목적으로 일부 연구 대학에서 네트워크로 연결한 ARPANET이 그 출발이었다. 네트워크 형성 가격 하락으로 오늘날의 인터넷을 잉태하였으며 드디어 1990년대 중반 월드와이드웹이란 가장 큰 텍스트가 탄생하였다. 이후 인터넷에서는 쌍방향 작용이 가능한 다양한 콘텐츠를 시작으로 음향, 동영상, 그래픽이 동반된 멀티미디어 텍스트가 등장하면서 21세기 디지털 시대는 멀티미디어, 쌍방향 콘텐츠가 도처에 편재한 사이버 공간이란 새로운 삶의 공간이 펼쳐졌다.

기술 문화와 문화 기술

1. 문화와 콘텐츠

　문화의 정의와 개념을 새삼스럽게 다시 논할 필요는 없을 것이다. 학자들마다 어려운 이론과 용어로 풀이한 문화의 정의는 천 가지를 넘는다. 문화는 어렵지 않고 또 어렵지 않아야 한다. 그것을 모호한 신비감을 조장하여 상품과 화젯거리로 만들 의도가 없다면 말이다. 문화란 단지 우리의 삶이고 일상이다. 그래서 이미 누구나, 어느 사회나 그 나름의 색깔을 가지고 익숙한 것이 문화이다. 문제는 너무 익숙해져 창의력과 상상력을 발휘하기 힘들 때 우리는 또 다른 새롭고 참신한 것에 쉽게 눈을 돌린다. 언제, 어디에서든지 항상 컴퓨터 정보통신 기술과 관련된 우리 사회와 문화에 대한 이야기는 매우 무성했다.

2005년 저명한 경제 잡지 <포춘>지에서는 초고속 인터넷 보급률 1위인 대한미국을 "경이로운 광대역 기반 국가"라고 묘사했고, 서울 디지털 포럼 오찬 연설에서 엘 고어 전 미국 부통령은 "인류에게 인쇄와 디지털이라는 두 개의 선물을 준 나라"로 칭송했다. 또한 정보통신부에서 이 무렵 발간한 '수치로 본 지수'면에서도 한국은 디지털 기회, 기술 경쟁력, 전자 정부 지수에서 각각 세계 1위, 2위, 5위를 차지했다. 매우 눈부신 약진이 아닐 수 없다. 적어도 기술과 기기면에서는 그러했다. 그러나 이것을 어떻게 산업에 활용할 것인가에 주목하면서 각계각층에서 문화콘텐츠를 거론하곤 했다. 그래서 지식 기반 사회에서 국가 발전의 전략적 핵심 분야로 NT, IT, BT라는 세계적 통용 개념 이외에도 우리나라에서는 CT(Cultural Technology) 용어를 만들어 문화콘텐츠를 집중 개발하자는 목소리가 많았다.

사실 콘텐츠는 우리말도 아니고 영어의 보통 명사인데 컴퓨터 매체 활용이 급물살을 타면서, 디지털, 사이버 무엇 무엇한 시대의 담론에 마치 새롭고 참신한 개념인 것으로 우리 사회에 등장했고 부지런히 산업계와 학계에서 공동으로 이야기의 장에 끌어들였다. 그런데 그 정보통신 기술에서 우리가 쉽게 접하는 컴퓨터 하드웨어, 소프트웨어, 툴, 프로그램의 원천이 아래 한글을 제외하고는 모두 영어권 국가에 있거나 혹은 국제어인 영어로 된 것이어서 우리의 일상에는 그 어느 때 보다 영어를 많이 사용하게 되었다.

이제 정보 통신 관련 영어 외국어 용어들은 우리말에서 다르게 외래어로 정착되고 있다는 인상마저 든다. 정보기술은 IT로, 정보통신기술은 ICT로 그리고 우리말로 사용되었던 전자 우편도 이 메일에 자리를 내 주었다. 계속 봇물처럼 새로운 기술과 기기가 개발되면서 WIBRO, DMB 등 우리나라의 것을 지칭할 때도 영어로 용어가 만들어져 통용되었다. 뿐만 아니라 정보통신 기술에 관한한 시대의 흐름을 제대로 읽고 앞서간다는 것의 상징으로 영어를 많이 쓰는 것은 아닌가 하는 오해도 불러일으킨다. 관련 모임이나 행사에 가면 참석자가 우리나라 사람만 있어도 업계에서 많이 사용하는 '니즈'(needs)나 '얼리어답터'(early adopter)와 같이 어느 분야보다 영어를 많이 사용한다. 그래서 정보통신 기술의 기술과 직접 관련된 사람이 아니더라도 기술을 이용하는 입장에서는 어쩔 수 없이 영어를 사용하는 경우도 있고 또 반대로 회자되는 내용보다는 영어 용어 자체가 참신함과 앞서가는 의식을 대변하는 듯 사람들이 많이 이야기하는 영어 용어를 화두로 담론을 풀어가는 경향이 있다. 이러한 이유로 한국말을 사용하는 우리나라에서 정보통신 기술과 활용의 논의에 관한한, 해당 영어 용어와 개념이 나오게 된 배경이나 사용법에 대해서 고민하거나 알려고 하기도 전에 일단 사용해서 담론을 형성하고 나아가 그것을 우리식으로 해석하고 신조어까지 만드는 경향이 있다.

디지털, 사이버, 유비쿼터스, 최근 스마트까지 스마트폰은 폰 이상으로 스마트하다. 계속 그 폰을 사용하는 사람들이 과연 스마트한 것인가에 대해서는 여러 부정적인 연구 결과가 나오기는 하지만 말이다. 나 역시 이 책을 쓰면서 '테크노루디즘'이란 영어를 사용했으니 영어 남용의 비난은 감수해야 할 것이다. 기술을 즐기는, 어쩌면 우리 사회의 기술 관련 영어 남용 혹은 선호의 추세를 그대로 역설적으로 반영하는, 즉 남을 손가락질하면서 나 스스로 손가락질 당하는 일을 하고 있지 않은가. 기술을 염두한다는 의미를 압축하자니 불가피하게 테크노루디즘이 되어버렸다.

콘텐츠라는 영어 단어가 회자된 근본적인 원인은 디지털 정보 통신 기술의 발달로 컴퓨터 성능과 사양, 개인용 컴퓨터와 인터넷 보급률, 초고속 인터넷 망 등 하드웨어적인 발전이 중요한 것이 아니라 소프트웨어적인 개발 즉 안에 들어갈 내용인 콘텐츠의 개발이 관건이 되었기 때문이다. 이러한 차원에서 정작 영어를 사용하는 영어 권 국가에서는 문화콘텐츠란 용어를 사용하지 않고 문화와 기술, 또는 콘텐츠 산업이라고 보통 명사를 묶어 사용한다. 일본에서도 콘텐츠 산업이라는 말을 사용하고 미국에서는 특정하게 우리의 문화콘텐츠를 가리키는 별도의 개념이 있는 것이 아니라 문화를 비롯한 다양한 연구 및 산업에 기술을 활용한다는 인식을 같이 하고 있고 오히려 할리우드와 디즈니랜드 그리고 세계적인 게임 개발사 일렉트로닉 아트(Electronic Arts)로 대표되는 엔터테인먼트 산업이나 문화와 기술이라는 범위 내에 문화콘텐츠를 두고 있다. 한편 콘텐츠와 관련된 영어 신조어에 '창의적 산업'(creative industries)이라는 개념이 있는데, 인간의 창의력이 산업의 근간이라는 것이 새로울 것은 없으나 외국에서는 이러한 용어와 개념 하에 대학과 대학원에서 교육 프로그램과 산학연 프로젝트를 진행하고 있다.

매체가 다변화되는 현대 사회에서 이야기 매체의 다양화는 콘텐츠 다각화로 나타난다. 이런 배경에서 문학은 이야기 매체의 유일한 독보적 존재가 아니라 이들 콘텐츠 중의 하나가 된다. 문학은 죽은 것이 아니라 문학의 독점적 지위가 다른 이야기 매체와 조화를 이루며 공존하고 있다. 굳이 문학이나 문화 관련 행사가 아니더라도 각종 회의나 행사에서 우리나라 사람들이 너무나 자주 콘텐츠, 콘텐츠라고 말을 하는 것에 대해 외국 참가자들은 모두 의아해 한다. 영어이기 때문에 다른 한국말은 몰라도 이것이 많이 나오는 것은 외국인들이 알아차릴 수밖에 없기 때문이다. 한결같이 이들은 왜 그렇게 콘텐츠라는 말을 우리나라 발표자들이 많이 쓰느냐 하는 것이다. 이 영어 자체가 우리가 의미를 부여하듯 새로운 세계적 화두나 혹은 특정한 개념을 뜻하는 것이 아니기 때문이다. 이것은 단순히 내용을 뜻하는 영어 보통 명사이다. 그만큼 우리 사회에서는 이 단어에 많은 의미를 부여하고 있다. 그래서 사실 어떤 때는 우리가 말하는 '콘텐츠'를 영어 그대로 '콘텐츠'로 옮겨서는 전혀 의미가 성립되지 않은 경우도 종종 있다. 이때는 문맥에 맞게 우리가 말하는 '콘텐츠'를 다른 영어 단어로 옮겨야 논리적으로 맞고 또 의미가 제대로 전달된다. 이는 우리 사회에서 콘텐츠란 말이 의미 과부하가 걸린 거품 언어 중 하나라는 것을 여실히 보여 준다.

우리나라에서 콘텐츠는 주로 '문화콘텐츠'라는 이름으로 지금까지 많이 회자되어 왔다. 사실 기존에 이미 있어 왔던 영어 보통 명사인 '콘텐츠'는 우리 사회에서 영어가 주는 이름 때문에 참신한 개념인 것처럼 사용되지만, 이야기의 소재인 이야깃거리, 혹은 일반 명사 의미 그대로 무엇 안에 담긴 내용이란 의미를 디지털이나 문화니 컴퓨터니 하는 다른 단어와 합성되면서 근사한 개념처럼 들리는 것뿐이다. 이런 맥락에서 보면 콘텐츠는 많은 것을 포괄적으로 아우를 수 있는 가장 느슨한 하나의 개념으로 우리나라에서 사용되는 것이라고도 볼 수 있다. 그 아우르는 것이 더욱이 우리나라의 이야기를 담은 문화~와 결합될 때 영화, 소설, 드라마, 음악, 극 등 문화적 상품 혹은 장르를 보편적으로 칭하기에는 더없이 편안한 개념일지도 모른다. 보통 명사인 '콘텐츠'는 이미 기존에 있었던 것으로 어디가나 콘텐츠는 항상 우리와 함께 우리 곁에서 있던 것이다. 그럼에도 불구하고 이것이 새로운 것으로 각광을 받는 것은 그 개념이 새로운 것이 아니라 뒤늦게나마 이야기를 '자재' 혹은 '원료'로 하여 수익을 생산하는 산업의 개념으로 새롭게 우리 사회와 학계가 눈을 떴음을 시사한다. 어쩌면 이미 알고 있었으나 정부의 사업 공모 주제로 등장하면서 새롭게 탄생한 것이 아니라 새롭게 조명하면서 이야기 거리가 '콘텐츠'란 말로 등장한 것이라고도 볼 수 있다. 그래서 관련 국제 행사에서 우리나라 사람들이 '콘텐츠'란 단어를 자주 사용하는 것을 들은 외국인들은 매우 의아하게 생각했던 것이다. 그만큼 우리나라 정부나 학계에서는 콘텐츠를 매우 특별한 개념이자 일종의 어떤 연구 주제의 출구로서 생각했었다고 해도 과언은 아닐 것이다.

서구에서는 문화 산업(cultural industry)이나 앞서 언급한 창의 혹은 창조 산업(creative industry)이란 분과가 매우 중요한 역할을 담당하고 있다. 이는 세계 각국이 문화의 산업적 가치의 중요성을 인식하고 있다는 반증이다. 상대적으로 조금 늦기는 했으나 우리도 이런 중요성을 인식하면서 등장한 것이 '콘텐츠'란 화두였다. 여기서 학계에서도, 특히 인문학자들을 중심으로, 동참을 하였으나 초기에 정책이나 학계의 담론은 '콘텐츠' 발굴에만 있고 '산업'으로 연결되지 못하다가, 계속 정책 지원과 연구가 지속되면서 이제 명실상부한 콘텐츠가 산업으로 미진하나마 서서히 자리를 잡아가고 있다. 그래서 최근에는 우리나라의 문화콘텐츠 진흥원에서도 이전에 문화콘텐츠란 것 대신 '창조 산업'이란 용어를 사용하고 있다.

콘텐츠 발굴 혹은 콘텐츠 산업은 이야기 발굴 및 창작에 관한 국가의 정책적 지원에서 먼저 시작된 후 학계로 번져 생긴 일종의 유행 담론(학계)이자 사업(산업)이다. 그동안 우리나라 정부에서는 중앙 정부를 비롯하여 각 지방 자치 단체 및 지역에서 문화 원형으로 통용되는, 독특한 문화적 소재 및 유산을 바탕으로 공모전과 사업을 펼쳐 왔다. 그래서 콘텐츠 앞에 상투적으로 '문화'란 이름이 붙게 되었다. 한 마디로, 문화콘텐츠는 이야기 창작과 발굴의 중요성이 정부의 지원에 힘입어 새롭게 조명되면서 학계가 이에 관심을 표한 것이라 볼 수 있다. 이는 이야기가 문화 상품이 될 수 있다는 정부의 인식에서 비롯된 것인데, 학계에는 이야기를 향유하는 인간의 원시적 오락이 얼마나 여러 매체를 통해 다양한 모습을 보일 수 있는지를 다시 확인하는 계기가 되었다. 따라서 이러한 연구 관심은 학계에서 먼저 보였다기보다 <문화콘텐츠 진흥원>을 비롯한 정부 기관이나 지역에서 일정한 주제나 해당 지역의 문화적 자산을 이야기로 풀어나가도록 각종 사업이 진행되면서 문학 연구자들이 관심을 가지게 된 것이다. 그 결과 문학 연구자들은 '문학'이라는 독자 노선만을 고수하는 것이 아니라 콘텐츠라는 큰 이야기 창작의 범위로 연구와 담론의 외연을 확대하게 되었다.

문화에 기술을 활용하여 경제적 고부가가치를 창출한다는 인식과 동향은 세계적으로 공통된 점이나 우리나라의 문화콘텐츠는 사실상 무성한 담론이 양산되고 있고 한국 문화콘텐츠 진흥원을 통해 많은 지원과 개발이 이루어지고 있지만 그것이 산업으로 연결되는 것에 문제가 있다는 점이다. 비록 정부나 관계 부처에서는 항상 '산업'임을 강조하지만 문화콘텐츠, 문화 기술이라는 용어 자체에도 '산업'을 빼고 생각하듯 상당수의 문화콘텐츠 논객들은 '산업'을 염두하고 있지 않은 듯하다.

2005년 문화콘텐츠 진흥원이 제출한 국감자료 '문화콘텐츠 산업 지원 사업 성과측정조사' 결과에 따르면 지원 사업의 매출과 상품화 부진하여 경제적 수익 창출에 거의 기여를 하지 못한 것으로 나타났다. 뿐만 아니라 진흥원 내의 자체 조사에서도 관련 업체들은 실질적인 도움을 받지 못했다고 답변했다.[2] 지원 내역 중 물질적인 자금 지원과 해외 판로 개척 및 저작권 보호와 관련된 행정적인 내용도 있으나 창의적인 아이디어와 인력 수급을 위해 산학연 연계 프로젝트에 투자된 것도 많다. 투자 지원된 문화콘텐츠가 산업계가 원하는 것인가에 대해서도 결과는 긍정적이지 않다. 전 국가적 중점 사업인 문화(콘텐츠)산업은 지역 문화 클러스터 산업인 CRC와 병행하여 진행되고 있는데, 여기에서도 산학연계에 대한 문제는 제기되고 있다. 몇 년 전, 지금은 기억이 잘 나지 않지만, 우연히 본 '부산 문화콘텐츠 산업 현황 조사 보고서'에서도 효과적인 산학 협력 수행을 위해 대학이 개선해야 하는

---

2) <디지털 타임즈>, 2005년 9월 29일자 기사 "800억 투자 콘텐츠 지원 성과 미비" 참조

것으로 비즈니스 마인드와 상용화 가능한 수주의 결과가 공동 1위의 문제점으로 지적되었다. 대표적인 이 두 통계는 특히 최근에 관련 학과 증설이 눈에 띄는 대학(원)과 연구소와 OOO아카데미라고 불리는 교육과 연구 프로그램이 앞으로 어느 방향에 주력해야 하는지를 시사해 준다.

문화콘텐츠 기술 산업은 흔히 차세대 동력 산업이라고 불리곤 했다. 우리의 디지털 콘텐츠 시장은 특히 십대, 이십대가 주도한다. 이들이 소비하면 상품이 된다. 역으로 말하면 상품화하기 위해서는 이들 연령대를 겨냥해야 한다는 것이다. 문화콘텐츠 산업의 두터운 고객층인 이들 '얼리어답터'들은 새로 나온 디지털 컴퓨터 기기를 가장 먼저 구입하기 때문에 그 안에서 즐기는 콘텐츠를 주도한다. 우리는 차세대 기술뿐 아니라 이들 차세대를 읽는데도 느리다. 이제 서툴긴 하지만 조금씩 발걸음을 내딛고 있다. 여기서 우리는 편의상 업계 밖의 사람들, 집단으로 보면 학계와 연구계 그리고 예술계에 있는 사람들이라고 해두자. 이 집단은 법인이나 회사로서 상품 판매 경영과 유통을 해 본 적도 없고, 솔루션이나 디자인을 담당하는 엔지니어도 아니며 새로운 매체의 본질을 꿰뚫는 예술을 창조해 본 경험도 거의 전무하다. 결국 우리의 집단은 산업보다는 콘텐츠에 강하다는 것이다.

진흥원의 업종 분류와 지원 대상 사업의 내역을 보면 문화콘텐츠는 애니메이션, 게임, 캐릭터, 방송, 영화(영상)가 주를 이루고 여기에 만화나 음악이 간혹 추가되며 이 중 앞의 세 가지가 강조되고 있다. 과연 그럼 우리 집단은 이 콘텐츠 안에 얼마나 침잠하고 몰두하여 꿰뚫고 있는가? 개인적 차원에서는 문화, 철학 그리고 미디어 학문에 대한 이론 전개가 이루어지는 것이 중요하지만 교육 차원에서는 실무 교육이 매우 중요하다. 디지털 기반의 지식 정보화 사회의 자연스러운 흐름이 되었든 아니면 대학 구조조정에 따른 새로운 학제 및 학과 개편에 따라 떠밀렸든, 혹은 자신의 전문 분야의 외연을 넓히려는 자발적인 의지에서 비롯된 것이든 이제는 이해 차원의 인재 '양성'이 아닌 실무 차원의 '육성'이 필요한 때다.

콘텐츠는 감성이고 창의력이고 상상력이다. 문화콘텐츠 기술 산업은 문화 자본주의와 물질주의에 불과하니 예술과 학문하는 사람은 고귀한 나만의 성에서 자신의 작업만을 할 수도 있다. 문화예술에 기술을 입힌다고 문화콘텐츠가 되는 것은 아니다. 기술과 기기를 개발했다고 문화콘텐츠 산업의 강국이 되는 것도 아니다. 이해한 것을 바탕으로 이론을 전개하는 것도 진정한 문화콘텐츠 산업 진작에 필요하다. 그러나 언제까지 원론적, 이론적 이야기만 할 수는 없다. 문화콘텐츠란 이름으로 지원되는 모든 투자액은 소중한 국민의 세금이고 하루가 다르게 생겨나는 디지털, 영상, 콘텐츠, 문화가 들어간 교육 프로그램은 실질적으로 문화콘텐츠 기업이 원하는 인력을 배출해야 하기 때문이다.

진흥원에서 아카데미를 운영하고 인문학자들을 비롯한 교육 연구계 종사자들을 위해 특별 세미나를 개최하고 있는 것은 문화콘텐츠에 대한 이해와 실무 교육을 위한 것이다. 산업계 밖에서 이 분야를 논하는 사람들은 실무 교육의 필요성에 대한 인지도가 매우 낮다. 문화콘텐츠 관련 행사에서 기존 예술가와 비평가들의 참석률은 매우 저조하다. 대학, 대학원, 아카데미에서 인력은 양성하고 있으나 관련 업계에 투입되어 실무를 할 사람들은 많지 않다. 이는 관련 교과내용만 보더라도 누구나 쉽게 그 문제점에 공감할 수 있을 것이다. 우리나라 대부분의 다른 지원사업과 마찬가지로 문화콘텐츠 지원 사업도 선정 기준은 제안서(proposal)이지 실무 기획안(action plan)이 아니다. 그래서 제안은 많되 기업의 활용도는 많지 않다.

문화콘텐츠 산업 지원에 대한 통계들이 부정적 결과를 보여주지만 이것이 문화콘텐츠 자체에 대한 부정은 아니다. 또한 산학협동에 대한 지적 부분도 학자와 연구자들을 비난하는 것이 아니라 앞으로 나아가야 할 방향 설정을 제시해 주는 조언일 것이다 문화콘텐츠란 용어를 사용하게 된 것은 무엇보다 문화와 디지털 기술이 융합되었기 때문에 콘텐츠 산업 분야도 컴퓨터 기술 관련 사업이 주가 된다. 이는 문화와 디지털 기술에 대해 다시 한 번 되돌아보는 계기를 마련했다. 또한 한국이라는 지역의 문화가 세계적 보편성을 띠기 위한 노력의 시작이기도 하다.

문화콘텐츠 산업 중에서 특히 문화 원형 콘텐츠 산업은 옛날 국민교육 헌장에 나왔던 '빛나는 문화유산을 오늘에 되살리고' 있다. 영화 <왕의 남자>가 발표되었을 때, 이전에 주목 받지 못했던 감독과 제작사에서 뜻밖의 좋은 성과를 거둔 이 영화에 대한 이야기가 연일 언론에 보도 되었다. 당시 황우석 교수의 줄기세포 논문 조작의 여파로 <왕의 난자> 혹은 <황의 난자>라는 말도 나왔을 정도이고 감독과 제작자는 강의와 인터뷰가 쇄도 했으며 감독이 영감을 받아 영화의 모태가 되었던 연극 <이>도 동반 인기를 누리며 다른 연극에 비해 상대적으로 파격적인(?) 입장료를 받으며 함께 공연되었다. 이 영화 제작에는 2002년 문화 원형 콘텐츠 사업으로 지원되었던 <디지털 한양>이 사용되었다. 단순히 이 3D 콘텐츠가 중요한 옛 시대 배경의 영화 장면으로 활용되었던 것뿐 아니라 실질적으로 시간과 예산 절감에 많은 기여를 한 것이 주목 받으면서 문화콘텐츠에 대한 인식을 다시 한번 새롭게 해 주었다.

문화콘텐츠의 핵심이 기술 결정론에 있는 것은 아니다. 따라서 해결해야 할 또 하나의 과제는 소통의 문제이다. 콘텐츠 개발자와 기업, 기업과 학교, 문화예술과 콘텐츠 기업 종사자들은 서로 말이 안 통한다고 답답해 한다. 서로 동상이몽을 꿈꾸고 있다는 것이다. 경제 인구 한 사람 당 휴대폰 한 대씩 보유하고 있고, 유선/무선 전화에 초고속 인터넷 통신망도 갖추어진 우리 사회에서 '너 연락 좀 하고 살아라'라고 한다. 역시 기술의 문제가 아니라 소통의 문화 그리고 익숙하지 않은 문화콘텐츠에 대한 이해와 나아가 기꺼이 포용하기 위해 배우려는 태도의 문제일 것이다.

2. 스토리와 텔링

이야기를 풀어내는 작가는 기존의 방법으로 시와 소설을 쓰지만 그것이 곧 연극과 영화의 시나리오가 되는 것은 아니다. 또한 같은 극이라도 연극과 영화, 영화와 애니메이션, 애니메이션과 게임은 이야기를 풀어내고 즐기는, 스토리텔링의 방식이 다르다. 다시 말해서 문화콘텐츠 산업에 어떻게 상품으로 개발될 것인가를 염두해 두지 않은 머릿속의 창의력과 연구 성과용 개발 자체만은 의미가 없다. 문화라면 머릿속의 상상력도 기이한 발상도 마음의 따뜻함도 모두 표출되면 물질적 수익을 가져오는 경제적 가치가 없더라도 우리 삶을 풍부하게 했다는 것만으로 무한한 문화적 가치가 된다. 그러나 문화콘텐츠라고 했을 때는 기술이 접목되어 산업에 활용되어야 한다.

아날로그 감성으로 <네 번의 결혼식과 한 번의 장례식>을 감독했던 '쉰세대' 마이클 뉴웰 감독은 <해리포터와 불의 잔>이란 '차세대' 《신세대》 문화콘텐츠를 위해 특수 기술 효과 팀과 긴밀하게 스토리보드를 수정하고 점검하면서 영화를 만들었다. 한 입 베어 묵은 사과 로고로 유명한 애플사는 iPOD를 통해 업계에서 밀려난 이후 과거 화려한 컴퓨터 역사를 다시 재건하였다. 바로 이 복합기능 MP3에 담을 콘텐츠를 먼저 염두해 두었기 때문이다. 애플사의 스티브 잡스가 일찍부터 마돈나와 소통했던 것은 그녀의 노래를 즐기는 팬이어서가 아니라 콘텐츠 원에 대한 아이디어를 얻기 위해서였다. 아직 우리에게는 '왕의 남자'효과는 있으되 '프로도 효과'는 없다.

『반지의 제왕』이란 톨킨의 소설이 영화와 출판물과 캐릭터 산업으로 창출한 경이로운 경제적 부가 가치를 일컬어 경제계에서는 이 작품의 주인공의 이름을 따서 '프로도 효과'라는 용어를 만들기도 했다. 인류에게 '인쇄'라는 훌륭한 선물을 주었다고 칭찬 받은 우리나라에서 출판물 시장의 주 고객인 어린이 서적의 대부분 판매 실적은 '해리포터' 번역물과 외국 동화 명작에서 창출되고 있다. 이제 더 늦기 전에 근사한 우리나라의 정보통신기술과 기기의 그릇에 맛깔 나는 내용물 즉 콘텐츠를 담아야 할 때다. 과학과 기술은 과학자와 기술자가 개발해야 하나 콘텐츠는 감성을 가진 누구나 창조할 수 있을 것이다. 문화콘텐츠는 이 둘 사이에 소통이 있을 때 산업이 될 수 있다. 우리에게 '프로도 효과'는 없어도 자랑스러운 '싸이 효과'가 있지 않은가? 싸이는 정말 많은 사람들을 숙연하게 만들었다.

기술이 곧 문화는 아니나 문화는 곧 기술이 될 수 있다. '워크맨'은 영어로 뜻이 통하지 않는 잘못된 조어이다. 그러나 일본 소니사에서 기자들 취재 녹음용으로 만든 소형 카세트 녹음기를 당시 유행했던 미국 영화 슈퍼맨을 따라서 '프레스맨'이라고 했고 이것이 나아가 '워크맨'이 되어서 최근의 번역기인 '토크맨'까지 이상한 일본식 영어 '…맨'은 세계 시장에서 소니의 브랜드가 되었다. 우리나라의 문화콘텐츠란 조어가 세계적인 한국 브랜드가 되기 위해서는 문화콘텐츠 산업이 성장해야 한다. 그래야 한국은 명실상부한 정보통신기술의 강국이 될 수 있을 것이다. 문화콘텐츠란 명분하에 어정쩡하게 멋을 부려 문화와 기술이 동거하고 있는 것은 아닐까 한 번쯤 생각해 봐야 할 때다. 행복한 결혼으로 이어지지 못할 바에는, 각자 제대로 잘 살도록 별거하는 편이 나을 것이다.

이제 문학은 근본적으로 무엇일까라는 논의의 장에서 이야기 향유의 문화에 대한 재발견으로 담론이 확장된다. 여기서 국문학자들은 우리의 구비문학에 대한 논의를 유감스럽게도 외국학자 월터 옹(Walter Ong)의 구비 문학 연구에 근간을 두고 재해석하고, 아주 오래된 구비 문학까지도 비교적 우리나라에서는 '매우 신선한 새로운 발상'으로 추앙되는 스토리텔링 차원에서 재조명되었다. 이제는 각종 문학 공모전이 '스토리텔링 공모전'으로 대치되며 정부 및 지방 자치제의 주도로 각종이야기 공모전이 매년 계속 이어지고, 연구자들 또한 스토리텔링과 콘텐츠란 21세기 이야기 연구의 화두를 경쟁적으로 풀어내고 있다. 결론적으로 인류 역사상 이미 글이 발명되고 텍스트를 대중 보급할 인쇄술이 발명되기 이전부터 우리의 생활에 깊숙이 자리 잡은 스토리텔링이컴퓨터 디지털 매체와 연동되는 현상을 보였다. 혹은 인쇄 매체란 이분법적 매체론에 함몰되었던 우리 문학 연구계가 오히려 이 새로운 이야기 공학을 통해 기존의 스토리텔링에 대해 관심을 가지고 논의하기시작한 것이다.

여기서 잠깐 우리의 스토리텔링 담론 현주소를 엿보기 위해 이 저서를 집필할 당시 가장 최근의 스토리텔링 관련 사업을 한 번 살펴보자. 예로 삼은 것은 역시 정부 및 산하 기관 또는 정부 주도형의 사업 형태가 그러해 왔듯이 스토리텔링이란 것을 주제로 한 지방의 한 프로젝트이다. 스토리텔링이란 유행 화두에 힘입어 그동안 우리나라 전역에는 스토리텔링이 들어간 각종 기관이나 협회 또한 산발적으로 생겨났다. 이 사업 역시 'OO 스토리텔링 창작 아카데미'란 사단 법인 스토리텔링 협의회에서 주관한 창작 교실이다. 여기서 스토리텔링이란 말은 문학이란 말과 바꾸어도 무관할 정도로 강사진을 보면 압도적으로 문학 창작 관련 전문가들 특히 소설가들이 많다. 올해 10월 7일부터 12월 16일까지 일반인들을 대상으로 한 이교육의 강사진을 보면, 류철균, 박덕규, 김성종, 조갑상, 이상섭, 김하기 모두 소설가이다. 여기에 한 명의 시인과 지역 학계의 국문과 교수가 추가되었으나 앞의 소설가와 마찬가지로 모두 문학 관련자이다. 다만 여기에 매체 다변화 방안에 대한 통찰력을 제시할 수 있는 산업디자인과 교수와 이 책을 집필할 당시 확정되지는 않았으나 초빙하기로 한 영화감독이 추가 되었다는 점에서 굳이 문학이란 말 대신 스토리텔링이란 말을 넣어 창작 교실을 연 것이라는 주최 측의 변은 있을지 모르겠다. 아직도 가정주부들을 주로 대상으로 하는 각종 문화 교실에는 문학 창작 혹은 여러 장르의 글쓰기 과정이 포함되어 있다. 이 스토리텔링 창작 아카데미도 같은 맥락에서 장르를 초월한 이야기 창작 교육 과정을 조금 더 친근하게 그러면서도 왠지 시류를 읽는 참신한 느낌을 주기 위해 일반인들에게 친근한 '스토리'란 말을 빌려 왔는지 모르겠다. 그래서 '스토리'란 것을 화두로 스토리텔링을 가르치겠다는 취지로 이 사업을 추진했으리라 생각된다.

이 교육 과정의 취지는 다음과 같이 표현되어 있다.

"OO 스토리텔링 창작 아카데미"는 전문 스토리텔러를 양성하는 프로그램으로 지역의 스토리 원형을 다음과 창의적인 글쓰기 수업으로 스토리텔러 전문 인력을 육성하고자 합니다. OO의 스토리텔링 콘텐츠를 활용해 지역 문화 사업을 발전시킬 수 있는 작가 양성 과정을 개설하오니 많은 참여 바랍니다.

여기서 스토리텔링 창작이란 것이 사실 이야기 창작이란 말이므로 '텔링'과 창작은 동의어 반복이라 볼 수 있다. 그러나 역시 유행어 화두가 스토리텔링이므로 스토리와 스토리텔링을 거의 동일시하는 경향을 여실히 볼 수 있다. 다만 기존의 다른 문학 강좌와 비교하자면 지역의 특성을 담은 지역적 이야기, 다시 말해 우리 학자들의 자주 사용했던 용어 이야기 '원형'이란 것이 강조되었다는 점, 그리고 작가란 말을 스토리텔링 전문 인력으로 풀이했다는 점이 기존 글쓰기 과정 소개 부분의 용어 부분에서 차이점을 보이는 부분이다. 그렇다면 스토리는 이야기로, 스토리텔링은 이야기 창작으로 해도 무방하다. 결국 교육 대상은 '스토리텔링 작가 희망자'라고 되어 있는데, 이는 곧 작가 혹은 이야기꾼을 만들어낸다는 점에서 기존의 문학 창작 교실과 크게 다르지 않다. 다른 장르와의 접목을 시도하고 있어 문학 창작에 국한시키는 것은 아니지만 주(主)는 문학이고 종(從)이 이들 적용되는 장르이므로 이는 글쓰기 교실이라는 큰 범주를 잡아 창작 교육을 하는 것과 거의 같은 맥락이다. 만일 스토리텔링 전문가란 이름으로 기존의 문학 교실과 차별화될 수 있는 뚜렷한 특징을 찾으라면 그 창작이 문학에 국한되지 않고 게임까지 확장될 수 있다는 가능성을 시사해 두었다는 점이다. 강사로 초빙된 류철균은 실제 게임을 즐기는 게임 애호가로서 풍부한 경험을 바탕으로 게임을 학문적으로 잘 풀어내고 실제 활용하는데 앞장서 왔으므로 그를 통해 교육생들은 디지털 스토리텔링에 대한 이해의 기회를 가질 수 있을 것이고, 산업 디자인과 영화에 어떻게 접목될지는 두고 봐야 할 것이다.

그런데 여기서 교육이 '이해'에서 끝날 뿐 얼마나 실무로 연결될지는 의문이 앞선다. 접수 방법을 보면 '원고지 20매 내외의 지역을 소재로 한 스토리텔링 작품'이기 때문이다. 게임과 영화로 스토리텔링이 연결되려면 이들 장르에서 필요로 하는 맞춤형 실무 글쓰기, 예를 들면 시나리오나 게임 스토리보드 작성 과정이 어느 정도 비중 있게 시간 배분이 되어 있어야 하기 때문이다. 이는 결국 원고지에 작품을 즉 이야기를 낸 다는 것이다. 이 교육 과정 지원자를 선발하는 서류전형도 매우 추상적이다. 그 내용을 보면 "스토리텔링 작품으로 문예창작 기량 분석, 스토리텔링과 콘텐츠에 대한 기본적인 이해도 그리고 지역에 대한 관심과 스토리텔링에 대한 열정"이라는 매우 추상적이고 모호한 기준이다. 물론 주관 기관에서 나름대로의 우리나라 스토리텔링 잣대를 만들어 선발은 하겠으나 참으로 이는 우리나라의 스토리텔링 용어 사랑을 엿볼 수 있는 부분이다.

인간이 태어나서 다른 사람과 교류할 때 가장 먼저 접하는 것은 이야기이다. 언어를 배우기 전 말을 못하더라도 아이는 다른 사람의 이야기를 듣는다. 이야기는 언어 습득과 매체 종류를 초월하여 존재한다는 것을 보여 주는 가장 좋은 예는, 잠자리에 들기 전 부모들이 아이에게 책을 읽어 주며 이야기를 들려주거나 도서관이나 박물관에서 이야기 전달을 통해 정보를 제공하는 경우이다. 이러한 이야기 들려주기가 주로 어린이들을 위한 교육적 취지 활동으로 이루어지고 있으나 사실 이야기를 듣는 청자들의 반응을 유도하고 참조해 가면서 이야기를 들려주는 스토리텔링은 구전으로 전달되는 민담이나 전래 동화 또는 구비 문학으로 정착된 고전 소설 전수 과정에서 그 자취를 쉽게 찾을 수 있다. 그러므로 스토리텔링은 고전적 이야기 전달 방식으로서 이야기를 즐기는 가장 전통적이고 오래된 방식이지 디지털 매체를 통해서 새롭게 등장한 이야기 전달 방식이 아니다. 즉 스토리텔링을 디지털 내러티브 차원에서만으로 분석하는 것은 컴퓨터 매체나 사이버 공간에서 전개되는 스토리와 스토리텔링의 다양성을 수용하는데 한계를 갖게 된다.

인쇄술이 발달하고 책과 소설이 대중화되기 이전에 이미 시작된 스토리텔링의 구전 이야기 전달 방식은 구텐베르크 시대에는 책에 가려져 주목을 받지 못했다. 앞의 예에서 보았듯이 그 전통은 아동 문학이나 어린이를 위한 교육 프로그램 형식으로 그 명맥을 유지할 정도였다. 그러나 이것은 스토리텔링이 사라진 것이 아니라 너무나 당연하게 우리 주변에 있어 일종의 스토리텔링은 인간사의 한 부분으로서 사람들에게 이미 체화되어 있기 때문이다.

오늘날 다시 스토리텔링이 주목받고 있는 것은 일단 활자 인쇄술의 세계에서 탈인쇄 매체, 즉 컴퓨터가 탈구텐베르크 시대의 필수 도구가 되면서 인터넷에서 이야기 공유 방식이 다시 이야기 구술 전달 방식을 상기시키고 있기 때문이다. 다시 말해, 어떤 내용의 이야기를 듣는가보다는 어떻게 그 이야기를 만들어가고 즐기느냐에 관한 이야기 전달 과정에 주목하게 된다. 왜냐하면 단순히 인간의 입을 통해서가 아니라 실제 현실에서 사람들이 마주 보지 않아도 실시간으로 문자를 통해 바로 반응을 보내고 멀티미디어를 통해 감정과 사고를 실어 이야기를 전달하기 때문이다.

초기 한국적 컴퓨터 매체 문학 담론은 한 마디로 인쇄 문학/전자 문학, 본격 문학/장르 문학이라는 이분법적 구도로 압축할 수 있다. 그러나 21세기 디지털 시대의 문학 담론은 문학과 디지털 스토리텔링의 문제라고 보아야 할 것이다. 즉, 문학은 컴퓨터 매체를 사용하면서 언어적 예술의 한 장르로서 장르 문학, 하이퍼미디어 문학은 물론 인터넷 릴레이 소설, 컴퓨터 게임까지 아우르는 디지털 스토리텔링의 한 부류로서 자리매김 되어 갔다. 이런 맥락에서 보면 비록 외국어이긴 하지만 스토리텔링이란 단어는 문학의 경계를 넘나들기 좋은 문학 진화의 가능성을 열어 둔 개념인지도 모른다. 디지털 컴퓨터 매체가 상용화, 대중화되기 전부터 스토리텔링은 존재해 왔으나 우리나라에서는 이 매체를 통해 스토리텔링이 재조명된 것이다. 그래서 스토리텔링은 곧 디지털 스토리텔링을 의미하는 등치 개념이란 오해도 생겼다.

제 3 부

문학과 사이버 판타지아

네버네버랜드 환상곡

사이버 공간은 이상하고 신비한 나라이다. 외국 한 작가의 소설에서 사이버 스페이스로 묘사된 이 공간은 사이버 스페이스 그대로 사용하거나 혹은 우리말로 사이버 공간이라고 불린다. 이 공간은 처음 우리 현실로 실현될 때 매우 장미 빛으로 그려졌다. 적어도 예술 분야에서는 그러했다. 성정체성, 정신성, 인간관계 문제 등 사회적 맥락에서는 범죄로까지 연결되는 우울한 사건 소식이 들리기는 했지만, 문학을 비롯한 예술 분야에서 이 공간은 그동안 매체 안에 갇혔던 예술가들의 상상력 나아가 평범한 사람들에게 내재한 예술적 감흥에 날개를 달아주고 오히려 상상력에 매체적 한계를 긋고 있는 것은 예술가들 자신이라는 생각이 들게 만들었을 정도였다.

현실보다 더 그럴듯한 가상현실과, 멀티미디어를 통해 인간의 오감,

육감까지 동원하는 사이버 스페이스는 1865년에 발표된 루이스 캐롤의 동화 『이상한 나라의 앨리스』(Alice in Wonderland)에서 앨리스가 경험하는 신비한 나라이다. 이 공간에서 어른들은 어린 앨리스가 온통 모든 사물과 글씨가 반대 방향으로 비추어지는 유리창을 통해 이상한 나라를 경험하듯, 역시 유리 즉 컴퓨터 스크린 너머로 신비한 세계를 탐험하며 잃어버린 마음의 고향 또는 생활에 묻혀 버린 상상력의 고향으로 향한다. 19세기 판타지 동화에 펼쳐진 앨리스의 마법의 세계(Wonderland)는 20세기 윌리암 깁슨의 공상 과학적 사이버 스페이스였고 21세기 오늘날 실제 우리 생활에 깊숙이 자리한 컴퓨터 인터넷 세계로 이어진다. 이곳은 어쩌면 어른이 되기 싫어 피터 팬이 도망간 네버네버랜드인지도 모른다.

아날로그 시대 아이들은 환상성을 동화의 나라와 디즈니랜드에서 경험하지만 디지털 시대의 아이들은 해리포터와 함께 마법의 나라에서 또는 컴퓨터 게임을 통해 인터넷에서 경험하고 있다. 청소년들이 이성을 유보하고 감각에 의존하는 환상성을 가장 쉽게 그리고 처음으로 경험하는 것은 컴퓨터 게임을 통해서이다. 디지털 기술 발전 이면에 사회 구성원들 사이에 발생하는 디지털 격차는 중요한 사회적 문제를 야기한다. 우리나라에서 디지털 격차가 시사하는 문제 중 주목하게 되는 것은 디지털 격차가 서사물 선호도 양극화와 밀접한 관련을 맺고 있다는 점이다.

1. 판타지 변주곡

사이버 스페이스 탐험이 컴퓨터를 통해 실현되었을 당시 남녀 인문계 고등학교 305명을 대상으로 필자가 실시한 설문 결과를 보면 이를 잘 보여 준다. 오래 전 자료이기는 하지만 우리의 사이버 문화, 특히 게임과 관련 시사점을 던져 주므로 이는 여전히 유효한 정보가 된다고 생각된다. 당시 결과를 보면, 미국의 게임 주 소비층이 20대 이상인데 비해 우리나라에서는 10대가 압도적으로 많다. 특히 언론의 조명을 많이 받는 온라인 게임일수록 청소년 게이머가 전체 사용자 중 차지하는 비중은 더욱 높았다. 설문 조사 대상을 10대로 한 것은 이러한 이유에서였다.

컴퓨터 게임에 대한 설문 조사를 한 결과 한 번도 게임을 해 보지 않은 사람은 1명이었고, 게임을 싫어한다고 응답한 사람은 2명에 불과했다. 또한 현재 즐기는 게임을 적으라는 항목에서 거의 모든 학생이 적어도 한 개의 게임 명을 적었다. 이는 대부분의 청소년들이 컴퓨터 게임을 해 본 경험이 있으며 현재 컴퓨터 게임을 즐기고 있는 것임을 보여 준다. 그리고 컴퓨터 게임과 판타지 소설을 좋아하느냐는 질문에 대해 좋아한다고 응답한 사람들이 말한 이유 가운데 게임과 소설 모두 '현실에서 할 수 없는 일을 하는 멋진 주인공이 될 수 있기 때문에'라는 환상성을 지적하였다. 재미있는 사실은 이것이 판타지 소설을 좋아한다고 응답한 학생들에게는 좋아하는 가장 큰 이유(좋아한다고 응답한 학생 수 총 142명 가운데 48명이 이렇게 이유를 제시)가 되는데 동시에 판타지 소설을 싫어한다고 대답한 응답자들은 가장 싫어하는 이유(싫어한다고 응답한 학생 수 총 116명 가운데 39명이 이렇게 이유를 제시)라고 대답한 점이다. 판타지 소설을 즐기는 사람들에게는 이러한 현실 도피 내지 현실성이 없는 요소가 흥미롭기 때문에 좋아하는 이유가 되지만 오히려 싫어하는 사람들은 같은 소재나 주제가 '허무맹랑하고 황당무계한' 세계를 그린 것으로 간주하고 그것이 싫은 이유라고 답하였다.

사이버 스페이스란 용어, 그 안에서 즐기는 컴퓨터 게임, 이 두 세계를 칭하는 추상적 개념인 환상성은 태생적으로 매우 밀접한 관계를 가지고 있다. 우선 사이버 스페이스 자체가 환상적 세계이다. 이 공간은 인터넷에서 우리가 눈으로 보고 탐험하는 세계이지만 손으로 만지거나 지도에 표시할 수 있는 물리적인 공간은 아니므로 그 자체는 분명 현실에 존재하지 않는 환상적 세계이다. 1980년대 청소년들이 전자오락하는 것을 보고 아이디어를 얻어 윌리암 깁슨은 사이버 스페이스란 용어를 처음 사용한 『뉴로맨서』(Neuromancer)를 썼고, 1990년대 더글라스 쿱랜드(Douglas Coupland)의 『X세대』(Generation X: Tales for an Accelerated Culture)에서 유전자 X 변형 인자를 가진 주인공들은 꿈과 현실, 게임 세계와 현실 세계를 넘나들며 비디오 게임을 즐기는 것으로 그려졌으며, 오늘날 21세기에 청소년들은 이 모든 것 즉 사이버 스페이스와 컴퓨터 게임 그리고 판타지 소설까지 갖춘 판타지아에서 살고 있는 것이다.

사이버 판타지아는, 사이버 공간에 대한, 그리고 사이버 공간에서 펼쳐지는 판타지아이다. '판타지'라는 익숙한 단어 대신 '판타지아'를 선택한 이유는 두 가지이다. 첫째, 판타지란 환상성이란 우리말로 풀이할 수 있는데, 가장 친숙한 것이 판타지 소설이므로 자칫 이 글이 판타지 소설에 대한 것이라는 선입견을 없애기 위한 것이다. 둘째, 판타지아에는 우리가 판타란 용어를 자주 사용하게 만든 판타지 소설을 지칭함과 동시에 음악에서 말하는 환상곡, 이렇게 두 가지 의미를 함축할 수 있기 때문이다. 환상곡은 고정된 형식에 제약을 받지 않는 매우 자유로운 악곡 형식이다. 이는 특히 우리 문화 담론에서 판타지를 둘러싼 다양한 논의를 일컫는 적절한 표현이 될 수 있다. 우리의 판타지 담론은 판타지를 둘러싼 변주곡인 것이다..

판타지는 우리말로 환상이라고 옮길 수 있다. 그런데 그 사용 예들을 보면 '환상적'이나 '환상 문학'이라고 말하지만 영화의 장르에서는 '환상 장르'라고 하지 않고 같은 호러, 드라마, 판타지와 같이 하나의 장르 이름으로 그대로 '판타지'라고 부른다. 그래서 '환상 문학'이라는 표현도 '판타지 문학' 혹은 '판타지 소설'과 함께 사용되다가 언제부턴가 우리말인 환상 문학은 '판타지'가 들어간 이들 소설 문학 이름으로 상용화되면서 그 변별적 장르 특성을 함축하게 되었다. 그래서 앞의 사이버 공간과 조응하기 위해 여기서 사이버 스페이스, 판타지아로 영어 이름을 그대로 사용하였다. 간혹 컴퓨터 디지털 관련 이야기를 풀어 나가다 보면, 한편으로는, 영어가 남용된다는 느낌이 들 때도 있어, 이 글에서는 사이버 공간이나 환상곡이란 말도 병행하여 사용하였다. 이는 우리가 서사를 논할 때 문학 관련 연구자들은 서사라는 말을, 기타 예술 관계자들은 내러티브를 병행하여 사용하는 것과 마찬가지 맥락이다.

우선 사이버 공간에 대한 판타지아는 이 공간에 대해 우리가 환상을 품고 있는 일종의 착각 현상 또는 오해를 지적하는 것이고, 사이버 공간에서 펼쳐지는 판타지아는 현재 담론에서 가장 많이 부상하고 있는 판타지 소설과 컴퓨터 게임이다. 사이버 공간에 대한 우리의 판타지아는 컴퓨터 기술의 발전으로 가능해진 화려한 3-D 그래픽과 가상현실이 환상성을 표현함으로써 곧 사이버 공간은 현란한 멀티미디어의 이미지 또는 그래픽의 세계로 보는 이상적인 시각적 화려함의 유혹에 대한 굴복이다. 이러한 우리의 착각은 지금처럼 용량이 큰 컬러 그래픽과 음성 파일을 담을 수 있을 정도의 개인용 컴퓨터의 대량 보급에 기인한다. 따라서 지금 이 시대의 우리는 컴퓨터가 전자계산기(또는 줄여서 전산기)라고 일컬어질 때, 일부 학교의 연구원이나 대학 교수들만이 컴퓨터를 사용할 수 있었던 시절에, 검은 바탕에 하얀 글씨의 텍스트와 그래픽이라고 해야 점, 선 그리고 세모, 네모, 동그라미, 그리고 좀 더 발전한 것이 상어나 로켓 모양의 하얀색 기하학적 무늬에서 출발했다는 사실을 간과하고 있거나 혹은 모르고 있다.

이때 컴퓨터의 운영 체제는 오늘날 우리에게 익숙한 아이콘을 클릭하면서 사용하는 GUI(Graphic User Interface)상에서 친절하게 윈도우를 통해 모든 것을 보여주는 사용자 친화적 형태가 아니었다. 일반인들에게 가장 크게 컴퓨터 사용 경험을 두 개로 분리하는 매킨토시와 IBM에서 매킨토시는 이미 오래 전부터 아이콘과 윈도우(창, window 또는 text space 로서 텍스트가 담기는 공간들)를 사용하고 있었는데 이것이 마이크로소프트 윈도우(영어로는 정확히 말하면 windows) 체제를 사용하면서 비로소 우리가 오늘날 익숙한 컴퓨터 사용 환경이 되었다. 그 이전에는 사용자는 모든 것을 명령어를 사용하여 키보드에 타이핑을 하면서 컴퓨터를 작동하였고 인터랙션이라는 것이 '클릭'이 아니라 '타이핑'이었다. 이렇게 매체로서 컴퓨터가 어떻게 다양한 기능을 구현했는가를 사용자 입장에서 더듬어 보아야 하는 이유는 지금처럼 기술이 발전한 편리한 시대에 시계를 과거로 돌려 '그때를 아시나요'를 되뇌며 향수에 젖고자 함이 아니다. 매우 중요한 근본적 이유는 바로 컴퓨터를 사용한 문학을 비롯한 예술 형태 또는 게임을 논함에 있어 기본적인 컴퓨터 매체의 특성을 바로 이러한 컴퓨터의 출발선상부터 연구가 될 때 지금까지 면면히 내려오는 현대의 지배적 매체로서 컴퓨터를 활용한 컴퓨터, 디지털, 사이버라는 접두어가 붙은 다양한 형태에 대한 심도 있는 접근이 이루어질 수 있기 때문이다.

이렇게 사이버 공간에 대해서 우리가 가지고 있는 오해는 사이버 공간에서 펼쳐지는 판타지아에 대해서도 우리를 근시안으로 만드는 경향이 있다. 그 대표적인 것이 바로 사이버 공간에서 주로 공유된다고 하여 사이버 문학이라는 이름 하에 아직도 판타지 문학만을 논하고, 온라인 게임의 강국이라서 그런지 컴퓨터 게임은 곧 화려한 그래픽이 필수인 현재의 게임만을 생각하게 되었다. 그 결과 사이버 공간이란 곧 인터넷에 펼쳐지는 세계일진대, 기존의 인쇄물 텍스트를 온라인 상에 업로드시킨 소설의 소재 또는 장르가 부각되어 보다 기본적인 인쇄물과 전자물간의 텍스트성의 문제는 쉽게 간과되곤 한다. 즉, 인쇄물로 구현되는 서사 텍스트와 전자물로 컴퓨터 스크린을 통해 즐기도록 만들어진 텍스트간의 차이를 보여주는 종이와 컴퓨터의 매체적 특성이 가져온 서사물 양식의 변화가 간파되지 못하게 된다는 것이다.

한 예를 들자면, 비교적 현대적인 판타지 소설의 태두라고 할 수 있는 톨킨의 『반지의 제왕』을 보자. 우리나라에서는 2002년 판타지 소설의 붐을 타고 서로 다른 세 출판사가 각기 다른 제목 하에 번역하여 현재 톨킨의 이 작품은 세 가지 이상의 다른 종류가 시중에 판매되고 있다. 1950년대 중반 영국에서 출판된 이 소설은 그 때도 그리고 지금도 똑같이 판타지 소설이다. 그럼 만일 이것을 웹 사이트에서 읽는다고 하자. 그럼 그것은 사이버 소설이라고 불러야 한다. 요즘 담론의 방향으로 보면 그러하다. 그러나 역시 책으로 읽던 웹 상에서 읽던 이것은 판타지 소설, 똑같은 장르이다. 90년대 PC 통신 공간에서 문학 동호회 모임이 활발할 때 여기서 발표되는 소설은 또 통신 문학이라고 불렀고 그 때도 유독 인쇄 문학에 비해 판타지 과학(판타지 + 공상 과학) 소설이 많아 통신 문학이라는 용어가 유행하였는데 이제는 또 사이버 문학이란 용어로 바꾸어 같은 장르의 소설을 부른다. 결국 우리나라에서는 소설의 기존 장르 이름을 그 소설을 공유하는 공간의 이름을 붙인 새로운 이름으로 대신하는 경향이 있다는 것이다. 판타지 소설은 인터넷이 문학의 장이 되기 이전이나 그 이후에도 역시 판타지 소설이라는 이름으로 남아야 한다. 물론 여기서 우리나라의 특성을 반영하여 사이버 문학이라는 이름으로 판타지 소설을 논하는 자체에 문제가 있다는 것은 아니다. 내 주장은 이제는 사이버 문학은 곧 판타지 소설이라는 등식이 만들어낸 환상을 깨자는 것이다.

판타지란 21세기 초 한국의 대표적 문화 코드가 된 듯한 착각마저 들게 한다. 그 시대의 문학 양상을 가장 잘 반영해 준다고 볼 수 있는 신문 연재소설에도 판타지 소설 장르가 '데뷔'하기 시작했고, 게임을 각색한 연극이 '판타지…'란 이름으로 무대에 올려지기도 하며 미술 전시회에서 '환상성'(판타지)이란 주제로 작품 전이 열리기도 한다. 사실 판타지란 말은 현실에 두 발을 딛고 사는 모든 인간들에게 일종의 안전한 도피처로서 잠시 일탈을 꿈꾸며 현실 도피의 무한한 상상의 나래를 펼친다는 점에서 굳이 그렇게 흥분할 만한 새로운 개념은 아니다. 그럼 사이버 스페이스에서 이 판타지는 어떻게 변주곡 판타지아로 만들어지는가? 그것은 컴퓨터 게임과 문학과의 서사성 공유에서 찾을 수 있다.

과거에는, 게임 개발자와 게이머마저도 알지 못하는 그 초장기에는 컴퓨터 게임이라고 할 때 플랫폼 측면에서 비디오 게임, 아케이드(전자오락실) 게임, 온라인 게임으로 크게 세 부분으로 나누었다. 컴퓨터 게임을 컴퓨터를 이용하여 만든 게임인가 혹은 컴퓨터를 이용하여 즐기는 게임이냐고 보는 시각에 따라 컴퓨터 게임이라는 개념 정의와 적용 범위는 매우 다양하고 광대하다. 여기에 휴대폰으로 하는 게임인 모바일 게임까지 더한다면 컴퓨터인가 휴대폰인가 하는 것을 떠나 모든 것이 컴퓨터 디지털 기술로 가능해졌다는 기본 기술만이 의미 있는 것일지 모른다. 같은 온라인 게임이라고 하더라도 과거 80년대 아케이드 게임인 갤러그나 테트리스, 보글보글 등을 인터넷 버전으로 옮겨 놓은 것도 있고 스포츠 또는 비행기, 자동차등 시뮬레이션 게임도 있으며 우리나라가 선발 주자인 온라인 머드 게임 등 장르 구분이 있을 수 있고, 같은 장르에서도 게임의 종류는 셀 수 없이 많다. 오래 전 온라인 게임의 경우만 보더라도 일 년에 베타 테스트[1]를 실시하는 게임의 종류만 거의 1000개에 이르렀던 것으로 알고 있는데 컴퓨터 게임이란 이름으로 어느 것을 그 모델로 삼느냐 하는 것이 관건이 될 것이다.

이 맥락에서 필자가 사용하고 있는 컴퓨터 게임의 개념은 컴퓨터 게임에 문법을 제공한 일종의 컴퓨터 게임의 교과서라 할 수 있는 고전적 게임들과 그 게임들 중 서사성을 담고 있는 것 즉 등장인물, 사건등 기본적인 이야기 줄거리를 가지고 있는 게임들을 중심으로 연구한 게임들의 공통성에 기반을 둔 것이다. 컴퓨터 게임의 고전들은 우선 그래픽이 거의 없는 텍스트 기반의 게임이었고 그 게임 이야기는 톨킨의 작품에서 아이디어를 얻어 왔다. 문학과 게임의 상관관계를 논함에 있어 우선 이러한 판타지 소설과 컴퓨터 게임과의 관계가 언급되어야 하고 다음으로는 텍스트 기반의 게임이란 컴퓨터와 게이머가 같이 대화를 하면서 즉 게이머가 키보드에 타이핑을 하면서 상호 이야기를 꾸며 나가는 컴퓨터와 게이머의 상호작용(인터랙션 interaction)이 시사하는 쌍방향성(쌍방향성 interactivity)와 서사성의 문제를 생각할 수 있다.

우선 전제할 것은 판타지 소설의 근원을 찾자면 『오즈의 마법사』 (Wizard of Oz), 『이상한 나라의 앨리스』와 같이 주인공이 이상하고 신비

---

1) 베타 테스트란 제품 출시 전 게이머들에게 시범적으로 사용해 봄으로써 문제점을 발견하고자 실시하는 테스트를 말한다. 게임이 출시되는 과정은 테스트 측면에서 크게 세 가지로 나눌 수 있다. 첫째, 개발 담당자인 회사 자체 내에서 하는 것은 알파 테스트, 둘째, 베타 테스트 그리고 셋째, 발견된 문제점을 회사에서 최종적으로 게임을 출시하기 전에 실시하는 감마 테스트가 있다.

한 나라에서 경험하는 판타지 동화까지 거슬러 올라갈 수 있다. 물론 이런 환상성이 서양 문학에만 있는 것은 아니고 우리의 고대 소설, 구비 문학까지 거슬러 이미 존재하고 있었음은 모두가 잘 알고 있다. 그러나 이 글이 기본적으로 판타지 소설에 대한 연구가 아니라 게임과 문학에 초점이 맞추어지므로 게임과의 연계성 측면에서 톨킨을 그 출발점으로 한 것이다. 또한 컴퓨터 게임의 배경이 되는 이야기 출처가 반드시 판타지 소설에만 국한된 것은 아니나 그 많은 컴퓨터 게임들을 아우르는 게임의 법칙 또는 문법을 제시할 수 있는 게임들이 이 장르에 많은 영향을 받았으므로 판타지 소설만을 언급한 것이라는 것을 밝혀 둔다.

게임의 문학적 상상력과 문학의 게임적 상상력이 가장 두드러지는 모티프는 '검, 마법, 드래건'이다. 이러한 유사한 모티프는 판타지 소설이 대중적 인기를 얻자 대형 서점의 한 편에 별도로 만들어진 판타지 코너에 진열된 소설들의 제목이 가장 잘 시사해 준다. 또한 게임에서 아이디어를 얻은 시들 모두 이러한 모티프가 빈번히 등장한다. 분명 판타지 소설이 검, 마법, 드래건의 소설만은 아닌데도 이렇게 지배적인 이유는 톨킨의 소설에서 아이디어를 얻은 초기 컴퓨터 텍스트 게임들의 영향이 크다. 1990년대 초반 미국의 컴퓨터 게임에서 아이디어를 얻은 일본의 판타지 소설이 PC 통신 공간을 통해 활발한 창작 활동을 펼쳤던 우리나라의 판타지 작가에게 영향을 끼쳤고 90년대 말 그리고 현재 21세기에 들어 온라인 게임 붐을 통해 컴퓨터 산업의 활성화와 동시에 게임적 상상력이 문학에도 반영되어 컴퓨터 게임-판타지 소설 그리고 다시 판타지 소설-컴퓨터 게임의 순환의 고리는 계속되고 있다.

게임적 상상력이 우리나라의 문학에 반영된 것은 온라인 게임 시대 이전 우리나라의 서구 중세풍의 판타지 문학이 탄생한 PC 통신 시절 부터였고 우리의 판타지 문학이 컴퓨터 게임적 상상력에 근간을 두는 경향을 보인 것은 일본 판타지 소설가 미즈노 료의 영향이 크다.[2] 미즈노 료는 미국의 게임인 롤 플레잉 게임광이었고 그 게임의 포맷을 자신의 소설 『로도스도(島) 전기(戰記)』에 담아 일본에 판타지 소설의 대중적 인기를 몰고 온 작가이다. 그러나 이 사실만 가지고 우리의 판타지 문학이 곧 외국의 롤 플레잉 게임에서 영향을 받은 것이라고 단순화시킬 수는 없다.

판타지 문학이 재조명된 것은 우리나라에서 통신 문학을 통해서다. 이런 맥락에서 한국의 통신 문학은 분명 문학사적으로 그 가치를 인정 받을 만하다. 그런데 인터넷으로 문학의 장이 옮겨지고 온라인 게임이 인기를 끌면서 게임과 문학의 상관성이 통신 문학이 등장한 90년대로 흔히 생각하기 쉽다. 이는 게임에서 판타지 소설의 소재 및 주제 또는 환상적 장치가 유래 된 것으로 보는 시각이다. 그러나 오히려 판타지 소설에서 온라인 게임에 토양을 마련한 고전 게임들은 영향을 받았다. 오늘날 컴퓨터 게임에까지 이어지는 게임의 문법을 제공한 초기 소위 게임 고전들의 개발자들은 톨킨의 열렬한 팬이었고 게임의 산파 역할을 했던 미국 대학의 연구동은 톨킨의 소설에 나오는 인물이나 장소를 연구실 이름으로 사용할 정도로 컴퓨터 게임은 판타지 소설가의 대부

2) 김민영, 「사이버 문학, 현황과 전망」, 『21세기 문학』, 2001년 여름호, 25면.

라 할 수 있는 톨킨 작품의 지대한 영향을 받았다. 이후 톨킨의 아류에 해당되는 판타지 소설과 컴퓨터 게임들이 양산되었으며 현재 이것이 우리나라 사이버 스페이스에 변주곡으로 메아리치고 있는 것이다.

미즈노 료가 즐겼다는 롤 플레잉 게임은 컴퓨터 게임의 고전이라고 할 수 있는 <던전즈 앤 드래곤즈, Dungeons & Dragons>이다. 이 게임은 원래 카드 게임이었고 1970년대 보드 게임(두꺼운 마분지에 주사위를 던져 즐기는 게임)으로 바뀌었으며 다시 90년대 컴퓨터 게임으로 변형되었다. 이 게임을 처음 들어 본 사람이라도, 게임 캐릭터에 흔히 전사, 마법사, 성직자, 요정들이 나오고 스킬이라고 부르는 것에 해당되는 캐릭터의 속성이 힘, 기민성, 마법 능력 등을 의미하는 것이며 괴물을 죽여 보물을 찾으면 경험치가 올라가는 게임 진행 방식에는 친숙할 것이다. 이런 점에서 1970년대와 80년대 인기를 끌었던 던전즈 앤 드래곤즈는 오늘날 온라인 게임에까지 큰 영향을 준 게임 고전중의 고전, 한마디로 게임의 바이블(성서)라고 할 수 있다. 현재 게임의 주류를 이루고 있는 온라인 머드 게임도 그 명칭(MUD, Multi-User Dungeons)이 잘 말해 주듯 이 게임의 영향을 받은 것이다. 다만 게임 배경이 되는 이야기의 출처가 판타지뿐 아니라 역사물, 공상 과학물 등 다양하게 확대되고 게임 진행 방식이 바뀜에 따라 현재는 Multi-User Domains를 비롯한 몇 가지 다른 영어 풀이가 생겼다.

용어 면에서도 던전과 드래건이 단지 지하 감옥과 용이라는 사전적 의미를 뜻하는 것이 아니라 던전은 어드벤처 게임에서 주인공이 퀘스트를 수행하기 위해 모험을 펼치는 지하 왕국이나 동굴과 같은 지하

세계를 의미하고, 드래건은 주인공의 용감성을 부각시켜 모험 과정에서 물리쳐야 하는 악의 세력으로서 아시아의 길조 상징의 긴 용이 아니라 날개가 달리고 걸어 다니는 익룡이다. 퀘스트는 영어이기는 하나 컴퓨터 게임에서는 오히려 '탐색'이라는 우리 말 번역이 의미를 전달하기 힘들어 퀘스트라는 영어 용어를 그대로 사용한다. 이는 던전과 드래건을 비롯해 컴퓨터 게임에서 영어 단어가 사전적 의미보다는 게임 장치를 의미할 때가 많으므로 그대로 사용하는 것이다. 퀘스트는 내러티브적 용어로서 흔히 영웅을 비롯한 이야기 주인공이 난관을 극복하고 임무를 수행하는 것을 뜻하고 게임에서도 퍼즐 풀기, 몬스터 죽이기 등의 과정을 포함해 게이머가 주어진 목적을 달성하는 것을 말한다.

서점의 판타지 소설 코너에 가면 유난히 영어 이름 그대로 '드래건'과 드래건을 처치하기 위해 주인공(게이머)이 사용하는 '검'이 많고 컴퓨터 게임 이름에서도 <던전 시즈>나 <드래건 라자>에서 보듯 이 두 단어가 들어간 것이 유난히 많다. 이영도의 <드래건 라자>는 원래 판타지 소설이었다가 게임으로 만들어졌으나 사실 그 소설 자체가 던전즈 앤 드래곤즈 게임을 근간으로 창작된 것이 아닌가 착각할 정도로 이 게임과 이 소설의 장치는 유사점을 많이 가지고 있다.

14년 이상의 각고의 노력 끝에 3부작으로 완성한 톨킨의 『반지의 제왕』을 이 짧은 지면에 모두 분석할 수가 없고 또한 논지 전개상 모든 분석은 불필요하다. 그래서 매우 간단한 예들만 들어도 게이머들에게는 쉽게 이해가 될 정도의 게임적 장치의 근원은 이 작품에서 찾을 수 있다. 그 대표적인 것은 가상의 대륙 탐험 모험에서 펼쳐지는 주인 공의 퀘스트라는 주제와 등장하는 캐릭터의 종류이다. 퀘스트의 주제 는 비단 판타지 소설뿐 아니라 모든 영웅을 주인공으로 하는 모험담의 대표적인 주제이고 영문학 작품에서 가장 흔하게 볼 수 있는 것이다. 톨킨의 『반지의 제왕』에서 반지를 찾아 떠나는 호비트의 모험적 영웅 담의 대표적 주제 역시 퀘스트이다. 중원(middle earth)이란 가상의 대륙 을 배경으로 하지만 실제 톨킨은 이 대륙의 지도까지 상세하게 그렸다. 그 대륙의 각 지역별로 사는 캐릭터의 부류도 인간, 호비트, 드워프 그 리고 요정이나 오크와 같은 상상적 존재가 등장한다. 우리에게 이야기 에 나오는 캐릭터는 그동안 사실 '등장인물'이라는 사람 위주의 번역 표현으로 더 잘 알려져 있다. 그러나 판타지 소설은 기본적으로 인간 보다는 인간이 아닌 존재들이 더욱 많이 등장하기에 캐릭터라는 영어 를 사용하는 것이 불가피하게 되었고 이러한 이유로 게임의 캐릭터를 '등장인물'로 하기 보다 영어 그대로 '캐릭터'로 부르는 것이 자연스럽 게 되었다. 이러한 캐릭터 종류, 게임에서 말하는 '직업'은 캐릭터를 이름으로 분류하는 것이 아니라 그 캐릭터의 직업상으로 분류하므로 게임의 캐릭터의 이름은 게이머마다 각자의 이름으로 대치되고 다만 특성별로 캐릭터를 묶는 직업 또는 '종족'으로 일컬어지는 것이다. 그 래서 인간이라는 게임 캐릭터도 있지만 휴먼이라고 부르는데서 알 수 있듯이 게임 캐릭터에는 유독 영어 캐릭터명이 지배적이다.

톨킨의 작품에 등장하는 캐릭터들과 매우 유사한 캐릭터 군들이 게 임에는 많다. 단적으로 보여 주는 것이 앞에서 말한 인간/비인간, 괴물 등의 단순화된 캐릭터 군인데 특히 요정을 엘프라고 부르는 것은 단연 톨킨 작품의 영향이 크다. 영어에서 요정은 엘프(elf), 스피리트(spirit), 페어리(fairy) 등 신화나 민담에 등장하는 것이 많은데 대부분 게임의 요정은 우리 말로 요정이라고 부르는 것을 제외하면 이 들 중 유독 '엘프'만을 사용하고 있는데서 그것을 알 수 있다.

우리가 자주 사용하는 사이버 스페이스란 용어의 근원지가 노버트 위너의 '사이버네틱스'에서 비롯되었다는 것은 잘 알려져 있다. 이 용어의 핵심은 '피드백'에 있다. 이 이상하고 신기한 공간에 사용자들이 열광하는 이유는 내가 무엇을 조작했을 때 즉각적으로 다양한 반응을 보여주는 황홀한 비경(秘境)이 우리 눈 바로 앞에 펼쳐지기 때문이다.

위너는 자신의 '조절과 커뮤니케이션 이론'을 '사이버네틱스'라고 불렀다. 그에게 이 단어에 대한 아이디어를 준 것은 조타엔진의 조속기(調速機)에 대한 클럭 맥스웰의 논문(1868)에서 '조타수'란 의미의 '사이버네틱스'를 떠올렸다. 클럭 맥스웰의 논문에 의하면 가장 잘 개발된 최초의 피드백 메커니즘 중 하나는 배의 조타 엔진인데3), 바로 이 피드백 장치가 자신의 이론의 핵심이라고 생각하고 위너는 사이버네텍스란 신조어를 만들게 되었다. 그러므로 사이버 스페이스란 용어가 시사하는 바는 지나치게 우리가 흥분하고 있는 비언어적, 가시적 공간의 이미지가 아니라 A의 행동에 대해 B가 반응을 보이는 피드백 장치이고 이것이 컴퓨터 기술로 구현될 때 A→B, B→A의 인터랙션이 형

---

3) Norbert Wiener, *Cybernetics: or Control and Communication in the Animal and the Machine*, MIT Press, 1961, p.11.

성된다. 컴퓨터 기술의 발전은 곧 CHI(Computer Human Interface)의 발전이다. 그러므로 컴퓨터 기술의 발전 과정에서 이 피드백 장치는 인간과 기계, 정확히 말하면 인간과 인간처럼 느껴지는 기계, 나아가 기계를 통해 인간과 인간이 인터랙션을 가능하게 해 주었다.

우리가 '인터넷을 이용한' 또는 '인터넷에서'란 뜻으로 사용하는 사이버—접두어는 피드백 장치를 이용한 인터랙션이 이루어진다는 의미를 함축하는 것이고 결론적으로 사이버라는 용어의 기본적 특성은 쌍방향성에 있다. 인터넷이 대중적으로 보급되면서 사이버 스페이스란 말을 자주 사용하는데 사실 컴퓨터를 이용하여 지리적 경계와 현재의 실제 장소를 초월한 네트워크의 출발은 그 이전에 우리나라의 경우 PC 통신에서 찾을 수 있다. 이때 문학 동호회를 통해 왕성한 창작 활동이 이루어졌고 그 때의 문학을 통신 문학이라고 일컬었으며 통신 문학의 대표적 장르가 판타지 소설이었다. 동호회 모임이 인터넷으로 옮겨져 커뮤니티로 바뀌면서 통신 문학이라는 명칭 대신 사이버 문학이라고 부르지만 여전히 지칭하는 것은 그대로 판타지 소설에 국한되어 있다.

통신 문학과 사이버 문학이 컴퓨터를 활용한 문학이라고 할 때 그동안에 지나치게 소재적 측면 즉 판타지라는 장르에만 담론이 국한되어 왔고 이러한 컴퓨터 네트워크로 형성되는 공간—PC 통신이든 사이버 스페이스든—의 기본적 특성인 피드백장치의 쌍방향성는 문학의 생산과 공유 과정에 주로 초점이 맞추어져 텍스트성에 반영된 쌍방향성에 대한 언급은 거의 없었다. 정확히 말하면 그런 텍스트가 기술적으로 탄생하지 않았던 시대였다. 그러나 그것이 가능한 사이버 스페이스에서 전개되는 문학 작품에서도 여전히 기본적인 쌍방향성는 무시된 채소재적 측면만 전경화하여 판타지 소설에 대한 담론만 계속되고 있는 문제점을 나는 앞에서 지적한 바 있다. 다행히 이후 서서히 사이버 문학 담론은 서서히 천편일률적인 판타지 소설의 담론에서 벗어나기 시작하였다. 소재와 장르의 문제가 아니라 텍스트성에 관심이 옮겨가면서 웹 소설이나 하이퍼텍스트 문학 등 인터넷에서 펼쳐지는 다양한 문학 형태 또는 문학 행위에 점점 많은 관심이 쏠리고 있다. 이제 이야기를 들려주는 서사물은 단지 문학뿐 아니라 영화, 게임 등 텍스트기반의 텍스트에만 국한되어 있는 것은 아니다. 인터넷에서는 이러한 장르와 매체가 결합되는 양상을 보이므로 이제는 예술의 형태, 문학의 장르, 문학과 오락이 서로 경계를 넘나들며 좀 더 포괄적인 그래서 연구자들에게 더욱 고민을 안겨주는 서사자체가 현대 문학의 담론이 되어가고 있다. 문학 연구자의 게임을 바라보는 시각은 여기서 출발한다.

2. 게임 판타지

필자가 개인적으로 게임을 연구한다고 했을 때 모두 첫 번째 주변의 반응은 청소년들에게 게임이 미치는 심각한 폐해를 먼저 언급하였다. 언론은 어떠한가. 언론에서 다루어지는 게임은 이러한 사회적 맥락과 가장 유망한 미래 사업 아이템으로서 비즈니스 수익성 측면에서 다루어지고 있다. 우리가 게임이란 말을 사용한 것도 그리 오래된 것은 아니다. 우리에게는 고무줄 놀이, 딱지치기, 술래잡기 등 밖으로 나가서 몸을 움직이며 노는 놀이가 익숙했었고 또 그 놀이에는 고유한 명칭을 붙였으며 실내에서 종이로 노는 것도 게임이라는 말보다는 놀이라는 말을 사용하였다. 외국 보드 게임과 유사한 게임 중 필자가 어린 시절 놀던 주사위 놀이라는 것이 있었다. 주사위를 던져서 나온 수만큼 가다가 사다리가 나오면 목적지를 향해 더욱 빨리 올라갈 수 있고 뱀이 나오면 다시 미끄러져 내려와 목적지 도착이 느려지는 것이었다. 우리가 게임이라는 말을 붙여 오락을 칭한 것은 역시 컴퓨터 게임이 알려진 이후인 듯하다. 과거에는 엄마들이 아이들에게 '오락실가지 말라'고 말렸었는데 요즘에는 '게임하지 말라'는 말로 바뀌었다.

컴퓨터 게임은 곧 온라인 게임이고 온라인 게임은 화려한 그래픽이 선행되어야 한다고 흔히 생각하지만 컴퓨터 게임이 발전하기까지는 컴퓨터 기술이 뒷받침되어야 했다. 따라서 컴퓨터 기술의 역사와 컴퓨터 게임의 역사는 그 궤를 같이 한다. 오늘날 컴퓨터 용량 단위로 메가 바이트(MB)를 사용하고 있으나 사실 그 이전에는 킬로 바이트(KB)였다. 따라서 지금처럼 컴퓨터가 저렴한 가격에 보급되기 전에는 컴퓨터를 개인이 가정에서 사용할 수 있는 상황도 아니었으나 무엇보다 지금과 같은 그래픽은 상상도 못하던 상황이었다. 이는 이미지 파일과 문서 파일을 전송하거나 다운로드 받을 때 그 시간의 차이가 얼마나 큰가를 생각하면 알 수 있고, 부팅할 때 윈도우 버전이 아니라 도스 버전에서 검은 바탕에 하얀 글씨만 있는 스크린을 비교해 보면 기술의 혁명적 발전을 실감할 수 있다. 그러므로 과거의 게임이란 검은 바탕에 글씨를 써 가면서 즉, 우리가 사용하는 언어인 자연 언어 그대로 타이핑을 하면서 게이머가 즐기는 텍스트 기반의 게임이었다. 현재 온라인 머드 게임과 비교하면 우습다고 언뜻 생각할 수 있으나 이 텍스트 기반의 게임이 바로 게임의 교과서가 되어 오늘날 게임 개발에 기본적인 장치를 제공해 주고 있다.

유명한 영어 텍스트 게임이었던 <조크 Zork>의 안내문을 잠깐 살펴보면 텍스트 게임 진행 과정을 쉽게 알 수 있다. 실제 게임이 시작되면 물론 이러한 안내문은 없으나 참고로 게임을 시작하기 전 초보자들을 위해 조크 게임 파일에 들어있는 안내문을 소개하면 다음과 같다.

이 게임은 텍스트 어드벤처이므로 당신이 게임이 컴퓨터에 입력하는 다른 낱말들을 인식하게 됩니다. 몇 가지 그 낱말들을 예를 들면 다음과 같습니다. 보아라, 집어라, 관찰해 봐라, 죽여라, 말해라, 열어라, 닫아라, 들어가라, 나와라, 밀어라, 잡아 당겨라, 올려라, 이동해라, 묶어라 (이것은 게임 안내문에 나와 있는 예들이다.) 또한 당신이 어디론가 움직이고 싶을 때 그 방향을 가리키는 단어를 쓸 수도 있습니다. 예를 들면 이렇게 타이핑을 하는 것입니다. "북쪽으로 가라" 또는 "북쪽" 아니면 그냥 "북"이라고 치면 됩니다. 흔히 사용하는 방향에는 북, 남, 동, 북동, 북서, 남동, 남서, 위, 아래가 있습니다.

게임이 본격적으로 시작되면 다음과 같은 글귀가 있다.

조크에 오신 것을 환영합니다.

집의 서쪽
당신은 지금, 정문이 판자로 막힌 하얀색 큰 저택의 서쪽으로,
벌판 한가운데 서 있습니다. 여기 작은 우편함이 있군요 >

그 다음 '>'부터는 게이머가 타이핑을 하며 게임을 진행시키는 것
이다. 만일 내가 이 모험의 주인공이 되어 북쪽으로 이동하고 싶으면
">북쪽으로 가라"라고 타이핑한다. 그러면 그 다음 컴퓨터에서

집의 북쪽
당신은 하얀색 저택의 북쪽을 바라보고 있다. 여기에는 문이 없다. 창
문들도 전부 창살로 막혀 있다.

라는 글귀가 나오고 다시 > 다음부터 게이머는 계속 타이핑을 통해
액션을 취하는 것이다. 이처럼 첫 게임의 기본 배경 설명 부분은 모두
동일하나 첫 > 다음에 어떠한 텍스트가 나오느냐 하는 것은 게이머의
타이핑 내용에 따라 다르다.
  텍스트 기반의 게임, 그것은 앞에서 조크의 예에서 보았듯이 언어로
기계와 게이머가 이야기를 만드는 것이다. 그래서 컴퓨터 게임의 출발
은 사실 이러한 게임의 문학성이 부각된 것이었고 이름 또한 '인터랙
티브 픽션'이라고 불렀다. 유명한 이 유형의 게임 개발자들이 문학 애
호가들로서 판타지, 공상 과학 소설 그리고 심지어는 영화 <007>의
원작자까지 게임 개발에 가담했을 정도로 게임과 문학의 동거는 우연
만은 아니었다. '게임'을 '소설'이라는 용어로 부른 이 텍스트 게임은

게임의 문학성을 알리는 신호탄이었으며 동시에 컴퓨터를 사용한 미래 문학의 원형을 제공해 주었다.

　게임을 '소설'이라는 이름으로 부른 것은 컴퓨터를 이용한 문학의 텍스트성을 생각할 때 그것은 지금처럼 하이퍼링크나 멀티미디어 활용 이전에 독자와 텍스트의 쌍방향성에서 그 특성을 먼저 찾아야 함을 잘 시사하는 부분이다. 인터랙티브 픽션이라는 용어로 일련의 컴퓨터 게임이 출시되었을 때 그 부르는 명칭은 컴퓨터로 만드는 이야기라고 해서 '컴퓨터 소설' 또는 독자(게이머)가 타이핑으로 같이 이야기 만드는 데 참여하므로 '참여 소설'등 다양하게 불리었다. 다시 말해, 이러한 용어는 컴퓨터를 이용하여 만들고 즐기는 미래의 문학의 특성을 단적으로 잘 지적해 주는 표현이다. 그러므로 미래의 문학은 컴퓨터로 창작하고 보여 주되 필수적으로 독자의 쌍방향성을 전제로 한 형태가 될 것이라는 것을 미루어 짐작할 수 있다. 이런 맥락에서 컴퓨터, 인터넷을 지칭하는 사이버 용어를 사용한 사이버 문학이라는 용어가 기본적인 쌍방향성을 담지 못한 판타지 소설을 지칭하는 것으로 한정짓는 것이 모순이라는 주장은 설득력을 얻을 수 있다. 개인적으로 필자가 사이버 문학 대신 전자 문학이라는 용어를 사용하여 컴퓨터 문학을 논하는 이유가 여기에 있다.

　지금까지 게임과 소설을 통해 이 공간에 대해 우리가 가지고 있는 몇 가지 오해들을 짚어 보았다. 컴퓨터 기술의 발전으로 가상현실이라는 말이 등장하기 전 현실에서는 불가능한 소재들을 다룬 환상성은 이미 인간의 상상력에 존재해 있었다. 그 환상성이 기술의 발전으로 우리 눈앞에 현실처럼 펼쳐짐으로써 비로소 인간은 가상현실 또는 판타지라는 이름 하에 그 세계를 경험하게 된 것이다. 태초에 말씀이 있었느니라. 이 말씀은 물론 언어(language)이다. 우리가 사이버 스페이스라고 할 때 문학을 문학이게 하는 텍스트 예술의 기본 개념이 단지 이 공간에서 기술 발전으로 최근 몇 년간 발생한 화려한 멀티미디어나 다른 기술적인 능숙함으로 그것을 대신해서는 안 될 것이다. 문학이란 이름의 예술이 이제는 언어에서 자유롭고 싶다는 것은 문학에 대해 가지고 있는 우리의 환상은 아닐는지.

컴퓨터, 사이버, 디지털…… 모두 기술적 출발이 외국이다 보니 외래어로서 이렇게 영어 그대로 우리나라에서도 부를 수 밖에 없다. 처음 컴퓨터의 순수한 우리말이 '전산기'로 통용되었듯이 이 세 외래어를 함축적으로 단순화시킨 것이 전자……라는 표현일 수 있다. 다만 전자 상가와 같이 전자는 생활 가전을 연상시켜 문학과 이야기를 지칭할 때 어색하다고 생각할 수도 있다. 그러나 디지털 내러티브 담론이 무성할 무렵 필자가 기회가 있을 때마다 지적하였듯이 우리에게 이 세 외래어가 붙은 장르는 판타지 소설과 게임에 국한된다는 오해가 팽배할 당시였으므로 기존 우리가 읽던 인쇄물 문학 작품과 구분 짓기 위해 단순히 전자물이라고 부른 적이 있다. 그래서 동시에 정보화 사회, 디지털 시대와 병행하여 탈구텐베르크 시대란 말도 유행했었다. 구텐베르크는 인쇄술의 대명사기 때문에, 물론 엄밀한 사학적인 차원에서는 우리나라가 발원지이지만, 세계적으로는 이렇게 통용되므로 새로운 컴퓨터 디지털 매체가 주매체가 된 시대는 탈구텐베르크 시대라고 불렸다. 그래서 우리나라는 물론 모든 나라가 앞다투어 컴퓨터 기반의 정보 통신 사회에 진입할 무렵 '책의 종말'이나 '문학의 종말'이라는 거창한 화두가 회자되곤 했다. 문학의 생명이 책의 생명이었던 것이다. 그러나 비록 인쇄 책은 아니더라도 전자책이란 특별한 기기를 통해 책은 읽기 때문에 문학은 여전히 책으로 즐길 수 있게 되었다. 따라서 인쇄물 텍스트와 전자물 텍스트는 현재 공존하고 있고 또 앞으로도 함께 즐길 수 있을 것이다.

컴퓨터를 통해 무엇을 읽고 즐기는 문화는 탈구텐베르크 시대의 대표적 문화 형태 중 하나이다. 그 읽고 즐기는 대상물을 간단히 전자물이라고 한다면 하루가 다르게 봇물처럼 인터넷에 쏟아지고 있는 전자물의 양으로만 보면 분명 탈구텐베르크 시대라고 불릴 만하다. 그러나 인쇄물에서 '탈피'했다는 의미에서의 '탈' 구텐베르크 시대라기보다는 아직도 책과 서점이 등장하고 문서 작업을 통한 인쇄물의 비중이 큰 것을 고려하면 여기서 '탈'의 의미는 어떤 사조 다음에 이어지는 것을 지칭하는 '후기'의 의미가 더 클 것이다. 따라서 탈구텐베르크 시대는 곧 후기 탈구텐베르크 시대인 것이다.

구텐베르크의 성서는 인쇄물 시대의 대명사로 간주된다. 이 성서는 2003년 컴퓨터 기술의 발달로 CD(Compact Disk)에 담기게 되었고 그것을 스캔한 전자물 성서가 인터넷에도 올려져 대중에게 널리 알려졌다. 우리에게 인쇄물과 전자물의 과도기적 단계에서 전자물의 느낌을 처음 느끼게 된 것은 CD가 아닐까 생각한다. 읽는 것은 마찬가지이나 컴퓨터에 이 기초적 전자책인 CD를 넣어 읽는다는 점에서 이 '콤팩트 디

스크 책'은 디지털 컴퓨터 시대의 서막을 알리는 것으로 일반인들에게
는 느껴졌다. 서양 인쇄술의 창시자인 구텐베르크가 1450년대 중반 제
작된 것으로 추측되는 성서가 디지털화된 것은 우리가 전자물의 독점
이 아닌 인쇄물과 전자물의 공존 시대에 살고 있음을 잘 보여 준다. 문
학에 있어서도 우리는 같은 기대와 당혹스러움을 경험하였다. 현재로
서는 인쇄 문학은 여전히 건재하고 전자 문학은 계속 실험 단계를 거
치고 있는 것은 아닌가 생각된다. 컴퓨터 매체를 이용한 문학은 편의
상 전자 문학이라고 해 두자. 때로는 '전자'는 디지털 컴퓨터 기술로
가능한 것이기 때문에 '디지털 문학'이라고도 회자되었다. 인쇄물 대
전자물이라고 칭했듯이 여기서도 간단히 인쇄 문학 대 전자 문학이라
고 불러 보자.

　우리나라에서 전자 문학으로 가장 대중적인 사랑을 받은 건은 '판타
지 소설'이었다. 이는 극히 우리나라만의 현상이다. 판타지 장르란 소
설이 기존에 있었던 것인데 이 장르가 디지털 컴퓨터 기술로만 구현될
수 있는 것은 아니었기 때문이다. 이렇게 된 이유는 전자 매체를 통해
가장 많이 발표되고 또 향유되었기에 전자 문학(혹은 디지털 문학)이라고
하면 누구나 판타지 소설을 먼저 떠올리게 되었다. 판타지 작가들은
판타지 소설을 부를 때 '장르 판타지'라는 용어를 사용한 적도 있었다.
이는 판타지 소설이 '이야기 나부랭이' 정도로 폄하되는 듯한 분위기
에 대해 판타지도 본격적인 문학의 한 장르로 자리를 차지할 수 있다
는 점을 강조하는 것이다. 한편 판타지 문학을 가벼운 글쓰기로 생각
하는 문학 관련자들은 자신들의 무거운 글쓰기를 '본격 문학'이나 '순

수 문학'이라는 용어를 사용하여 판타지 문학과 차별화 하려고 한다. 이런 분위기에도 불구하고 판타지 문학에 대한 관심과 논의가 계속 될 수 있었던 것은 이 문학의 독자층이 놀라운 속도로 확대되어 왔기 때문이다. '황금가지'를 비롯한 판타지 문학 위주의 출판사들이 등장했고 이제 서점에는 판타지 문학 전용 코너도 마련되어 있다. 또한 판타지 문학을 주제로 한 세미나나 포럼이 열릴 때 상대적으로 다른 문학 행사 보다 청중들이 더욱 많았고 그 대상 연령층이 젊은 층이 많았던 것을 보더라도 이 장르에 대한 인기도를 쉽게 미루어 짐작할 수 있었다. 어떻게 보면 재미있게도 디지털 전자 문학 담론으로 인해 새롭게 부각된 것은 판타지라는 장르에 대한 재발견이라고 볼 수 있다. 지금은 이제 그 열기가 시들해지기도 했으나 판타지 장르가 새롭지 않다는 것은 그만큼 친숙하고 보편적인 문학과 예술 장르가 되었다는 것을 말해 주는 것이기도 하다.

그동안 우리나라에서 논의되어 왔던 판타지 문학 담론을 크게 세 가지로 정리할 수 있다. 그것은 판타지 문학의 환상성, 사이버 문학, 그리고 컴퓨터 게임과의 상관성이고, 주로 이러한 세 방향으로 연구가 진행되었다. 첫째, 환상성 문제는 판타지 소설의 개별적 특성보다는 문화 읽기 또는 장르적 특성의 맥락에서 많이 논의되어 왔고 그 장르적 특성은 우리나라의 판타지 문학임에도 불구하고 우리 판타지 문학의 특성보다는 서구의 중세 문화 일변도의 장르적 특성 범주 내에서 이해되곤 했다. 그러나 최근 뜻 있는 우리나라의 문학 연구가들 사이에 우리나라의 문화적 정체성의 프리즘으로 이 장르를 조명하고 우리나라 작가들의 작품에서 고유한 환상성을 읽어 내려는 노력과 동시에 환상성에 대한 문화 읽기 노력이 활발히 이루어지고 있다. 다만 또 다른 유행어인 '문화콘텐츠'란 맥락으로 이를 수용한 것이 시대의 흐름을 탄 새로운 현상의 차이 정도라고나 할 수 있다. 둘째, 여러 번 기회가 있을 때마다 강조한 바와 같이 사이버 문학 범주 내에서 판타지 문학을 논하는 것은 우리나라만의 독특한 현상이라 생각된다. 사이버 문학을 주제로 한 각종 문학 행사의 내용은 사실상 판타지 문학이 대부분이고 사이버 문학이나 디지털 문학이란 이름을 내건 문학제 또한 판타지 문학 위주였으며 간혹 여기에 무협 소설이 포함되는 정도였다. 외국에서 사이버나 디지털이란 용어를 쓴 문학 공모전의 기본적 자격 요건이 컴퓨터 툴(도구)이나 소프트웨어를 사용하여 컴퓨터 매체 사용을 전제로 하고 있는 것과는 매우 대조적이다.

우리나라에서는 사이버 문학 또는 디지털 문학하면 곧 판타지 소설을 의미하는 것으로 이해되어 오다가 최근에는 판타지 문학이라는 장르 이름 그 자체로 부르거나 또는 환상 문학이라고 우리말로 옮겨 부르기도 했다 판타지 문학을 사이버 문학이나 디지털 문학이라고 칭하는 것은 용어나 개념 자체는 광범위한 것을 사용하면서 그 내용을 판타지 문학에만 편중시켜 논의하기 때문에 바람직하지 못하다. 그러나 언어와 용어란 어떤 사회에서 그렇게 통용되면 정착되기 때문에 어쩔 수 없이 한국의 사이버/디지털 문학은 판타지 소설과 등가가 되었다.

무엇보다 사이버 문학과 판타지 문학을 동일시하는 용어 사용 혼란의 가장 큰 문제는 판타지 문학에는 컴퓨터 매체가 문학 텍스트에 가져온 텍스트성과 서사성의 변화라는 사이버 문학의 핵심이 배제되어 있다는 사실이다. 그래서 사이버 문학의 또 다른 한 편에서는 하이퍼 문학 담론이 등장하게 되었다. 하이퍼 문학연구에서는 주로 컴퓨터 매체의 특성을 십분 활용한 텍스트성과 서사성의 특징을 다루고 있다. 이 분야에 대한 관심의 증폭으로 우리나라의 문화관광부와 정보 통신부에서 하이퍼텍스트를 활용한 시와 소설 프로젝트를 진행되기도 했다. 결과적으로 현재 우리나라의 사이버 문학 연구는 판타지 문학과 하이퍼텍스트 문학이라는 두 갈래로 논의의 가닥을 잡아갔다.

한 편으로 사이버 문학 범주 내에서 판타지 문학과 하이퍼텍스트 문학에 대한 연구가 활발해 지는 동안 다른 한 편으로 문학 연구자 혹은 창작자가 게임을 비로소 끌어안은 것은 우리나라 사이버/디지털 문학 담론의 또 따른 수확이다. 앞에서 이야기 한 세 가지 특성 중 판타지 문학과 컴퓨터 게임과의 상관관계는 문학의 의사소통성과 쌍방향성 측면에서 흥미로운 점을 시사해 준다.

판타지 문학이 폄하되어 온 것은 판타지 소설과 게임과의 연관성이 일부 원인을 제공하기도 했다. 소설을 읽는다는 것은 그 작품에 독자가 침잠하여 등장인물에 감정을 이입시켜 깊은 감동을 받고 인생에 대한 깊은 관조의 시간을 갖는 것으로 이해가 된다. 아마 우리나라에서 사용하고 있는 '본격 문학'이나 '순수 문학'에서 말하는 문학의 역할은 이러한 점을 중시한 시각일 것이다. 이에 상응하는 영어 소설은 '사색적 소설'(speculative novel)에 해당된다. 이러한 소설류는 바로 판타지 소설, 공상 과학 소설, 괴기 소설 등 흔히 국내에서 주변부 소설이라는 것을 제외한 나머지 소설을 지칭하는 것이다.

　게임은 그 자체가 게임하는 동안, 심지어는 게임을 안 할 때조차도 그 잔상이 남아, 환상적으로 사람을 흥분시키고 열광시키는 속성이 있지만 문학적 맥락에서 게임과 판타지 소설은 앞에서 살펴보았듯이 발생적으로 매우 긴밀한 관계를 맺고 있다. 따라서 게임하는 사람, 게이머와 판타지 소설의 독자, 즉 두 내러티브의 수용자들은 선호도가 필연적으로 서로 맞물려 있다. 앞의 게임과 판타지 부분에서 이에 대해 살펴보았는데, 여기서는 문학과 서사 맥락에서 이 둘의 관계를 다시 한 번 구체적으로 모색해 보려고 한다.

　우리나라는 흔히 인터넷 강국이라고 자랑스럽게 말하곤 했다. 이러한 수식어가 자주 거론될 초창기 무렵 한국의 인터넷 문화에 대한 정보 통신부 산하 기관들의 한 조사 실태를 보면 초고속 인터넷 보급률이 시사하는 훌륭한 정보 통신 인프라 구조와 그것을 통해 과연 사람들은 무엇을 하는가 하는 이용 실태의 명암이 엇갈리며 우리에게 많은 과제를 안겨준다. 2005년 발표 통계는 재미있는 점을 시사해 준다. 이 통계에 따르면 우리나라의 인터넷 이용률은 70퍼센트를 상회하며 세계 최대 강국임을 보여 준다. 그러나 연령별 인터넷 이용 격차가 미국이나 영국에 비해 두 배 이상 높은 것은 한 번 쯤 생각해 볼 문제이다. 후자 쪽에 주목하게 되는 것은 이러한 연령대별 차이가 문화콘텐츠 중 내러티브 선호도에 따른 양극화 양상으로 이어지기 때문이다. 한국의 인터넷 이용자 연령 대 50대 이상과 10대를 서로 비교했을 때 그 격차는 미국의 34%와 영국의 21%에 비해 월등하게 높은 79.3%를 기록하

였다.[4)]

우리나라에서 디지털 격차가 곧 내러티브 선호도의 양극화로 나타나고 있음을 잘 시사해 주는 서사물은 문학과 게임이다. 그래서 문학과 게임을 접하는, 그리고 이것을 평하는 문학과 게임계의 시각 또한 처음에는 매우 고무적인 흥분에 도취되기도 했다. 그것은 그동안 주목받지 못한 소위 주변부의 문학 장르의 부상과 컴퓨터 게임이 아이들 장난이나 소일거리 정도에서 그치는 것이 아니라 문학과 혹은 이야기 향유의 한 방편이 될 수 있다는 가능성에 대한 기대로 나타났다.

우선 일단 초기 문학 선호 양상을 보면 높은 인터넷 이용률을 보면 높은 인터넷 이용률을 보인 10대 및 젊은 층 사이에서는 판타지 소설과 무협 소설이 인기가 있었고 또 그것이 사이버 공간 소설의 주류를 이루고 있는 반면 비교적 이용률이 낮은 층에서는 기존의 인쇄물 책과 소위 순수 문학에 높은 점수를 주고 있다. 다시 말해 한 편에서는 책으로 출판되는 인쇄 문학을 고집하고 옹호하며 창작하는 것이고 또 다른 한 편에서는 그동안 상대적으로 각광을 받지 못하던 일종의 '주변 문학' 혹은 '장르 문학'이라고 일컬어지는 판타지 소설과 무협 소설을 탐닉하는 것이다. 이것이 인터넷 이용 통계치를 통해 문학 선호도 양상을 너무 이분법적으로 확대 해석한 것이라는 오해가 있을 수도 있으나 한 문학 포럼을 보면 설득력을 얻기에 충분하다는 것을 알 수 있다.

2003년 우리나라 영국 문화원에서는 판타지 소설 장르의 개척자인

---

4) 정보통신부에서 2005년 1월 31일 발표한 '2004년 정보화 실태조사'(한국인터넷진흥원)와 '정보격차 해소 백서'(한국정보문화진흥원).

J.R.R.톨킨 전문가들을 외국에서 초청하여 판타지 문학 포럼이라는 야심찬 문학 행사를 기획한 바 있다. 세종문화회관의 큰 행사장에서 그것도 오전에 행사를 개최한 주최 측에서는 청중들이 많이 올 것인가에 대한 기대와 우려가 교차하였다. 그런데 행사장 좌석은 쉽게 자리가 메워졌고 참석자 절반 이상은 중, 고등학생 및 대학생이었다. 이들은 질의응답 시간에 초청 특강자들과 가장 활발하게 질문과 논쟁을 하면서 이 장르에 대한 궁금증 못지않게 판타지 소설 창작에 대해 높은 관심을 표했다. 일반적 문학 행사가 전공하는 학생이나 일반 성인들이 많이 참여하는 것과는 대조적인 이 행사의 주 청중 층을 볼 때 이 연령층이 판타지 문학의 폭 넓은 독자층이라는 것을 잘 알 수 있었다.

초고속 인터넷 확산은 한국 사회에 판타지 마법을 걸어 놓았었다. 인간에게 판타지란 시대를 초월하여 항상 존재해 왔음에도 불구하고 우리나라는 판타지 소설 붐으로 판타지, 즉 '환상성'이 하나의 문화 코드로까지 자리를 잡은 듯했다. 이는 우리가 가상현실의 디지털 시대를 살고 있기 때문이 아니라 그동안 등한시되어 온 이 소설 장르에 대한 관심이 고조되면서 환상성에 대한 새로운 해석과 관심이 갑작스럽게 증폭된 것으로 해석해야 한다. 한때 우리 사회에서 '이상하다'라는 말 대신 '엽기'란 말로 바꾸어 모든 것을 표현하며 마치 엽기란 단어가 새롭게 만들어진 용어라도 된 듯 문화의 한 현상을 일컫는 표현으로 유행하였다. 마찬가지로 판타지라는 것이 매우 새롭게 갑자기 나타난 개념이라도 된 듯이 예술/비예술 분야를 불문하고 판타지에 관심이 쏠렸다. 일간지 신문 연재소설에 판타지 소설로 다시 부활한 이인화의 21

세기형 『서유기』가 등장한 것을 비롯하여 판타지 소설들이 연이어 출판되었고, 이 장르만을 주로 다루는 전문 출판사들도 생겨났다.

　이러한 유행을 반영이라도 하듯 대형 서점에는 판타지라는 이름의 별도 소설 코너가 따로 마련되어 있다. 갑작스럽게 불어 닥친 판타지 열풍으로 거의 50년 전 발표된 톨킨의 소설은 서로 다른 출판사에서 다른 이름으로 된 번역물이 나와 있다. 『반지의 제왕』, 『반지 제왕』, 『반지 전쟁』. 이와 더불어 일본 판타지 번역물 시리즈물도 눈에 많이 보인다. 『드래건 헤드 전집』, 『신검 전설』, 『환수 드래건』. 그러나 다음과 같이 서점의 판타지 코너에 전시해 놓은 우리나라 판타지 소설들을 보면 게임에서 촉발된 판타지 소설들이 많고 그것이 중세 판타지에 편중되어 있으며 좋게 말하면 변주곡이지만 단적으로 꼬집자면 몇몇 소설의 아류임을 의심하게 한다.

　　—드래건(용): 드래건의 마법사, 드래건의 일기, 드래건 체이서, 드래
　　　　　　　　건러버, 드래건 라자, 드래건 레이니, 용의 종속자

　　—소드(검): 소드 임페럴, 본국검법, 황제의 검, 궁귀검신, 마법의 검,
　　　　　　　태극검

　이외에도 『위저드리』, 『몬스터 퇴치』, 『환타지의 마족들』, 『마술여행』 등 드래건(dragon, 용), 소드(sword, 검)와 함께 중세 판타지 제유법에 해당되는 마술과 몬스터를 주제로 한 소설들이 있었다.

　연극, 영화, 전시회에서도 판타지 코드는 자주 등장하였다. 시뮬레이

션 게임을 연극화한 <암흑전설영웅전>은 게임 공간을 무대 위에 그대로 재현하고 주인공은 컴퓨터 게임 중독자, 배우들은 게임의 캐릭터가 되어 중세 판타지 소설 장면을 옮긴 듯한 장면들로 연출되었다. 또한 젊은 여성 만화가들은 자신들의 개성 있는 작품을 모아 '젊은 만화의 힘, 무한 상상의 자유'라는 주제로 <환타지>전이라고 명명한 전시회를 열었다. 또한 영화 장르에도 <알 유 레디>나 <성냥팔이 소녀의 재림>의 예에서와 같이 판타지 장르가 활발하게 제작되었다.

과거에 비해 1990년대부터 2000년대 초반까지 판타지 소설에 대한 창작과 번역이 급증하였으니 이 분야에 독자들이 높은 관심을 보인 것은 당연하다. 다시 말해 지금 성인들이 청소년 시기에도 판타지 소설을 좋아했느냐를 생각해 볼 때, 그 당시 이 장르의 소설들을 구하는 것이 쉽지 않았으므로 컴퓨터 매체와 컴퓨터 게임을 즐기는 상황의 변수를 고려하지 않는 한 특별히 지금의 청소년들이 과거 청소년에 비해 판타지 소설을 더 좋아한다고 말할 수는 없을 것이다.

판타지 소설이 주류 문학 분야의 연구에서 소외된 장르였던 것은 비단 우리나라만의 현실은 아니었다. 그러나 외국에서는 비록 일부 작가와 비평가라 하더라도 이 장르에 관심을 가지고 꾸준히 연구하여 하나의 연구 계보를 이루어 놓은 것은 우리와 다르다. 판타지를 비롯한 그동안 주목 받지 못한 소설 장르가 비로소 사람들에게 관심을 받고 또 그것을 계기로 다시 재조명하여 이러한 장르의 가치를 발굴하는 것은 의의 있는 일이다. 그러나 요즘 잘 나가는 문화 코드로 판타지 운운할 때 과연 우리나라의 판타지의 근원은 어디에서 비롯된 것일까라는 의

문이 든다.

앞에서 나열한 판타지 소설책들의 제목 편중 현상만 보더라도 짐작할 수 있듯이, 판타지 소설은 곧 게임 이야기라는 잘못된 공식이 성립되고 판타지가 일시적인 유행으로 마무리 지어진다면 진정한 장르 재해석과 부흥의 기회는 사라질 것이다. 판타지라는 장르는 우리의 문학사에서 잠깐 빛을 보고 사라진 채 유행을 탄 창작 급조 물만 양산되고말 것이다. 우리의 판타지란 것이 서양의 중세 분위기를 한글로만 옮겨 놓은 것이 되어서는 안 될 것이다.

한국 사회에서 정확한 시점과 계기를 추적하는 것은 어렵지만 처음스토리텔링이란 용어가 등장한 배경을 보면 이야기 전달 과정을 그대로 보여 주는 컴퓨터 게임을 문학적으로 수용하면서부터가 아닌가 생각된다. 이런 차원에서 매체에 감정과 생각을 담아 그 격변 과정을 이야기에 담아 그대로 전달되는 과정을 가장 잘 보여 준 것은 컴퓨터 게임이라고 할 수 있다. 그동안 사이버 문학이라는 이름으로 각광받았던판타지 (무협) 소설은 컴퓨터 게임과 함께 디지털 내러티브로서 묘한서사적 조응을 보인다. 1970년대와 80년대 게임의 기본 틀을 제공한교과서적 게임들을 개발한 게임 개발자 톨킨의 작품은 지대한 영향을주었다. 우리에게 잘 알려진 대부분 컴퓨터 게임 이야기의 근간이 판타지 소설의 교과서인 톨킨의 작품이라고 표현해도 과언은 아닐 것이다. 그 고전들의 영향을 받은 현재의 게임들에서도 톨킨의 문학적 장치들을 찾는 것은 어렵지 않다. 이러한 이유로 해서 게임 담론에 관한한 게임이 유행했던 시대와 게임의 종류, 포맷, 플랫폼, 주제를 달리한 이야기라도 유독 톨킨에 대한 언급은 빠지지 않는다. 우리의 게임도 예외는 아니다. 톨킨류, 즉 톨킨 작품의 서사 장치들을 이용한 판타지 소설에서 아이디어를 얻은 외국의 컴퓨터 게임에서 또 다시 영향을 받은 우리의 많은 게임 또한 직접, 간접적으로 톨킨 작품을 연상시키는 이야기 틀을 가지고 있다.

미국 MIT와 함께 초기 컴퓨터 게임 개발의 산실 역할을 했던 스탠포드 대학의 연구동은 톨킨의 작품에 나오는 주인공들의 이름을 따서 연구실 이름을 지을 정도로 열성 팬이 많았다. 외국에서는 게임의 개발자들이 톨킨의 팬들이어서 게임 이야기가 그의 판타지에서 아이디어를 얻어 게임에 반영된 후 그 전통이 오늘날 까지 이어지는데 비해 우리나라는 반대로 현재 게임에서 아이디어를 얻어 판타지 소설을 창작하는 경향이 늘고 있다. 사실, 이것은 우리의 판타지 소설 장르가 현재까지 어떠한 과정을 거쳐 대중적 인기를 얻게 되었는가를 보면 당연한 귀결이다. 처음 네트워크 차원에서 볼 때 인터넷의 전 단계로서 우리나라의 PC 통신이 유행하였다. '통신 문학'이라고 불리는 소설들이 하이텔, 천리안 같은 PC 통신망을 통해 선 보였을 때 그 중 판타지 장르가 많은 호응을 얻었다.

흔히 서점 진열대에는 판타지 소설 장르와 무협 장르가 함께 진열된다. 판타지 소설과 무협 소설은 모두 사이버 공간에서 활발하게 창작 공유되고, 게임과 밀접한 관련이 있다는 공통점이 있다. 판타지에 무협 소설적 장치가 함께 가미되어 컴퓨터 게임의 주 이야기 줄거리가 구성된다. 판타지 붐을 타고 지방의 한 극단에서는 셰익스피어의 비극 <로

미오와 줄리엣>에서 액션만을 주로 부각시켜 셰익스피어의 이 정통 고전 비극을 현대판 무협 소설로 각색해서 공연하기도 했다. 판타지 소설의 인기에 힘입어 무협 소설들도 과거의 인기를 다시 되찾아서 홍콩의 무협 영화, <공작왕>, <와호장룡> 그리고 우리나라의 <비천무>가 게임으로 만들어지기도 했다.

문학사 사상 최초의 판타지 장르 부흥기라도 불릴 정도로 인기를 끈 판타지 소설은 우리나라 서점에서 독자적인 코너를 가질 정도로 관심이 고조되었으나 그 소설들은 앞의 문제점 지적에서 그 예를 보았듯이 검, 마법, 용, 몬스터에 지나치게 편중되어 있다. 판타지라는 장르 자체가 새롭게 조명 되는 기회였다. 그러나 우리는 중세 판타지의 마법에만 너무 깊이 빠져 있는 듯했다. 게임과 판타지 소설이 내러티브로서 서로 겹침이 있는 것은 분명 역사적 근거가 있으나 우리의 게임과 판타지 소설이 중세 판타지에만 국한되는 것은 이 장르에 대한 재해석이 제대로 이루어지고 있지 않음을 보여 준다. 이제 마법에서 깨어나 온라인 게임 종주국이라는 흥분을 가라앉히고 차분하고 진지한 마음으로 우리나라의 게임 관과 환상 문학을 정립할 때가 되었다. 이런 맥락에서 이후 차츰 우리의 판타지에는, 정확히 말하면 한국적 판타지라 부르는 것도 이상하기는 하지만, 서양 중세 대신 무협의 배경이 되는 중원이나 가상 대륙을 배경으로 한 소설과 게임에서 아시아적 판타지 장르가 계속 등장하면서 차별화된 좋은 이야기 발굴의 기회를 제공했다고 생각한다.

톨킨의 1950년대 판타지 소설은 1960년대 미국과 영국에서 전폭적인 인기를 얻어 1970년대 후반, <던전즈 앤 드래건즈>, <어드벤처>, <조크>, <MUD1> 그리고 1980년대의 <울티마> 온라인 게임까지 지대한 영향을 미쳤다. 이러한 게임의 계보를 이어 1990년대 <에버퀘스트>와 2000년대 오늘날 주류를 이루고 있는 온라인 게임들에 이르기 까지 톨킨의 판타지 면모는 유유히 흘러왔다. 처음 판타지 소설에서 촉발된 게임의 아이디어가 이제는 게임에서 아이디어를 얻어 다시 동명 소설이 출간되기도 한다. 형태를 달리하여 톨킨의 모험담은 문학에서 게임으로 다시 영화로 단절되지 않고 계승 발전된다.

디지털 서사 판타지아

디지털 내러티브로서 컴퓨터 게임이 시사하는 또 다른 중요한 점은
서사와 쌍방향성의 결합에 있다. 앞에서 살펴 본 바와 같이 판타지 (무
협) 소설과 게임과의 관계는 상호 이야기의 연관성 면에서 매우 긴밀한
관계를 가지고 있다. 그러나 그 보다 더 큰 시사점은 게임이 서사의 쌍
방향성을 스토리텔링 차원에서 그대로 구현하고 있다는 점에서 주목할
필요가 있다. 일단 이야기에 쌍방향성이 가미되었을 때 과연 그 이야기
가 서사물이 되는가에 대해 논란의 여지가 있을 수 있다. 그러나 쌍방
향 행동의 스토리텔링으로 이야기가 전개된다고 해서 게임이 내러티브
가 아니라고 단정 지을 수만은 없다. 게임은 반 내러티브(anti- narrative)
가 될 수는 있으나 내러티브가 아닌 것(non-narrative)은 분명 아니기 때문
이다.

컴퓨터 게임이 과연 서사물 즉 내러티브가 될 수 있을 것인가의 논란은 서사성과 쌍방향성이 상호 충돌에서 비롯된다. 그러나 컴퓨터 게임이 서사물이 될 수 없다는 주장은 오늘날의 화려한 3차원 그래픽 MUD(다자간 온라인 게임)의 영상에 가려져 있는 서사성을 파악하지 못했기 때문이다. 윈도우 운영체제와 인터페이스가 오늘날과 같이 발달되기 전 컴퓨터는 언어 텍스트 입력으로 실행되었고 컴퓨터 게임 출발도 이 언어 텍스트 게임에서 출발되었다. 이 텍스트 게임을 게임이 아니라 '쌍방향 소설'(interactive fiction)로 부르고 이 소설을 학생들의 문학 교재로 사용한 것은 게임의 서사성을 보여 주는 좋은 증거이다. 게임인데 소설이라고 부르는 것은 게이머가 컴퓨터 프로그램과 함께 상호작용을 하면서 텍스트를 입력하여 이야기를 진행시키는 것이 곧 디지털 스토리텔링과 소설 창작 과정에 해당되기 때문이다.

디지털 내러티브 중 문학은 문학에서 문화콘텐츠로, 언어 예술에서 멀티미디어 서사물로, 그리고 읽고 창작하는 재미의 문학에서 비즈니스 기회 창출의 경제적 함의 방향으로 발전되고 있다. 문학은 언어 예술 장르에서 문화콘텐츠란 사업과 연계되면서 언어적/비언어적 경계를 넘나드는 복합적 예술 장르 또는 그러한 예술의 소재가 되고 있다. 컴퓨터 매체를 통해 서사물에 쌍방향성이 가미되면서 게임은 쌍방향성에 무게 중심이 실어지고 하이퍼텍스트 소설은 소설의 전통적 서사성에 중점을 두어 게이머와 독자에게 작품 참여, 탐험, 구성의 즐거움을 제공한다.

1. 게임적 문학, 문학적 게임

이 책은 이야기에 대한 것이다. 그것을 대표적인 장르 문학으로 칭했을 뿐이다. 따라서 게임 전문가가 아닌 필자가 게임을 살펴보았던 것은 문학에 대한 함의 때문이다. 그런 관계로 필자가 자주 언급하는 게임 종류는 게임 개발자, 전문가, 사용자 모두에게는 잊혀진, 때에 따라서는 전혀 알지 못하는 혹은 매우 시대에 뒤떨어진 아주 오래 전 게임이라고 생각될 수 있는 것이다. 그러나 어느 분야에 교과서적인 이정표를 제시한 옛 것은 고전이나, 전설이란 말로 추앙받는다. 그 이유는 그것의 영향이 시대를 아우르며 현재에 진행되는 것에 지대한 영향을 주고 있기 때문이다. 현재와 같은 조건과 상황이 아니었음에도 현재와 같은 그것과 연계될 수 있다는 것은 이런 고전과 전설이 곧 미래의 방향등을 제시한 훌륭한 안내자 역할을 해 왔기 때문이다.

게임과 문학의 행복한 동거에 대해 다시 한 번 되짚어 보자. 컴퓨터 게임은 그 이야기 바탕을 판타지 소설에 두고 있어 판타지 소설을 구상할 때 게임적 상상력이 발동되는 경우가 많다. 그래서 게임은 한때 즐기는 오락이니 게임에서 촉발된 글쓰기는 문학이 아니라 오락물이므로 그 글쓰기는 가벼운 글쓰기로 치부되기도 했다. 이 주장은 곧 판타지 작가를 꿈꾸는 사람들이 중세의 마법과 기사 이야기가 주도하는 컴퓨터 게임과 우리의 판타지 문학과의 상투적 고리를 좀 더 다양하고 독창적인 방향으로 유도하지 못한 것에 대한 안타까움의 표시였을 것이다. 결국 이는 우리 판타지 문학의 과제는 모방과 창조를 구분하기 위해서 연구와 독서의 깊이가 더해져야 한다는 아쉬움의 발로이기도 했을 것이다. 그래서 또 한편으로는 게임의 근원이 공상 과학을 기반으로 한 전쟁, 아시아적 색채가 강한 무협 이야기, 가볍게 즐기는 귀엽고 흥미로운 캐릭터가 나오는 게임도 등장할 수 있었다.

톨킨과 판타지 장르는 동일시된다. 그의 문학사적 위상은 영화에서도 진가를 발휘했다. 2004년 아카데미 영화제의 제왕은 <반지의 제왕>[5]이었다. 이 작품은 감독상과 최우수 작품상을 비롯하여 후보로 올라간 모든 분야에서 수상을 했고, 이러한 점에서 과거 <벤허>, <타이타닉>과 함께 영화사에 오래 기억되는 쾌거를 기록했다. 또 달리 이 영화의 성과에서 기록되는 것은 바로 판타지 장르로서는 처음으로 이 영화제의 주요 시상 부분을 석권했다는 점이다. 이러한 공을 인정받아 감독 피터 잭슨은 모국 뉴질랜드에서 작위까지 받았다.

책으로 읽던 톨킨의 판타지 소설이 1970년대는 컴퓨터 게임으로 만들어졌고, 1980년대는 비디오 게임과 함께 '사이버 펑크' 문화를 만들어 사이버 스페이스의 길을 닦았으며, 1990년대의 'X세대'란 문화 코드로 머드 게임의 붐과 함께 컴퓨터 네트워크를 만들었고 드디어 오늘날 21세기, 인터넷 시대의 도래로 초고속 인터넷에서 인간은 머드 게임과 네트워킹을 즐기고 있다.

우리의 게임도 예외는 아니다. 톨킨류의 판타지 소설에서 아이디어를 얻은 외국의 컴퓨터 게임에서 또 다시 영향을 받은 우리의 많은 게

---

5) 톨킨의 위대성은 '반지의 제왕'이란 상품이 여실히 증명해 준다. 이 책에서는 각각 소설은 『반지의 제왕』, 영화와 게임은 <반지의 제왕>으로 표시하였다.

임이 톨킨류의 스타일을 따르고 있는데, 판타지 소설은 곧 게임 이야기라는 잘못된 공식이 성립되고 판타지가 일시적인 유행으로 마무리 지어진다면 진정한 장르 재해석과 부흥의 기회는 사라질 것이다. 판타지라는 장르는 우리의 문학사에서 잠깐 빛을 보고 사라진 채 유행을 탄 창작 급조 물만 양산되고 말 것이다. 우리의 판타지란 것이 서양의 중세 분위기를 한글로만 옮겨 놓은 것이 되어서는 안 될 것이다.

게임을 문학적 시각으로 연구하면서 자주 거론되는 문화 코드에 영국이 그 중심에 있는 듯한 느낌을 받는다. 어른들에게 판타지 소설의 고향으로 자리 잡은 톨킨, 게임의 선두주자 머드 게임의 창시자 로이 트럽쇼와 리차드 바틀, 그리고 현대의 어린이들에게 판타지의 우상 '해리포터'를 만들어낸 조안 롤링, 이 모두 영국인들이 아닌가? 셰익스피어가 몇 세기가 지난 오늘날까지 영문학의 향기로 세계에 퍼지고 있는 것과 맞물려서 영국의 힘이 새삼스럽게 다시 느껴진다. 우리는 과연 그렇게 자주 이야기하는 판타지 소설에 한국의 힘을 싣고 있는가. 혹시 한국적 판타지 작가는 영국 중세의 상상력에 갇혀 있는 것은 아닐까. 영국의 소설을 영화로 만든 피터 잭슨 감독은 자신의 모국 뉴질랜드 정부의 적극 협조 하에 이 나라를 영화 배경으로 활용하여 모국의 관광 산업과 영화 인프라 건설에 지대한 공을 세웠다. 판타지 문학 붐을 인터넷의 가벼운 글쓰기쯤으로만 폄하하거나 온라인 게임강국을 자부하며 게임을 돈 버는 비즈니스로만 조명하는 시각들이 있는 한 우리의 디지털 콘텐츠 개발은 난항을 겪을 것이다.

모두가 인정하는 바와 같이 판타지 장르가 우리나라의 대중적 인기를 끄는데 결정적 역할을 한 것은 컴퓨터이다. 1990년대 중반 컴퓨터를 매체로 한 글쓰기와 글 읽기 그리고 거기에서 야기되는 문학의 공간이 종이에서 컴퓨터 스크린으로 바뀌면서 통신 문학이라는 용어가 등장했다. 컴퓨터 통신 문학 동아리에서 활발하게 이루어진 문학 형태라고 해서 이렇게 불렸던 통신 문학의 주된 장르는 판타지 소설이었다. 이후 컴퓨터 기술의 발전으로 인터넷이 보급되고 저렴한 가격으로 초고속 인터넷 접속이 가능해진 우리나라의 우수한 사회 시설 기반을 발판으로 글쓰기의 공간은 인터넷으로 급속히 확산되었다.

PC 통신 공간에서 선보였던 소설들을 통해 촉발된 우리의 판타지 문학의 대중화는 컴퓨터 게임의 큰 영향을 받은 것이지만 사실 근본적으로 가장 큰 영향을 준 것은 역시 영국 판타지 문학의 태두 톨킨의 『반지의 제왕』이다. 판타지 소설의 고전이자 교과서인 톨킨의 작품은 작품 자체로 오랫동안 영국과 미국에서 고정 팬들을 확보해 왔고 이미 잘 알려진 소설이어서 그것이 영화로 만들어졌을 때 과연 어떠할까라는 호기심과 지대한 관심 때문에 최근 3편의 시리즈로 만들어진 피터 잭슨의 영화에 대한 호응이 높았다. 이에 비해 우리는 비교적 매우 늦게 판타지 소설 인기에 힘입어 일종의 사회 코드로까지 부상하고 있는 판타지 문화 코드 면에서 톨킨의 작품과 영화에 대한 관심이 많아졌다. 톨킨의 『반지의 제왕』은 영어권 독자에게 오랫동안 폭 넓게 사랑을 받아왔고 그만큼 열성 독자들도 많이 확보하고 있었다. 그래서 비록 피터 잭슨의 21세기 3부작이 가장 사람들에게 많이 알려지고 인기가 있었으나 사실 이전에도 몇 차례 이미 영화화되기는 했었다. 이와 달리 우리나라의 판타지 소설은 컴퓨터 매체가 만든 문학 공간에서 가장 활발하게 전개되는 장르가 되면서 전례 없는 판타지 문학 붐이 조성되었다.

판타지 문학의 인기는 인터넷이 문학의 틈새시장이 될 수 있음을 미리 잘 보여 주었다. 소위 장르 문학이라는 이름으로 일컬어지는 판타지 소설, 무협 소설이 그동안 우리나라의 인쇄 문학 창작과 연구에서 소외되어 왔다가 인터넷을 통해 각광 받기 시작한 것이다. 1990년대 우리나라의 컴퓨터 문학은 통신 문학, 사이버 문학, 인터넷 문학 등 컴퓨터 매체를 시사하는 용어를 사용하면서도 그 담론은 거의 판타지 문학 위주였다. 그리고 창작 도구와 발표 공간을 중점으로 컴퓨터 매체가 문학에 미치는 영향을 역시 장르 문학 쪽에 치중하여 주제나 소재의 문제를 논의했었다. 한편 2000년대 들어서는 컴퓨터 매체의 특성으로 관심이 기울어져 하이퍼링크, 멀티미디어를 활용한 하이퍼미디어 문학 담론이 무성했었다.

자연스럽게 우리나라에서는 다른 나라와 비교할 때 독특하게도 디지털 스토리텔링의 화두는 판타지 문학과 컴퓨터 게임이었다. 단언컨대, 한국적 디지털 스토리텔링의 중요한 기여도는 이것에서 찾을 수 있다. 디지털 스토리텔링 차원에서 우리나라의 판타지 소설과 온라인 게임 붐은 잘 맞물려 있다. 톨킨의 소설 작품은 온라인 게임 붐이 일기 이전부터 컴퓨터 게임 초창기에 게임으로 만들어졌고 그것이 오늘날 영화로 만들어져 성공을 거두었다. 또한 반대로 <모탈 컴벳>, <스트리트 파이어>, <던전즈 앤 드래곤즈>와 같이 인기 있는 게임이 영화로 만들어지기도 했다. 디지털 스토리텔링의 의의는 바로 이렇게 하나의 컨텐츠를 다양한 방식으로 판매하여 수익을 높이는 높은 문화 상품 가치를 가지고 있다는데 있었다. 우리나라에 문화콘텐츠가 화두로 등장하기 전 당시 이 가치는 앞에서도 언급한 바 있는 OsMU란 말로 회자되었다.

판타지 소설과 게임을 즐기는 연령층은 묘하게 겹쳐 있다. 2003년 영국 문화원의 후원으로 개최된 판타지 문학 포럼에 참여한 청중들 중 많은 비중을 차지한 청소년들과 대학생은 단순히 이 장르에 대한 궁금증 못지않게 질의 응답 시간에 판타지 소설 창작에 대해 높은 관심을 표했는데 이는 이 연령층이 판타지 문학의 폭 넓은 독자층이자 또한 미래 작가 층임을 잘 보여 주었다. 문학을 주제로 한 여타 강연회나 심포지엄에 주로 작가를 희망하는 주부들이 주관객이고, 학교에서 개최될 경우는 대부분 타율적으로 자리를 메워 주기 위해 동원된 대학생들이 많은 현 세태를 고려해 볼 때 자발적으로 관심을 보이는 사람들이 많다는 것은 그만큼 판타지 문학에 대한 인기를 반증해 주는 것이다. 이들 연령층은 컴퓨터 게임을 즐기는 주 연령층이기도 하다.

컴퓨터 게임과 판타지 문학의 공생관계는 우리나라의 문화적 현상이기 이전에 컴퓨터 게임의 태동기부터 시작된 것이다. 게임의 고전 또는 게임의 문법이라고 불릴 수 있을 정도로 게임 발전에 초석을 마련한 게임들과 그 개발자들에게 톨킨의 작품은 지대한 영향을 주었다. 우리에게 잘 알려진 대부분 컴퓨터 게임 이야기의 근간이 판타지 소설의 교과서인 톨킨의 작품이라고 표현해도 과언은 아닐 것이다. 그 고전들의 영향을 받은 현재의 게임들에서도 톨킨의 문학적 장치들을 찾는 것은 어렵지 않다. 이러한 이유로 해서 게임 담론에 관한 한 게임이 유행했던 시대와 게임의 종류, 포맷, 플랫폼, 주제를 달리한 이야기라도 유독 톨킨에 대한 언급은 빠지지 않는다.

　게임 이야기로 톨킨의 작품이 인기를 끌었던 것은 게임 만들 당시의 톨킨 작품의 인기와 매우 밀접한 관계를 가지고 있다. 1970년대와 1980년대에 미국의 MIT나 스탠포드 대학의 연구실 이름을 톨킨 작품의 캐릭터 이름으로 정할 정도였고, 1981년에 올리 J 파볼라(Olli J Paavola)는 소설을 그대로 <반지의 제왕>이란 동명 게임으로 만들기도 했다. 우리는 판타지 소설 붐 그리고 영화 때문에 이 작품에 대한 관심이 모아졌지만 영어권에서 톨킨 작품의 인기는 발표된 지 몇십 년이 지난 지금까지도 꾸준히 지속되고 있다. 2003년 일본의 비디오 게임 회사 닌텐도에서는 <호비트>를 출시했고 지금도 톨킨의 『반지의 제왕』 작품 자체를 게임으로 변형한 다양한 게임들을 인터넷에서 찾는 것은 어렵지 않다. 가장 최근에는 블록쌓기 놀이의 대명사 레고(Lego)와 '반지와 제왕'을 결합한 게임이 플랫폼에 상관없이, 스마트폰(ios) 앱으로까지 개발되어 '반지의 제왕' 톨킨이 '콘텐츠의 제왕'임을 확인시켜 주었다. 또한 톨킨의 열성 팬들은 유사한 제목으로 인터넷에 『반지의 제왕』 팬픽션들을 활발히 발표하고 있다.

　PC 통신 공간에서 선보였던 소설들을 통해 촉발된 우리의 판타지 문학의 대중화는 컴퓨터 게임의 큰 영향을 받은 것이지만 사실 근본적으로 가장 큰 영향을 준 것은 역시 톨킨의 『반지의 제왕』이다. 판타지 소설의 고전이자 교과서인 톨킨의 작품은 작품 자체로 오랫동안 영국과 미국에서 고정 팬들을 확보해 왔고 이미 잘 알려진 소설이어서 그것이 영화로 만들어졌을 때 과연 어떠할까라는 호기심과 지대한 관심 때문에 3편의 시리즈로 만들어진 피터 잭슨의 영화에 대한 호응이 높았다. 이에 비해 우리는 비교적 매우 늦게 판타지 소설 인기에 힘입어 일종의 사회 코드로까지 부상하고 있는 판타지 문화 코드 면에서 톨킨의 작품과 영화에 대한 관심이 많아졌다.

우리나라 판타지 소설에 직접 영향을 준 것으로 일본 작가인 미즈노료의 『로도스도 전기』가 많이 거론되었었다. 미즈노료 자신은 미국의 RPG(롤플레잉게임)을 게임을 즐겨 했고 RPG의 모태는 바로 <던전즈 앤 드래곤즈>(Dungeons and Dragons, 이하 D&D로 줄임)이었으며 이 게임을 개발한 사람은 톨킨의 소설을 기반으로 한 것이다.

D&D는 1950년대 후반에 인기 있었던 전쟁 게임들을 각색하여 1970년대 게리 가이겍스와 데이비드 아네슨이 만든 최초의 RPG이면서 동시에 최대 흥행작으로서 지금까지 꾸준히 인기를 끌고 있고 지금도 D&D 상표권을 이용한 유사한 게임들이 계속 개발되고 있다. 이 게임은 처음 두꺼운 마분지에 주사위를 던져 즐기는 보드 게임이었다가 1995년 컴퓨터 게임 버전으로 바뀌었는데 오늘날 온라인 게이머들에게는 매우 낯익은 용어이자 게임 장르이다.

이 게임 명을 처음 들어 본 사람이라도, 게임에 참여하는 사람들이 정해진 캐릭터 중 하나를 선택하고 다음 게임 때는 또 다른 캐릭터의 역할을 바꾸어서 즐길 수 있는 RPG 게임 방식과 게임 캐릭터에 전사, 마법사, 성직자, 요정들이 나오고 게임에서 흔히 스킬이라고 부르는 능력치와 캐릭터의 속성이 힘이나 마법 능력 등을 의미하는 것이며 괴물 (몬스터)을 죽여 보물을 찾으면 경험치가 올라가는 게임 진행 방식에는 친숙할 것이다. 1970년대와 1980년대 인기를 끌었던 D&D는 오늘날 온라인 게임에까지 큰 영향을 준 게임 고전의 교과서로서 온라인 게임의 주류를 이루고 있는 온라인 머드 게임도 그 명칭(MUD, Multi- User Dungeons)이 잘 말해 주듯 D&D의 영향을 받은 것이다.

톨킨의 작품에서 아이디어를 얻은 게임 장치는 톨킨의 중원에 해당되는 일종의 가상 대륙을 배경으로 설정하고 주인공 또는 게이머가 퀘스트를 수행해 가는 모험담을 이야기 근간으로 하며 등장하는 캐릭터와 싸우는 대상 즉 컴퓨터의 몬스터들의 설정이다. 우선『반지의 제왕』에 나오는 주요 캐릭터 중 휴먼, 오크, 엘프, 드워프는 우리나라에 온라인 게임 붐을 일으켰던 미국의 <워크래프트>와 우리나라의 대표적 게임인 <리니지>를 비롯하여 오늘날의 어느 게임을 봐도 필수적으로 들어 있는 캐릭터 군이고 우리나라 게임에서는 아예 우리말로 옮기지 않고 영어 그래도 쓰는 것을 선호할 정도이다.

이렇게 게임 스토리 소스로 톨킨의 작품이 인기를 끌었던 것은 1970 년대와 1980년대에 미국의 MIT나 스탠포드 대학의 연구실 이름을 톨킨 작품의 캐릭터 이름으로 정할 정도로 당시 톨킨 소설 자체가 젊은 층에 매우 폭발적인 인기를 끌었기 때문이다. 컴퓨터 게임 역사를 연 이러한 게임들뿐 아니라 지금까지도 톨킨의『반지의 제왕』작품 자체를 게임으로 변형한 다양한 게임들은 인터넷에서 쉽게 찾을 수 있다.

1972년 D&D를 즐기던 윌리엄 크라우더는 어드벤처 게임 장르의 효

시인 <어드벤처>를 개발하면서 이 게임 명을 '호비트' 라는 별칭으로 부르기도 했다. 호비트란 톨킨의 첫 소설 제목이기도 하지만 곧 톨킨의 판타지 세계를 함축하는 말이다. 그의 소설은 곧 중원에서 펼치는 호비트의 모험 이야기라고 압축할 수 있기 때문이다.

한편 크라우더의 <어드벤처>를 즐기던 MIT 공과 대학 학생들은 1979년 <조크>라는 최고 인기의 어드벤처 게임을 탄생시켰는데 당시 이 게임은 '던전'으로 통용되었다. 지금도 인터넷에서 다운로드 받을 수 있는 소스 파일의 이름은 '던전'이라고 되어 있다. 그러나 D&D의 '던전'은 법적으로 명칭 소유권 문제가 야기될 소지가 있으므로 정식 게임 명칭을 '조크'라고 부르기로 하고 또 그렇게 인포컴에서 발표하게 되었다.

2. 서사성과 쌍방향성

대표적인 독자 반응 이론가인 노만 홀란드(Norman Holland)는 독자와 텍스트와의 상호작용을 정신분석학적으로 연구한 바 있다. 홀란드가 1960년대 인쇄물 매체를 통해 탐험한 이 "상호 능동성"(bi-active)[6]은 2000년대 컴퓨터 전자물에서 쌍방향성으로 구현되고 있는 것이다. 하이퍼텍스트를 이용함으로써 비선형적 내러티브 구성이 용이해졌으나 이러한 비선형성의 출발은 하이퍼텍스트가 현실적으로 이용할 수 있게

---

6) Norman N. Holland, *The Dynamics of Literary Response*, Oxford U. Press, 1968, p.15.

된 최근의 일이 아니다. 소크 딩클라(Soke Dinkla)가 영상 예술의 비선형
적 서사 전략 기원을 의식의 흐름 수법 소설로 유명한 제임스 조이스
에서 찾은 것은 설득력 있는 해석이다.[7] 내러티브가 서술자와 피서술
자 사이에 사건을 시퀀스로 단순 묘사한 것이라 하더라도 인지적 상호
작용은 있는 것이며 스토리텔링에서는 피서술자의 피드백 반응(또는 텍
스트 입력), 즉 실질적 상호 행동이 가능해진다. 이러한 점을 고려할 때
근본적으로 내러티브는 소통의 문제이지 기술의 문제는 아닌 것임을
알 수 있다.

　미래 문학은 컴퓨터를 배제하고는 생각할 수 없다. 문학은 시대를
반영하기도 하지만 시대를 이끌어 나가기도 한다. 현재 문학의 장은 인
쇄물에만 국한되지 않고 인터넷의 디지털 전자물로 바뀌고 영상물로
전환되기도 한다. 세계 각국은 게임과 애니메이션을 비롯한 문화콘텐
츠 개발에 역량을 집중하고 있다. 이러한 시대에 문학은 텍스트성, 서
사성, 쌍방향성과 어우러지고 멀티미디어와 융합되면서 발전해 나간다.
이제 문학은 고유한 언어 예술만의 장르가 아니라 다양한 내러티브라
는 보다 포괄적인 맥락에서 수용해야 한다. 또한 그 문학이 컴퓨터 도
구와 프로그램을 활용하여 이야기 전달 방식이 달라지면서 새로운 형
태를 취한다 하더라도 문학은 이야기를 들려주는 스토리텔링이라는 인
간의 가장 오래된 여흥 문화를 계승하며 내러티브로 건재할 것이다.

　이야기를 들려주는 매체는 기술의 발달과 함께 제일 처음 사람의 입

---

7) Martin Rieser and Andrea Zapp, (eds.). *New Screen Media: Cinema/Art/ Narrative*, BFI, 2002,
p.30.

을 통해 내려오는 구비 문학에서, 책으로 읽는 문학, 눈으로 보는 영화, 텔레비전 드라마 등으로 발전해 왔고 이러한 매체의 다양성과 더불어 이야기를 전하는 형식 또한 다양해졌다. 이런 과정에서 최근 컴퓨터 매체의 출현은 가장 급격한 변화를 초래했다. 컴퓨터는 그동안의 내러 티브 매체가 가지고 있지 않았던 두 가지를 가능하게 했다. 앤드류 스 턴은 그것을 자율성과 쌍방향성이라고 지적한다.[8] 스턴이 말한 자율성 이란 자율적으로 텍스트가 변화될 수 있는 것을 말하는 것인데, 이는 포괄적인 개념으로서 쌍방향성에 포함시킬 수 있다. 텍스트가 변화될 수 있는 것도 전달자와 피전달자와의 상호작용으로 가능해지기 때문이 다. 결국 컴퓨터를 매개로 하는 내러티브가 그 이전의 것과 구분되는 가장 큰 특성은 이 쌍방향성에서 찾을 수 있다.

컴퓨터가 보급되기 전 문학의 커뮤니케이션 기능은 흔히 인터액션이 라는 말로 바꾸어 사용되어 온 것도 사실이다. 인터액션에는 쌍방향성 이 있고 쌍방향성은 컴퓨터의 피드백 인터페이스로 가능해 진다. 대화 를 주고받을 수 있는 한 모든 것은 가장 광범위하게 커뮤니케이션이라 고 칭할 수 있다. 그러나 독서 행위의 커뮤니케이션 모델에는 이러한 컴퓨터 피드백 장치가 전제되어 있지 않다. 피드백 장치에서는 일단 입력이 이루어지고 난 후 그에 따른 출력이 반드시 있게 된다. 커뮤니 케이션에서 독자는 텍스트에 대해 생각하고 해석하더라도 실제 그것을 텍스트에 입력하지 않는다. 따라서 텍스트의 출력 변화도 없다. 그래서

8) Andrew Stern, "Interactive Fiction: The Story is Just Beginning", *IEEE Intelligent Systems and Their Applications* 13.6 (1998), p.16.

컴퓨터를 매체로 한 전자 내러티브에서는 커뮤니케이션이란 말 보다 쌍방향성을 전제로 한 인터액션이란 용어를 자주 사용하곤 한다.

전달자(송신자)와 피전달자(수신자)는 채트면의 경우 앞에서 이야기 했던 서술자와 피서술자로9), 내러이터(narrator)와 내러이티(narratee)로, 리먼-캐넌은 어드레서(addresser)와 어드레시(addressee)란 단어를 각각 사용하였다. 메시지를 전달할 때의 방향은 항상 전달자에서 피전달자로, 왼쪽(…er/or)에서 오른쪽(…ee)으로 일방적으로 이루어진다. 그래서 피전달자는 전달자가 전한 내러티브 또는 메시지를 수동적으로 수용만을 한다. 물론 이때 수동적 수용이란 소설의 경우 독자의 작품 해석을 말한다. 커뮤니케이션은 일상생활에서 대화의 의미로 대화를 나누는 사람 두 사람 사이에 말을 주고받는 의미인데 비해 내러티브에서 커뮤니케이션이 일방적인 의미를 지니는 것은 우선 기존 내러티브에서는 내러이터와 독자가 직접 발화 작용을 통해 대화를 하지 않고, 독자가 전달한다는 의미가 실제 행동이 아닌 인지적인 작용으로서 해석을 하고 작품을 수용하는 차원을 말하기 때문이다.

인터액션을 '상호작용'으로 인터액티버티를 '쌍방향성'이라고 우리말로 풀이해서 사용할 때, '상호'와 '쌍방향'은 인터액션이 커뮤니케이션의 일방성과 확연히 비교되는 것임을 보여주는 말이다. 내러티브에서 커뮤니케이션과 달리 인터액션이 서로의 방향(inter)으로 오고 가는 것을 의미하게 되는 것은 거기에 실제 행동으로 움직이는 '액션action

---

9) '내러이터'는 영어로 방송에서 쓰일 때 어떤 것을 읽어 주는 사람의 의미로도 우리나라에서 사용되고 있다. 그래서 문맥에 따라 이 책에서는 '내러이터'와 '서술자'란 용어를 같이 사용한다.

이 있어서이다. 인터액션에서 전달자와 피전달자란 모두 한 가지 용어 '인터액터'(interactor)이다. 즉 전달자가 피전달자가 되어 메시지를 받을 수도 있고 피전달자가 메시지를 주는 전달자의 역할을 할 수도 있다. 쌍방향 소설은 이러한 피드백 장치로 진행된다. 게임 시작할 때 게이머가 있는 상황과 장소를 내러이터가 말하면 > 다음에 게이머는 텍스트로 입력을 한다. 그 입력한 결과에 대해 또 다른 피드백, 즉 내러이터가 결과를 텍스트로 보여 주는 것이다. 물론 여기서 내러이터는 구체적으로 말하면 게임 개발자가 프로그램화한 것으로서 게이머의 입력에 따라 그 결과를 몇 가지 유형으로 정하여 그것 중의 어느 하나를 컴퓨터 스크린상으로 보여 주는 것이다.

컴퓨터 게임은 제 2의 할리우드란 별칭을 얻을 만큼 21세기 최고 유망 사업으로 각광받고 있으나 몇 십년 전에 그것은 아무도 수익 창출을 보장할 수 없는 미개척 분야였음에도, <조크>의 개발사인 인포컴은 이런 맥락에서 게임 산업에 출사표를 던진 획기적인 기업이었다. 그러나 무엇보다 <조크>가 시사하는 가장 중요한 점은 게이머가 문자 텍스트를 입력하는 동안 게임을 즐기면서 동시에 이야기를 엮어 가는 서사성과 쌍방향성의 만남이다. 게임 진행 방식은 게임을 시작할 때 기본 상황 즉 "게이머가 어디 어디에 있다"라는 아래 예문의 텍스트가 주어지고 현재 위치에서 어느 방향으로 가서 무엇을 할 것인가는 게이머가 타이핑을 하여 입력하는 것이다. 그래서 인포컴에서 개발한 일련의 컴퓨터 게임은 "쌍방향 소설"(interactive fiction)로 불리었다.

이 게임은 텍스트 어드벤처이므로 당신이 게임이 컴퓨터에 입력하는 다른 낱말들을 인식하게 됩니다. 몇 가지 그 낱말들의 예를 들면 다음과 같습니다. 보아라, 집어라, 관찰해 봐라, 죽여라, 말해라, 열어라, 닫아라, 들어가라, 나와라, 밀어라, 잡아 당겨라, 올려라, 이동해라, 묶어라(이것은 게임 안내문에 나와 있는 예들이다.) 또한 당신이 어디론가 움직이고 싶을 때 그 방향을 가리키는 단어를 쓸 수도 있습니다. 예를 들면 이렇게 입력을 하는 것입니다. "북쪽으로 가라" 또는 "북쪽" 아니면 그냥 "북"이라고 입력하면 됩니다. 북, 남, 동, 북동, 북서, 남동, 남서, 위, 아래가 있습니다.

Gameplay notes

The game is a text adventure and recognizes different words that you type in to the computer. The following is a list of some (but not all) of the verbs that you can use:

look	take
examine	kill
talk	open
close	enter
exit	push
pull	lift
move	tie

You can also use compass directions to indicate that you want to move in that direction. For example, you can type:

"go north"

or you can type

"north"

or just

"n"

Typical directions are N,S,E,W,NE,NW,SE,SW,Up,Down

To save a game, type "save" and the name of the game you want to save.[10]

    1990년대 초 컴퓨터를 사용했거나 21세기인 지금도 바이러스 체크나 또는 컴퓨터에 문제가 있어 부팅할 때 **MS-DOS** 체제로 컴퓨터를 운영해 본 사람들은 이 텍스트 게임이 익숙할 것이다. 1990년대 컴퓨터를 배우는 것은 명령어를 외우는 것이었고 컴퓨터 디스켓도 지금보다 훨씬 더 큰 것이었다. 텍스트 게임은 그 때의 컴퓨터 사용 환경을 생각하면 이해가 빠르다. 당시의 텍스트 게임은 오늘날과 같은 그래픽 및 멀티미디어 환경은 전혀 생각할 수 없었고 매킨토시와 윈도우 체제

---

10) "Great Underground Empire" http://www.infocom-if.org/downloads/downloads.html zork 1: 아주 오래된 게임이지만 우리 게이머들에게는 낯선 이 게임의 이해를 돕기 위해 원 게임에 있는 일부를 원본과 필자의 번역본으로 함께 설명한 것인데, 좀 더 게임 진행되었을 때의 상황은 직접 접속하여 시도해 보거나 아니면 류현주,『컴퓨터 게임과 내러티브』(2003년 현암사 출판) 73-84면. "조크: 읽고 쓰는 텍스트 게임" 참조. 여기에 수록된 일부 글도 여기에서 발췌한 것.

에서와 같은 아이콘을 마우스로 클릭하는 것도 전혀 아니다. 스크린 검은 바탕에 글씨는 하얀색 그리고 커서가 깜박이고 프롬프트 기호 > 다음에 명령어를 입력하는 것이 컴퓨터와 대화할 수 있는 유일한 창구이다. 컴퓨터와 대화를 하는 것이 곧 게임을 하는 것이고 대화의 방법은 명령어를 입력해 넣는 것이다. 명령어란 자신이 게임 속의 캐릭터가 되었을 때 어떠한 행동을 취할 지 표시를 하는 것이다. 온라인 게임에서는 어떤지 잘 모르겠으나, 요즘 게임을 하는 사람들은 모두 다 알고 있는 사항일 것이다. 과거의 게임에서도 마찬가지 방법으로 저장하기와 불러오기를 할 수 있다. 다만 마우스로 파일 아이콘을 클릭하는 것이 아니라 > 다음에 모든 것을 입력하는 것이 큰 차이였다. 게임을 저장하고 싶으면 '저장'(save) 그리고 저장한 게임으로 돌아가 다시 게임을 하려면 '재시작'(restore)과 저장한 파일명을 입력하는 것이다.

쌍방향 소설이라는 명칭으로 불렸던 텍스트 게임은 다음과 같이 게임 시작 전 게이머에게 정해진 상황을 게임의 안내문으로 이해한 후 본격적으로 게임을 하면서 이야기를 엮어 나가는 것이다.

조크에 오신 것을 환영합니다.

집 서쪽
당신은 지금, 정문이 판자로 막힌 하얀색 큰 저택의 서쪽 편으로, 벌판 한가운데 서 있습니다. 여기 작은 우편함이 있군요
(굵은 글씨는 필자의 것)11)

---

11) 게임을 처음 시작할 때 어떠한 상황에 게이머가 놓여 있는지를 설명하는 부분으로서

>북쪽으로 가라

집의 북쪽
당신은 하얀색 저택의 북쪽을 바라보고 있다. 여기에는 문이 없다. 창문들도 전부 창살로 막혀 있다.

>동쪽으로 가라

집 뒤쪽
당신은 하얀 집 뒤편에 있다. 집의 한 쪽 구석에 작은 창문이 있는데 약간만 열려 있다.

>창문을 열어라

몸이 들어갈 수 있도록 당신은 힘껏 창문을 열어 제친다.

>부엌으로 들어가라

당신은 하얀 집의 부엌에 들어 와 있다. 식탁에는 누군가가 음식을 장만하고 있었던 것 같다. 서쪽으로 통로가 나 있고 위층으로 나 있는 어둑한 계단이 보인다. 동쪽에는 작은 창 하나가 열려 있다. 식탁에는 긴 갈색 자루가 누워있는데 고춧가루 냄새가 난다. 병 하나가 식탁 위에 올려져 있다. 그 유리병에는 다음의 것이 담겨 있다. : 많은 물.

게임의 시작을 알리는 표시로서 굵은 글씨체를 사용하였다. >다음의 명령어는 필자가 게이머로서 입력한 것이므로 곧 게이머가 본 게임 텍스트의 주인공인 것이다. 다시 말하면, 입력이 곧 게이머(주인공)의 이동 및 행동이다.

물론 이것은 게임에 이렇게 나오는 것이 아니라 한 예로 필자가 게임을 했을 때의 텍스트를 번역한 것이다. 첫 게임의 기본 배경 설명 부분(굵은 글씨체)은 모두 동일하나 첫 > 다음에 어떠한 텍스트가 나오느냐 하는 것은 게이머의 입력에 따라 다르다. 즉 >다음에 북쪽이 아니라 다른 방향을 선택하면 다른 텍스트가 전개된다. 여기서 우리 말 어법으로는 어색하지만 텍스트가 다른 상황에서 일부가 혹은 모두 같은 것이 나올 수 있으므로 게임 원본에 충실하게 그대로 우리말로 옮겼다. 우리말로 자연스럽게 이어지도록 접속사를 사용하지 않은 것도 마찬가지 이유에서이다. 특히 "당신이" 라는 영어 원문 그대로 우리 말 주어를 옮긴 것은 게임의 인터액션이라는 기본적 성격을 드러내 주는 부분이다. 이는 컴퓨터 게임을 내러티브로 파악했을 때 중요한 요소가 되므로 원본 그대로 주어가 있을 때마다 누락시키지 않고 우리말로 옮겼다.

게임을 소설이라는 명칭으로 부르는 쌍방향 소설은 완성된 문학 작품을 읽는 기존의 수동적 독자의 역할이 작품 창작에 참여하는 작독자(Wreader, writer+reader)의 역할로 바뀌고 텍스트가 그 작독자의 입력된 내용에 따라 바뀌는 매우 중요한 컴퓨터 매체 문학 특성을 잘 보여 주고 있다. 이런 맥락에서 국내의 사이버 문학 담론이 두드러진 장르에 편중되어 판타지라는 소설에 집중되고 있는데 컴퓨터 매체를 활용한 미래 문학을 논함에 있어 더욱 관심을 가져야 하는 것은 바로 그 판타지 소설을 시뮬레이션한 컴퓨터 게임이다.

<조크>를 개발했던 레블링은 판타지 소설을 근간으로 한 어드벤처 게임을 흔히 컴퓨터 판타지 시뮬레이션(Computer Fantasy Simulation, CFS)이

라고 했는데 그는 이 CFS를 하나의 새로운 예술 형태로서 간주하면서 컴퓨터 이야기책으로 해석했다.[12] 게임이 이야기를 가졌다고 할 때 이는 두 가지 측면에서 내러티브의 성격을 가진다. 하나는 게임 세계와 캐릭터를 묘사하는 배경 이야기이고 또 하나는 게임을 하는 동안 게임을 하는 사람이 만들어 가는 플롯이다. 결국 내러티브로서 게임은 게임 전개 공간/장소, 캐릭터 그리고 게임이 처음 시작될 당시의 상황 등 게임에 대한 사전 지식을 설명하는 것이 된다.

<조크>는 게임이지만 흔히 '인터랙티브 픽션'이라고 불리었다. 명칭에서 짐작할 수 있듯이 인터랙티브 픽션은 언어 텍스트로만 게임을 진행하는 게임이다. 게이머가 주인공이 되어 어떠한 행동을 취하겠다고 입력을 하면 컴퓨터 게임의 프로그램화된 답변이 언어로 제시되면서 게이머의 반응을 유도하게 된다. 간단히 말해 마치 게이머와 컴퓨터(또는 컴퓨터 프로그램/게임)가 서로 채팅을 하는 것과 같은 상황이 연출된다. 이러한 점에서 텍스트 기반의 내러티브로서 게임과 소설은 서로 공통점을 가지고 있다. 그러나 소설을 바탕으로 게임을 만들고 게임이 소설에 영감을 제공하기는 하지만 게임과 소설은 분명 다른 장르이다. 그런데도 불구하고 이야기가 있는 게임의 소설적 내러티브에는 간과할 수 없는 점이 분명 있다. 작가와 텍스트와 독자의 상호작용으로 독서 행위가 이루어지고 게임 개발자(작가)와 텍스트와 게임을 하는 사람(독자)의 상호작용으로 게임이 진행된다. 이때 작가와 게임 개발자는 똑같

---

12) David Lebling, "Zork and the Future of Computerized Fantasy Simulations", *Byte*, 1980, p.172.

이 이야기를 구성했다는 점에서 같고 텍스트도 언어로 써졌다는 점이 같으나 소설의 상호작용과 게임의 상호작용은 성격이 다르다.

게임과 소설 모두 이야기를 풀어 낸 내러티브지만 차이가 생기는 이유는 게임의 특성인 쌍방향성에서 찾을 수 있다. 게임과 소설은 서사성이 모두 존재하되 게임에서는 쌍방향성이 더욱 중요하고 소설에서는 서사성이 더욱 중요하다. 게임 텍스트 스크립트를 소설이라고 억지 주장을 한다면 몇 가지 무리가 따른다. 우선 계속 나오는 '당신이'라는 상황 설정 주어가 방해되고 접속사나 대명사 처리가 자연스럽지 못해 독자가 자연스러운 이야기 흐름을 따라가는 것 즉, 단순한 이야기 '읽기'의 흐름을 방해한다. 반면 또 다른 게임 차원에서의 몰입은 오히려 이야기를 읽어가면서 플롯을 전개하되 거기에는 반드시 게이머의 액션을 전제로 한 이야기대로 '행동하기'라는 액션의 게임적 장치를 통해 효과적으로 이루어질 수 있다.

인포컴에서는 조크의 성공을 발판으로 일련의 텍스트 기반 게임들을 계속 출시했고, 인포컴은 인터랙티브 픽션의 대명사가 되었다. 인포컴은 이러한 측면에서 단순히 유행했던 게임을 만든 게임 회사로서의 자리매김은 물론 어떤 측면에서는 그것보다는 더욱 게임의 문학성 측면에서 그 비중이 높이 평가된 회사로서 지금까지 인정을 받고 있다고 나는 해석한다. 인포컴 이외의 다른 회사들은 인터랙티브 픽션에 많은 관심을 두지 않았고 이후에는 그래픽 게임이 인기몰이를 함에 따라 텍스트 기반 게임 출시가 거의 없었기 때문이다.

인터랙티브 픽션은 게임의 내러티브성을 통해 게임과 소설의 관계

나아가 게임과 문학과의 관계를 시사해 준다. 텍스트 기반의 게임은 그래픽 없이 문자 언어로 게임이 진행되고 글자로 가득 메워진 화면에서 마치 네모난 책 공간에서 책을 읽듯 이야기를 읽어 나가는 것처럼 게임을 한다. 다만 차이점이 있다면 게이머(독자)가 컴퓨터와 또는 작가와 함께 게임을 진행시키는 과정에서 이야기를 같이 엮어가면서 플롯을 만들어 나가는 작가의 역할을 할 수 있다는 것이 게임과 소설의 차이점이다. 게임을 하는 사람들도 타이핑을 하면서 단순히 시간 때우는 재미로 게임만 하는 것이 아니라 컴퓨터와 함께 이야기를 만들고 있다고 생각하게 된다.

소설은 '읽고' 게임은 '한다'. 그러나 다른 게임과 비교했을 때 인터랙티브 픽션의 두드러진 특징은 게임의 강한 문학성에 있다. 쌍방향성에서는 쌍방향성 못지않게 서사성이 다른 게임보다는 상대적으로 조금 더 강조되므로 게임 하는 사람이나 게임을 개발한 사람 모두 문학과의 관련을 배제하지 않고 특히 개발자들은 문학에 대한 깊은 관심을 시사한다.

왜 그래픽 없는 컴퓨터 게임을 만들고 있느냐라는 질문에 텍스트 게임 개발자 벌린은 기술 문제를 이유로 답변을 하였다. 개발자가 만든 이야기의 장면과 상황을 제대로 전달할 정도로 컴퓨터 그래픽 기술이 발전하지 못했기 때문에 언어로만 된 텍스트 게임을 개발한 것이다.[13]

벌린은 게임 개발에서, 게임의 스크립트를 마치 한 편의 소설처럼 쓴다. 다만, 그 차이를 생각해 본다면, 소설은 작가들이 자신이 쓰고

---

13) Shay Addams, "The Wizards of Infocom", *Computer Games*, February 1984, p.34.

싶은 데로 마치 작가 자신이 주인공이 되었다고 생각하는데 비해 게임에서는 다른 사람들이 이렇게 해라, 저렇게 해라라고 작가의 글쓰기에 간섭을 하는 것이다.[14] 여기서 다른 사람들이란 게임을 하는 사람이고, 이렇게 해라, 저렇게 해라라는 것은 게이머들의 타이핑 텍스트가 달라질 수 있으므로 거기에 따라 게임이 다르게 진행되도록 되어 있다는 게임의 기본적 장치를 말하는 것이다. 따라서 인포컴의 게임 개발자들은 자신들이 이야기에서 표현하고자 하는 바를 책으로 엮을 수 있을 정도로 모두 글로 묘사를 하기 때문에 게임의 이야기 부분에 상당히 많은 시간을 투자했고 그 결과 게임에 문학적 성향이 강하게 나타나게 되었다. 또한 역으로 게임 개발자들이 이런 식으로 이야기에 대한 많은 시간 투자를 함에 따라 게임 개발이 글쓰기 연습 역할을 하며 더욱 게임 개발자의 문학성이 향상되게 되었다.[15]

게임과 소설 모두 허구적 상황에서 일어나는 일련의 사건들이다. 전달자는 피전달자에게 어떤 메시지를 전해 준다. 그 전달 매개체가 소설과 인터랙티브 픽션 모두 언어이다. 인터랙티브 픽션과 소설과의 상관관계가 강하게 드러나는 부분은 이 언어 매개체적 측면이다. 허구적인 사건을 언어적으로 제시하기 때문에 게임과 소설 모두 픽션이다. 게임과 소설 모두 내러티브 텍스트로서 일어나는 사건들이 시간 순서와 인과 관계로 결합된다. 그러나 제시하는 방법에 있어 게임에는 앞에서 언급한 바와 같이 쌍방향성이 있는 반면 기존 소설에는 없다. 그

---

14) Addams, p.36.
15) Roe R. Adams III, "EXEC INFOCOM: Adventures in Excellence", *Softalk Magazine*, October 1982, p.36.

래서 게임은 인터랙티브 픽션이 되고 소설은 내러티브 픽션이 된다. 게임은 내러티브 전용 텍스트가 아니므로 내터리브 전용 텍스트인 소설과 다음과 같은 서사성와 쌍방향성 면에서 상충되는 면을 보여 준다.

게임이라는 것이 등장하기 전, 구체적으로 말하면 인터랙티브 픽션이 등장하기 전 게임은 오락으로서 이야기를 나누면서 카드를 가지고 하는 것이었지 텍스트로 읽는 것은 아니었다. 따라서 게임은 내러티브적 측면이 거의 없었고, 내러티브라고 하면 소설, 영화, 드라마 등을 생각하곤 했다. 이야기를 전달한다는 점에서 이야기가 곧 내러티브와 동의어로 쓰이는 경우도 많고, 내러티브의 기본적 특성을 자세하게 시사하고 연구할 수 있다는 점에서 내러티브 연구의 대표적 텍스트는 소설이었다.

내러티브 이론의 토대를 구축한 저명한 학자들은 기타 내러티브와 차별화하기 위해 내러티브 픽션을 그 이론의 교과서로 삼았다. 슐로미쓰 리먼-캐넌(Rimmon-Kenan)은 『내러티브 픽션』(Narrative Fiction)에서 내러티브 픽션이란 계속되는 허구적 사건을 서술하는 것이라고 정의하면서 내러티브 픽션과 다른 내러티브와의 차이점으로 두 가지 특성을 지적하였다.[16] 첫째는, 커뮤니케이션 과정으로, 이는 전달자가 피 전달자에게 메시지로서 내러티브를 전송하게 된다. 둘째는, 그 메시지를 전송하는데 사용하는 매체가 언어적 성격을 가졌다는 것이다. 리먼-캐넌은 두 번째 특성을 설명하면서 영화와 무용과 판토마임에도 일련의 사건들이 나오는 이야기가 있으나 이러한 것들은 언어를 매개로 하지 않는

---

16) Shlomith Rimmon-Kenan, *Narrative Fiction,* Methuen, 1983, p.2.

다는 점에서 내러티브 픽션과 다르다고 했는데, 이 책이 출판된 1980
년대는 컴퓨터가 지금과 같이 대중적으로 보급되지 않았지만 당시 인
포컴에서 인터랙티브 픽션을 출시했던 시간적 상황을 고려하면 이들이
비교로 삼은 대상에 이 게임도 포함될 수 있다. 비교 대상에서 제외된
것은 아예 게임하면 오랫동안 텍스트로 주어지는 내러티브라고 생각하
지 않았음을 보여 주는데 그만큼 인터랙티브 픽션은 서사성이 강조됨
으로써 기존의 게임의 얼굴을 많이 바꾸어 놓았다.

　게이머가 혼자 단순하게 반복되는 타이핑을 하면서 어떻게 게임을
즐길 수 있을까? 재미없고 지루하게. 소설과는 다른 내러티브적 제약
에도 불구하고 단순한 액션의 연속이라 하더라도 시간 가는 줄 모르고
게임을 하는 사람이 게임에 몰두할 수 있도록 이끄는 것은 게이머가
행동을 취했을 때 바로 컴퓨터에서도 어떠한 반응을 보여 주는 피드백
인터페이스 요소이다. 이 매력적인 피드백 인터페이스는 이야기를 펼
쳐 보이며 게이머가 계속 누군가와 대화를 하면서 게임 세계 속에 실
제 있다는 느낌을 받게 해 준다. 인터페이스(interface)란 용어는 컴퓨터
기술의 전문 용어라는 딱딱한 개념 이전에 말 그대로 마치 사람인양
누군가와 얼굴을 마주 보고(face-to-face) 두 사람이 이야기를 나누고 있다
는 느낌이 들게 하는 친숙한 개념이다. 그래서 인터페이스 기술의 발
전은 컴퓨터라는 기계가 단순히 차가운 기계가 아니라 우리에게 친근
한 인간적인 면을 보이는 방향으로 발전한다는 것을 보여 주는 한 측
면이기도 하다.

　때로 인터랙션을 '상호작용'으로 인터랙티버티를 '쌍방향성'이라고

우리말로 풀이해서 사용하는데 이때 '상호'와 '쌍방향'은 인터랙션이 커뮤니케이션의 일방성과 확연히 비교되는 것임을 보여주는 말이다. 내러티브에서 커뮤니케이션과 달리 인터랙션이 양 방향(inter)으로 오고 가는 것을 의미하게 되는 것은 거기에 실제 행동으로 움직이는 '액션 action'이 있어서 이다. 인터랙션에서 전달자와 피전달자란 모두 한 가지 용어 '인터랙터'(interactor)이다. 즉 전달자가 피전달자가 되어 메시지를 받을 수도 있고 피전달자가 메시지를 주는 전달자의 역할을 할 수도 있다. 인터랙티브 픽션은 이러한 피드백 장치로 진행된다. 게임 시작할 때 게이머가 있는 상황과 장소를 내러이터가 말하면 >다음에 게이머는 텍스트로 타이핑을 한다. 그 타이핑한 결과에 대해 또 다른 피드백, 즉 내러이터가 결과를 텍스트로 보여 주는 것이다.

텍스트와 게이머/독자의 인터랙션 정도는 게임이 하이퍼텍스트 픽션17)보다 더 크다. 하이퍼 픽션에서 독자는 작가가 써 놓은 텍스트를 재구성 하고(탐험적 하이퍼 소설), 내러티브의 일부로 실제 텍스트를 쓴다(구성적 하이퍼 소설) 하더라도 게임의 피드백보다 독자의 그것은 훨씬 빈도와 비중이 낮다. 그럼에도 불구하고, 하이퍼 픽션이 있기 이전에 우리는 내러티브 픽션에서 실질적으로 텍스트가 바뀌는 인터랙션을 경험하지 못했기 때문에 쌍방향성이 내러티브에 가지는 의미는 대단히 중요하다. 게임에 익숙한 사람들은 인터랙션이라는 것이 굳이 무엇이다

---

17) 하이퍼 소설에 대한 보다 구체적인 내용은 류현주, 『하이퍼텍스트 문학』, 김영사, 2000, 참조. '하이퍼텍스트'는 우리나라에서 '하이퍼'로 줄여서 칭하기도 하고 소설은 '하이퍼 픽션', '하이퍼 소설'이라고도 부른다. 원 영어 명칭은 '하이퍼텍스트 픽션'(hypertext fiction)이다. 따라서 이 책에서도 편리하게 명칭을 혼용하여 부를 것이다.

라고 의식하지 않고도 쌍방향성를 받아들이게 되지만 문학을 창작하고 연구하는 사람들에게 이것은 신선한 도전이 아닐 수 없다. 일부 문학 이론가들은 컴퓨터를 '쿨'한 매체로서 생각하며 흥분하기도 한다. 이들은 내러티브의 쌍방향성에서 포스트모더니즘의 탈중심주의를 읽어낸다. 중심이 작가나 텍스트에 있는 것이 아니라, 작가, 텍스트, 독자의 경계가 없이 일부는 작가가 그리고 일부는 독자가 소설의 플롯을 만들어간다는 의미에서 그러하다.

분명 인터랙티브 픽션을 하나의 새로운 문학 형태로 간주하기에는 한계가 있다. 그 이유는 앞에서 이미 살펴보았다. '픽션'이라고 이름은 붙였으나 인터랙티브 픽션은 텍스트 기반 '게임'이다. 그러나 인터랙티브 픽션은 일반적으로 서사성를 생각하지 않는 일반 게임과는 또 다르다. 이러한 이유에서 올셋은 이 어드벤처 게임을 사이버 스페이스에서 전개되는 여러 가지 내러티브 중 그 나름대로 독특한 하나의 장르, 즉, 게임도 아니요 소설도 아닌 '인터랙티브 픽션' 그대로 봐야 한다고 주장하기도 했다.18)

한편, 쌍방향성를 활용한 하이퍼 픽션은 또 게임만큼의 충분한 인터랙션이 없다. 게임은 프로그래머/작가가 '일부' 텍스트를 주기는 하지만 텍스트가 주어질 때마다 게이머/독자는 '대부분'의 텍스트를 타이핑을 하면서 이야기를 만들어 나간다. 하이퍼 픽션은 작가가 '대부분'의 텍스트를 주고 독자는 극히 '일부'의 텍스트만 작성하거나 아예 전혀

---

18) Espen J. Aarseth, *Cybertext: Perspectives on Ergodic Literature*, Johns Hopkins U. Press, 1997, p.103.

텍스트를 작성하지 못하고 작품만 탐험한다. 요약하면 게임의 인터랙션은 게이머의 텍스트 쓰기가 필수이나 하이퍼 픽션에서 그것은 필수가 아니라 작품마다 다르므로 일종의 선택의 문제이다.

아직 문학 형태로서 완벽하게 모든 현대의 문학 이론을 수용할 만한 '100퍼센트 맞춤' 문학이 아직 없다. 어쩌면 그것은 이론에서만 가능하고 실제에 존재할 수 없는 문학의 유토피아인지 모른다. 이미 유토피아(그리이스 어원, U:'ou'-No, Topia:'topos'-Place)란 단어가 말해 주듯 이미 이 세상에 존재 할 수 없는 것이기 때문일 것이다. 그러나 그 이론을 실제로 구현하는 과정에 있어 컴퓨터 기술로 가능해진 내러티브의 쌍방향성이 키워드임은 부정할 수 없다. 무엇보다 쌍방향성에 따른 독자의 역할이 그 이전의 내러티브 픽션과는 다르므로 독자 반응 이론가들이 상대적으로 이 분야에 대한 통찰력이 앞섰다.

다른 이론가들이 대부분 1990년대에 후기 구조주의와 포스트모더니즘의 이론을 바탕으로 전자 텍스트에 주목한데 비해 노만 홀란드는 1980년대부터 인터랙티브 픽션을 통해 이 분야에 관심을 가지기 시작했다. 당시 전자 내러티브가 막 태동하는 시기여서 홀란드는 인터랙티브 픽션에 관한 자신의 글을 1900년에 영화에 대한 글쓰기와 1945년 텔레비전에 대한 글쓰기와 비교하였다.19)

텍스트 기반 게임은 게임의 문학성, 또는 문학적 게임이라고 이해할 때, 이는 게임하는 사람과 컴퓨터가 텍스트를 서로 주고받는 인터페이

---

19) Anthony J. Niesz and Norman N. Holland, "Interactive Fiction", *Critical Inquiry* 11, U. of Chicago Press, 1984, p.126.

스로 가능해졌다. 그래서 쌍방향 소설형식이 발표될 당시 이 게임은 게임의 근본 성격인 오락성보다는 문학성에 많은 사람들이 주목하였고 다양한 용어들이 등장하기도 했다. 스코트 아담즈는 텍스트 기반 게임을 '쌍방향 소설'이라는 말로 불렀고 이 용어가 1981년 컴퓨터 잡지 『바이트』(Byte)에 처음 사용되면서 게임계와 문학 이론가들 사이에 '쌍방향 소설'이란 용어가 통용되었다. 그 이외에도 이야기를 들려주는 게임이라고 해서 '스토리 게임', 컴퓨터로 읽는 소설이라고 해서 '컴퓨터 픽션', 또는 '컴퓨 소설', 그리고 게이머의 입력으로 전개되는 소설이라고 해서 '참여 소설'이라는 명칭도 신문에서는 사용하였고20) 소설이 플로피 디스크에 담긴다는 의미에서 '플로피 티스크 소설'21) 이라고 부르기도 했다. '플로피 디스크 소설'이라는 명칭을 사용한 시사 주간지 『타임』(Time)은 컴퓨터 게임과 소설과의 관계에 있어 '쌍방향 소설'은 "컴퓨터로 만들어진, 그리고 컴퓨터로 익히는 소설"이라고 정의한데 반해 혼돈되기 쉬운 '컴퓨터 게임 소설'은 유명한 컴퓨터 게임을 소설로 만든 것으로 구분하였다. 지금 '플로피 디스크'는 이제 역사의 뒤안길로 사라진 추억의 물건이 되었으니 참으로 컴퓨터 기술이라는 것이 얼마나 빠른지, 그 명칭과 기기 등의 변화가 피부에 와 닿는다. 플로피 디스크를 사용하지 않지만 있어도 그것을 읽을 드라이브가 있는 컴퓨터가 없다. 글쎄, 컴퓨터 박물관에나 있을까?

---

20) Edward Rothstein, "Reading and Writing: Participatory Novels", Book Review, *The New York Times*, May 8, 1983.

21) Elmer-De Witt, Philip and Jamie Murphy, "Computers: Putting Fiction on a Floppy", *Time*, December 5, 1983.

텍스트 기반의 내러티브로서 게임과 소설은 서로 공통점을 가지고 있다. 그러나 소설을 바탕으로 게임을 만들고 게임이 소설에 영감을 제공하기는 하지만 게임과 소설은 분명 다른 장르이다. 그런데도 불구하고 이야기가 있는 게임의 소설적 내러티브에는 간과할 수 없는 점이 분명 있다. 작가와 텍스트와 독자의 독서 행위가 이루어지고 게임 개발자(작가)와 텍스트와 게임을 하는 사람(독자) 간에 게임이 진행된다. 이때 작가와 게임 개발자는 똑같이 이야기를 구성했다는 점에서 같고 텍스트도 언어로 쓰여 있는 점이 같으나 소설의 독자와 게임의 사용자 또는 게이머는 같은 것만은 아니다.

게임과 소설 모두 이야기를 풀어 낸 내러티브이지만 차이가 생기는 이유는 게임의 특성인 쌍방향성에서 찾을 수 있다. 게임과 소설은 서사성이 모두 존재하되 게임에서는 쌍방향성이 더욱 중요하고 소설에서는 서사성이 더욱 중요하다. 앞에서 예시한 게임 텍스트 스크립트를 소설이라고 억지 주장을 한다면 몇 가지 무리가 따른다. 우선 계속 나오는 "당신이"라는 상황 설정 주어가 방해되고 접속사나 대명사 처리가 자연스럽지 못해 독자가 자연스러운 이야기 흐름을 따라가는 것 즉, 단순한 이야기 '읽기'의 흐름을 방해한다. 반면 또 다른 게임 차원에서의 몰입은 오히려 이야기를 읽어가면서 플롯을 전개하되 거기에는 반드시 게이머의 액션을 전제로 한 '이야기대로 행동하기'라는 액션의 게임적 장치를 통해 효과적으로 이루어질 수 있다.

쌍방향 소설은 게임의 서사성을 통해 게임과 소설의 관계 나아가 게임과 문학과의 관계를 시사해 준다. 텍스트 기반의 게임은 그래픽 없이 문자 언어로 게임이 진행되고 글자로 가득 메워진 화면에서 마치 네모난 책 공간에서 책을 읽듯 이야기를 읽어 나가는 것처럼 게임을 한다. 다만 차이점이 있다면 게이머(독자)가 컴퓨터와 또는 작가와 함께 게임을 진행시키는 과정에서 이야기를 같이 엮어가면서 플롯을 만들어 나가는 작가의 역할을 할 수 있다는 것이 게임과 소설의 차이점이다. 게임을 하는 사람들도 입력을 하면서 단순히 시간 때우는 재미로 게임 만 하는 것이 아니라 컴퓨터와 함께 이야기를 만들고 있다고 생각하게 된다.

　"쌍방향 소설(interactive fiction) 읽어보았니?" "응, 해 봤어" '픽션'이란 말이 문학 연구자에게는 더욱 크게 들리지만, 게이머들에게는 쌍방향 소설은 어디까지나 '픽션'이 아닌 '게임'으로 간주된다. 이런 짤막한 대화는 게임과 소설이 '읽다'와 '하다'라는 행위의 차이로 두 장르간의 차이를 명료하게 보여 준다. 그러나 다른 게임과 비교했을 때 쌍방향 소설이라고 일컬어진 텍스트 게임의 두드러진 특징은 게임의 강한 문학성에 있음은 다시 강조해도 지나치지 않다. 쌍방향성에서는 쌍방향 성 못지않게 서사성이 다른 게임보다는 상대적으로 조금 더 강조되므로 게임 하는 사람이나 게임을 개발한 사람 모두 문학과의 관련을 배제하지 않고 특히 개발자들은 문학에 대한 깊은 관심을 보여 주었다.

　<조크>개발사 인포컴에서 게임을 개발한 사람들 중에 유명한 영화 <제임스 본드 007> 시리즈의 작가 이안 플레밍이 있었던 것은 우연만은 아닌 듯하다. 지금처럼 게임이 본격적인 하나의 사업이 되기 전이기 때문에 많은 직원들이 몇 몇 부서로 각자 특화 된 부분이 있었던

것이 아니라 불과 10명도 안 되는 사람들이 게임에 대한 관심으로 뭉쳐서 인포컴 회사는 운영되었다. 인포컴은 1980년대 컴퓨터 기반 산업의 선발 주자들 즉, 우리가 요즘 흔히 말하는 벤처 기업 형태로 시작되었다. 초창기 인포컴의 회사 창립 멤버들은 비록 이 회사에게만 국한된 것은 아니나 당시 톨킨의 판타지 작품의 애독자들이었고 대부분 상당한 문학에 대한 식견을 가지고 있었다. 물론 이때의 식견이란 영문학에 대한 깊은 지식의 측면이 아니라 말 그대로 소설을 많이 읽고 창작에 대한 아이디어도 있었던, 어떤 면에서는 문학 연구가는 아니지만, 나름대로의 문학도였다고 할 수 있다. 앞에서 이야기한 플레밍뿐 아니라 인포컴의 인기 게임 개발자들 중에는 공상 과학 소설 작가인 벌린도 있었다. 벌린은 분명 작가인 만큼 소설적 요소를 많이 고려하여 게임 개발에 참여하였을 것으로 추측된다. 지금의 시각으로 보아도 게임 회사에 훌륭한 작가적 소질을 가진 인재가 있다는 것은 큰 이익이 되었을 것이다.

화려한 그래픽 컴퓨터 게임이 압도적인 요즘 게임 환경에서 게이머들은 텍스트 기반의 게임이 있었다는 것도 모르겠지만 안다고 하더라도 어떻게 그래픽이 없는 게임을 입력만 하면서 지루하게 할 수 있느냐는 의문이 생길 것이다. 그러나 컴퓨터 기술 발달 과정을 고려하면 당시에는 지금처럼 기술이 발달하지 않았기 때문에 어설픈 그래픽으로 작가가 표현하고자 하는 것을 제대로 표현하지 못할 바에는 차라리 텍스트로 그것을 표현하는 것이 더욱 효과적이었다. 사실 요즘에 그래픽에 익숙해 있기 때문에 너무나 당연시하고 있으나 우리는 이미 소설

속에서 언어만으로도 다양한 우리 삶의 상황과, 현장은 물론 수많은 환상과, 공상의 세계 등 인간의 상상력이 미치는 장소는 어느 곳이든 표현하는데 무리가 없었다. 다만 기술의 발달로 그래픽이 그러한 장소를 눈앞에 가시화 해 주기 때문에 짧은 시간의 강한 인상으로 인해 그래픽이 더욱 효과적이라는 착각과 익숙함이 생기는 것인지 모른다.

사람의 두뇌 게임을 당해낼 컴퓨터 게임이 아직 개발되지는 않았겠으나 게임 역시 인간의 두뇌와 상상력에서 발원되는 것을 생각하면 게임의 화려함과 기술보다는 마음의 기술을 사용하는 것이 더욱 용이하고 편해서 이 기술로 이야기를 엮어 나가는 편을 선택하는 작가들이 더욱 많을 것이라는 추측은 할 수 있을 것 같다.

내러티브 픽션의 첫 번째 특성에서 리먼-캐넌은 '커뮤니케이션'이란 용어를 사용하였다. 전달자와 피전달자간에 메시지를 '주고받는다'라는 의미이다. 그런데, 커뮤니케이션에서 '주고받는다'라고 했을 때 '준다'는 것은 독자가 텍스트를 해석하고 혼자 간직하는 것이지 그것을 다시 또 텍스트에 전달하여 텍스트를 변화시키지는 않는다. 일상생활의 의사소통이라는 의미일 때는 커뮤니케이션이 '대화'를 말하는 것으로 의미를 주고받는 것이 된다. 그러나 내러티브 이론 측면에서 그것은 '주고받는다'는 상호 교환성이 없다. 여기서 인터액션과 커뮤니케이션에 대한 혼선이 야기될 수 있다.

수용 미학자들의 독자 반응 이론 면에서도 독자의 반응이 상이할 수 있으므로 텍스트의 의미는 한 가지로 결정할 수 없다. 그러나 여기서 텍스트 자체는 변화되지 않고 텍스트를 해석하는 독자의 해석만이 달라지는 것이므로 의미의 미결정성 또는 다성성이 여러 개의 텍스트를 말하는 것은 아니다. 또한 그 다양한 독자의 반응에서도 전체를 아우르는 공통의 무엇 즉 해석의 일관성이란 있는 것이다. 이런 의미에서 쌍방향 소설의 반대 개념은 일방적 소설이어야 할 텐데 사실 이와 같이 문학의 독서 과정 자체가 일방적이 될 수 없으므로 기존 인쇄 문학의 의사소통성이 전자 문학의 雙方向性과 대조가 아닌 비교가 되는 개념이 될 것이다. 그러나 결국 인쇄물이든 전자물이든 모든 이야기는 의사소통성을 내재하고 있으므로 雙方向性과 의사소통성이 곧 전자 문학과 인쇄 문학의 변별성은 아니다. 다만 독자의 즉각적인 피드백에 따라 텍스트가 바뀌어서 사건의 인과성과 시퀀스 자체가 달라지는 전자 문학의 雙方向性은 인쇄물 소설에서 전혀 구현될 수 없는 것이므로 쌍방향 소설이란 결국 컴퓨터 매체로 창작된 소설만의 특성이 된다.

제 4 부

문학과 기술

미디어와 창작

  죽음은 단절이다. 문학의 죽음 또한 단절의 의미였다. 그러나 또 한 편으로는 최근 몇 년간 통섭, 통합, 융합이란 것도 화두로 자주 거론되어 왔다. 이야기는 단절되지 않는다. 단절될 수 없다. 단절되었다고 하는 것, 즉 죽음이라는 것이 등장한 것은 문학에서였다. 그 단초를 제공한 것은 영상 못지않은 막강한 힘을 가진 컴퓨터 혹은 디지털 매체였다. 그러나 모든 것이 하루아침에 컴퓨터의 등장으로 이루어진 것은 아니다. 컴퓨터가 만능은 아니라는 것이다.

  컴퓨터와 인터넷이 대중화되면서 우리 사회는 정보 통신 사회 혹은 지식 정보화 사회를 표방하기 시작하였다. 이로 인해 컴퓨터와 인터넷 활용을 전경화한 디지털, 사이버 접두어 신조어들이 계속 만들어져 왔다. 이는 비단 정보와 관련된 지식만의 문제는 아니었다. 새로운 매체로 부상한 컴퓨터는 새로운 서사 장르의 출현으로 서사 담론의 새로운 지평을 열었다. 이 과정에서 기존의 장르들이 서로 융합되는 현상을 보이고 기존의 서사 기법들이 컴퓨터 기술로 가능해진 쌍방향성, 하이퍼텍스트성, 다매체성(멀티미디어)과 연계되어 새로운 양상을 보였다. 이러한 특성이 PC보급과 초고속 인터넷이 대중화되면서 컴퓨터 매체의 전유물만으로 오인되는 경우가 많았다. 그 결과 디지털 매체 서사 담론은 기존의 인쇄 매체와 단절된 채 이분법적 사고가 팽배하고 서사 연구가 인쇄물과 전자물로 양분화 되는 경향을 보였다. 또한 컴퓨터를 활용한 서사 실험도 디지털 서사로 각광받고 있는 게임의 쌍방향성과 웹 텍스트인 하이퍼텍스트 링크의 남발로 이어지는 경우가 많았다.

이렇게 새로운 서사 창작과 양극화되는 서사 이론 담론이 발생하는 기본적 원인은 기존 서사물, 즉 소설, 영화 서사 텍스트에 대한 지금까지의 서사 이론에 대한 심도 있는 분석이 제대로 이루어지지 못 한데서 찾을 수 있다. 따라서 컴퓨터로 창작되어 있기 때문에 무조건 기존의 플롯의 완성도를 배제하는 반서사(anti-narrative)가 곧 컴퓨터 서사인 것 같은 오해를 불러일으키는 경우가 많았다. 바람직한 것은 이러한 기존서사와 컴퓨터 서사의 이분법적 담론을 지양하고 공통점을 먼저 찾아 그것을 근간으로 서사 기법이 매체에 따라 어떻게 다른 양상을 보이는지 탐구하는 것이다. 기본적으로 인간의 사고와 삶은 시간 순서대로 논리적으로 이루어지지 않는다. 그래서 인간과 인간의 실질적, 환상적 삶은 인간의 기억과 사건들을 비선형적 서사 기법으로 구현해 왔다. 이를 한 마디로 요약한다면 선형성 탈피라고 할 수 있다. 그 방법은 동일한 사건을 몇 개의 다른 각도로 조명하거나 동일한 사건에 대해 서로 다른 시퀀스에 따라 이야기를 전개하는 것이다. 이와 관련해서 대부분의 연구에서는 서사와 시간의 문제, 혹은 서사 수용자의 직접적 반응을 유도하는 쌍방향성, 그리고 그것을 기술로 실현한 하이퍼텍스트성 관점으로 비선형적 기법이 연구되어왔다. 그러나 주목할 것은 한 서사 텍스트에서 다양한 층위의 이야기를 선사하는 반복다중형식의 비선형성은 매체를 초월하여 소설, 영화, 게임에서 발견할 수 있다는 사실이다.

그럼에도 초기 교육과 연구 활동의 선도적 역할을 하는 대학(원)의 프로그램에서는 매체 편향성을 여실히 드러내곤 했다. 영상, 콘텐츠, 문화, 디지털이 들어간 교과과정 개편이나 새로운 교육 프로그램이 급격히 증가했다. 그러나 이러한 교육과정의 교재로 사용되는 것은 서사연구와 마찬가지로 영상이나 디지털 매체에 편중되곤 했다. 물론 문화콘텐츠 맥락에서 우리나라 문화/문학 원형을 찾아 게임, 애니메이션과 관련하여 고전 민담이나 설화, 소설에서 이야기 감(이야기 재료, story source)을 찾는 노력은 있으나 기존 인쇄물 소설, 영화의 활용 노력은 거의 이루어지지 않고 있고 결과적으로 서사 이론 전개 역시 디지털 영상 매체 편향성을 보였다. 그 결과 디지털 서사 창작과 담론은 쌍방향성과 하이퍼텍스트성 그리고 다매체성에 지나치게 집중되어 일방적 매체, 기술 결정론적 성향을 보여 왔다. 그래서 디지털 서사 창작물 대부분은 서사 기법에 의해 텍스트에 서사 수용자들을 깊이 몰입하게 하는 인지적 쌍방향성이 배제된 채 마우스 클릭이나 키보드 입력에만 치중

하는 행동형 쌍방향성으로 일관된 경우가 많았다. 예를 들어 독자의 서사 탐험 기회를 위해 지나친 하이퍼텍스트 링크 남발과 텍스트 분기, 즉 텍스트 가지치기가 무성하여 텍스트 이해와 이야기 완성도가 저하되었다. 문자/영상, 인쇄물/전자물은 분명 계속 이분법적 대립되는 것이 아니라 상호 서사적 연계성을 바탕으로 지속 선상에서 바라 볼 필요가 있다.

그 연계성을 가장 뚜렷하게 보여 주는 것 중 하나는 비선형적 서사 기법이라 생각한다. 지금까지 비선형성 사례로 가장 많이 연구되어 왔던 것은 시간과 서사의 문제였다. 기존 서사물 텍스트가 거의 대부분 선형적 서사이었기 때문에 디지털 매체가 대중적으로 보급되기 전까지 선형성 파괴의 문제는 새로운 기법의 일환으로 연구되어 왔다. 그래서 기존 서사물에서 시간은 사건 맥락에서 분석되어왔다. 한편 디지털 서사는 수용자를 적극적 텍스트 구성에 초대하는 경향이 두드러져 수용자의 선택에 따라 다중 형식을 쉽게 구성할 수 있기 때문에 선형성 문제를 새롭게 부각시켰다.

그러나 디지털 매체가 비선형적 서사를 처음 선보인 것은 아니다 기존에도 선형성을 비트는 비선형적(혹은 시각에 따라 다선형적)서사물이 있어왔으나 그것이 선형성이 아닌 새로운 실험적 서사 기법 맥락에서 연구되었을 뿐 이다. 비선형성의 출발점은 디지털 매체가 아니라 사람의 입으로 이야기를 전하는 구술 문화에서 시작되었음은 이미 월터 옹을 비롯한 많은 이론가들이 지적한 것이다. 반복에 의한 다중형식 서사는 일찍이 구비 문학부터 우리나라의 판소리계 소설이 보여주듯 같은 이야기 다른 판(버전), 외전 문화에서 그 기원을 찾을 수 있다. 이러한 비선형적 이야기 전개는 인쇄술이 발달되기 전부터 구현되어서 오늘날의 스토리텔링까지 면면히 흘러오는 것이다. 또한 컴퓨터가 보급되기 전부터 서사 수용자에게 선택권을 주고 서사를 대할 때마다 혹은 수용자마다 다른 이야기들이 전개되는 방법이 일찍이 1980년대, 90년대 미국의 어드벤처 소설과 우리나라의 게임 북 시리즈를 통해 시도되었던 것이다.

결국 서사는 매체에 따라 다른 양상을 보이는 것일 뿐 작가의 무한한 창조성과 상상력에서 촉발된 서사 기법이 기술로 실현되는 서사텍스트 구성 방식을 먼저 실험했고 이후 기술의 발전으로 그 기법이 보편화 것이다. 전술한 바와 같이 매체와 장르를 넘나드는 비선형적 서사 텍스트의 공통점은 동일한 사건 혹은 사건 시퀀스가 반복된다는 것이다. 이 반복 양상이 다중 형식을 구성하면서 비선형적 서사 텍스트를 구성한다. 결국 서사는 매체에 따라 다른 양상을 보이는 것일 뿐 작가의 무한한 창조성과 상상력에서 촉발된 서사 기법들이 컴퓨터 화면에서 구현되고 기술의 발전으로 그 기법이 보편화, 다양화되어 새로운 종류의 서사물이 출현하는 것이다.

1. 매체와 서사

새로운 매체로 부상한 컴퓨터는 새로운 서사 장르의 출현으로 서사 담론의 새로운 지평을 열었다. 이 과정에서 기존의 장르들이 서로 융합되는 현상을 보이고 기존의 서사 기법들이 컴퓨터 기술로 가능해진 쌍방향성, 하이퍼텍스성, 다매체성(멀티미디어)과 연계되어 새로운 양상을 보였다. 이러한 특성이 PC보급과 초고속 인터넷이 대중화되면서 컴퓨터 매체의 전유물만으로 오인되는 경우가 많았다. 그 결과 디지털 매체 서사 담론은 기존의 인쇄 매체와 단절된 채 이분법적 사고가 팽배하고 서사 연구가 인쇄물과 전자물로 양분화 되는 경향을 보였다. 또한 컴퓨터를 활용한 서사 실험도 디지털 서사로 각광받고 있는 게임의 쌍방향성과 웹 텍스트인 하이퍼텍스트 링크의 남발로 이어지는 경우가 많았다.

이렇게 새로운 서사 창작과 양극화되는 서사 이론 담론이 발생하는 기본적 원인은 기존 서사물, 즉 소설, 영화 서사 텍스트에 대한 지금까지의 서사 이론에 대한 심도 있는 분석이 제대로 이루어지지 못 한데서 찾을 수 있다. 따라서 컴퓨터로 창작되어 있기 때문에 무조건 기존의 플롯의 완성도를 배제하는 반서사(anti-narrative)가 곧 컴퓨터 서사인 것 같은 오해를 불러일으키는 경우가 많았다. 바람직한 것은 이러한 기존서사와 컴퓨터 서사의 이분법적 담론을 지양하고 공통점을 먼저 찾아 그것을 근간으로 서사 기법이 매체에 따라 어떻게 다른 양상을 보이는지 탐구하는 것이다.

기본적으로 인간의 사고와 삶은 시간 순서대로 논리적으로 이루어지지 않는다. 그래서 인간과 인간의 실질적, 환상적 삶은 인간의 기억과 사건들을 비선형적 서사 기법으로 구현해 왔다. 이를 한 마디로 요약한다면 선형성 탈피라고 할 수 있다. 그 방법은 동일한 사건을 몇 개의 다른 각도로 조명하거나 동일한 사건에 대해 서로 다른 시퀀스에 따라 이야기를 전개하는 것이다. 이와 관련해서 대부분의 연구에서는 서사와 시간의 문제, 혹은 서사 수용자의 직접적 반응을 유도하는 쌍방향성, 그리고 그것을 기술로 실현한 하이퍼텍스트성 관점으로 비선형적 기법이 연구되어왔다. 그러나 주목할 것은 한 서사 텍스트에서 다양한 층위의 이야기를 선사하는 반복다중형식의 비선형성은 매체를 초월하여 소설, 영화, 게임에서 발견할 수 있다는 사실이다.

정보 통신 사회에서 새롭게 부상하고 있는 매체는 그것이 무엇이라고 부르든 컴퓨터를 매개로 한 것이라는데 이견은 없을 것이다. 또한 이것이 새로운 매체라고 했을 때 불가피하게 이전 매체와 차별화된 특성이 무엇인가라는 질문에 자주 봉착하게 되기 마련이다. 그래서 이와 관련 학계에는 여러 가지 담론과 논쟁이 있어 왔다. 이야기란 구두로 전해지거나 혹은 책을 통해 독자에게 전달되는 것으로 오랫동안 뿌리내려 왔기 때문에 여기에 새삼 구두 문화나 인쇄술로 가능해진 문학을 담는 그릇 책 등에 대해 새로울 것이 없이 수용되어 왔다.

그러나 갑작스럽게 문학에 컴퓨터라는 매체가 접목되면서 이야기를 전달하는 도구로서의 매체와 그 도구로 더욱 용이해진 창의적 결과물로서의 특별 장르, 예를 들면, 게임이나 하이퍼텍스트(문학)에서 알 수 있듯이 매체와 결과물에 대한 과도기적 혼란이 일기도 했다. 더욱이 그 혼란을 더욱 가중시킨 것은 단순한 네모상자 컴퓨터 스크린을 떠나 그 안에서 인터넷이라는 사이버 공간이 펼쳐지면서 궁극적으로는 인터 넷이라는 강력한 매체가 우리 일상에 등장하면서부터였다. 그래서 결 과물에 대한 심도 있는 연구보다는 드러나는 피상적 현상들을 두고 담 론만 무성해져 왔던 것도 사실이다. 가장 대표적인 것이 하이퍼텍스트 소설 담론인데, 이 담론의 장의 무성한 말, 말 들이 과연 소설에 담긴 말들은 즉 작품을 읽었는지에 대한 의구심이 들 정도로 인용 작품, 줄 거리, 링크된 텍스트 단위가 천편일률적이었다.

새로운 매체라고 하면 사실 이전에 보지 못했던 매체라는 일반적 의 미이므로 이는 어느 시대든 존재했던 개념이다. 그러나 컴퓨터가, 가장 가깝게는 우리의 일상에서부터, 학문, 나아가 사회 여러 분야에서 지배 적 매체가 되면서 주목을 받고 있는 것을 고려하면 이 분야에 대한 연 구 필요성이 계속 제기되고 있는 것은 분명 의미 있는 변화임에 틀림 없다. 어떤 의미에서는 태동하고 있는 신생 학문의 전철을 밟을 수밖 에는 없을 것이다. 그래서 더욱 컴퓨터와 문학 혹은 컴퓨터와 이야기 담론은 분명 의미가 있고 앞으로도 계속 학문적·학제간 연구 차원에 서도 활발하게 진행될 필요가 있을 것이다.

그 결과 비교적 신생 학문이기 때문에 아직 확고한 이론적 틀을 완 벽하게 갖추지 못했던 것 또한 사실이다. 그럼에도 불구하고 이 신생 연구에서는 적어도 한 가지 공감대는 형성된 것으로 보인다. 그것은 바로 새롭다는 매체가 기존의 매체와 확연히 이분법적으로 차별화될 수 있는 것이 아니고 또한 그것이 완전히 기존의 것을 대체하지는 않을 것이라는 것이다.

매체라는 말 자체도 사실 우리에게는 언론을 지칭하는 신문, 방송 등 정보 전달 매체 수단을 가리키는 것으로 익숙한 용어였다. 그러나 인터넷이라는 새로운 매체가 등장하면서 매체라는 우리말 대신 이것을 지칭하는 영어 '미디어'(Media)란 용어가 더욱 많이 사용되고 있다. 이는 최근 방송사의 관련 프로그램 제목들이나 대학, 대학원 학과 이름들에서 쉽게 발견할 수 있다. 후자의 경우, 매체는 기존의 신문, 방송을 나타내는 저널리즘에서 컴퓨터 사용과 관련된 문학, 예술, 사회적 현상을 포괄하는 미디어로 확장되어 해당 학과의 교과 과정 내용 또한 범위가 확대되고 있음을 볼 수 있다.

일반인들에게 친숙한 미디어 관련 용어는 문자, 동영상, 이미지를 포괄하는 '멀티미디어'가 있다. 대중적으로 보급된 인터넷 환경에서 이 미디어는 쉽게 접할 수 있다. 한편 학자들 사이에서는 연구 분야에 따라 미디어에 대한 개념 정의가 매우 다양하게 내려진다. 기존의 미디어 학문은 의사소통과 표현 수단이란 일반적 정의를 바탕으로 주로 방송과 관계된 언론학이나 사회학에서 연구되곤 했었다. 그러나 오늘날 새로운 미디어를 지칭하는 '뉴미디어'(New Media)가 부각되면서 미디어에 대한 정의가 새롭게 확장되고 있다. 이는 최근 뉴미디어 이론서들이 해석하는 미디어 정의에 잘 나타나 있다. 몇 가지를 살펴보면 미디어란 소통이 이루어지는 장소, 시스템/장치, 사회기반 시설 그리고 이것을 도구로 활용한 사회·문화적, 그리고 물질적 생산물까지를 포괄하고, 특히 뉴미디어는 가장 최신 매체로서 신기원을 이루는 새로운 기술 문화(techno-culture)로서 가장 흥미롭고 참신하다는 인상을 주기도 한다. 이와 같이 매체의 개념이 도구에서 도구로 만든 결과물, 즉 창작물을 지칭하게 되는 가장 큰 이유는 기술의 발달로 새롭게 등장한 매체인 창작 도구를 통해 이야기를 즐기는 방법이 다양해지고 있기 때문이라 생각된다. 다시 말해 새로운 매체의 출현과 인기는 다양한 서사물의 탄생으로 이어진다.

그 서사물이 단순한 오락이든 아니면 이야기로 심금을 울리는 감동이든, 기본적으로 이야기를 즐기는 인간의 본성이 산업적 부가가치 창출과 맞물리면서 학계는 물론 산업계에도 새로운 판도가 일고 있다. 몇 가지 예를 살펴보는 것은 어렵지 않다. 이전에 없었던 행사들이 갑작스럽게 지금까지 다양하게 선보이는 것을 보면 이는 쉽게 알 수 있다. 2000년대 후반에 개최된 '국제 게임 개발자 회의'에서 미디어 연구자 찰스 홀린스(Charles G. Hollins)는 다음과 같은 지적을 하였다. 홀린스에 따르면 기존의 언론, 방송사에서 출발한 외국의 대기업은 영화, 게임, 그리고 인터넷 커뮤니티까지 수입원을 다변화하고 있다. 방송사와 영화사로 유명한 미국 폭스(Fox)사는 2005년 세계적으로 유명한 가상 커뮤니티 마이 스페이스(Myspace, 우리나라의 사이월드에 해당)를 인수한 이후에 2007년 월스트리트저널(The Wall Street Journal)신문사를 인수하여 명실상부한 거대 미디어 그룹이 되었다.

결국 매체가 발전함에 따라 매체 서사물 안에 담긴 이야기들에 대한 논의와 더불어 서사의 진화 문제가 필수적으로 거론된다. 이것은 학계와 산업계에서 말하는 미디어 안에 담긴 콘텐츠(contents) 문제부터 시작하여 학문적인 서사 담론까지 아우른다. 서사 측면에서 매체는 서사물 장르를 동시에 의미한다는 특성이 있다. 마리-로르 라이언(Marie- Laure Ryan)은 매체와 장르를 구분해서, 매체는 제약과 가능성이 물질적 속성에 기인한 것인데 비해 장르는 인간이 구체화시킨 규칙에 좌우되는 것이라고 지적하지만1) 사실상 그녀 자신은 이 두 용어를 혼용하고 있다. 인터넷을 매체로 지칭하는가 하면 게임 역시 매체로 지칭하고 있기 때문이다. 게임의 경우, 게임을 즐기는 플랫폼(Platform), 예를 들어 PC(컴퓨터), 인터넷(온라인), 모바일(휴대폰), 게임기(콘솔)를 게임 미디어로 표현하기도 한다. 이렇게 미디어를 미디어의 물질적 속성과 서사 장르인 창작물 모두를 지칭하는 것으로 함께 사용하는 것은 많은 뉴미디어 서사학자들에게서 발견되는 공통점이기도 하다. 그러므로 매체인가, 장르인가의 문제를 구분하는 것보다는 기존에 그 서사물을 부르는 이름을 그대로 사용하는 것이 바람직할 것이다. 이 책에서도 매체는 디지털, 컴퓨터 매체와 같이 서사물 제작과 향유의 도구, 환경을 가리키는 의미로 사용하고, 매체 창작 결과물은 기존 장르 이름 그대로 사용하였다.

2. 후기 혹은 탈/비/반…

매체와 관계없이 예로부터 인간은 이야기를 즐겨왔다. 이는 필자가

---

1) Marie-Laure Ryan, *Narrative Across Media*, U. of Nebraska Press, 2004, p.19.

항상 강조해 온 진리이다. 채트먼(Seymour Chatman)이 그의 저서에서 인용한 브레몽(Bremond)[2]의 지적과 같이 이야기는 그것을 전달하는 기술로부터 독립하여 한 매체에서 다른 매체로 옮겨가면서도 그 본질은 잃지 않는다. 그러나 이야기를 전달하는 방식인 서사적 기법은 시대와 매체에 따라 변화하고 있다. 기존의 서사 방식과 달리 파격적인 실험을 한 서사를 가리켜 반서사(anti-narrative), 혹은 서사 안에 서사 이론을 담고 있다고 하여 메타서사(meta-narrative)라는 명칭이 생겨나기도 했다.

또한 당대 지배적 비평 혹은 문화 이론이 있을 때, 예를 들어, 포스트모더니즘이 학계에서 회자될 때는 경계 해체, 파괴, 전복을 일컬어 포괄적인 용어로 '포스트모더니즘'이 자주 거론되던 때도 있었다. 그 예로 존 바스(John Barth)는 문학 자체의 문제를 제기한 메타서사의 대표자로 호르헤 보르헤스(Jorge Borges)를 추앙하면서 문학 형식의 고갈과 새로운 기법의 문학을 논하고 낸시 케이슨 폴슨(Nancy Kason Poulson)[3]은 메타 서사를 분석하면서 보르헤스를 포스트모더니즘 소설의 대표자로서 그의 영향력을 평가하였다. 이는 하이퍼텍스트 소설이 처음 대중들에게 알려지기 시작했을 때 비평가들이 이를 새로운 장르 혹은 막연하게 일종의 포스트모더니즘 소설로 풀이한 것과 같은 맥락이다.

컴퓨터 매체를 통해 하이퍼텍스트 소설이나 컴퓨터 게임, 그리고 쌍방향 드라마, 쌍방향 영화와 같이 이야기를 즐기는 방식이 다양해졌다. 여기서 매체가 바뀜에 따라 그 매체의 특성을 반영하는 서사 기법이

---

2) Seymour Chatman, *Narrative Structure in Fiction and Film*, Cornell U. Press, 1978, p.20.
3) 낸시 케이슨 폴슨, 정경원 외 역, 『보르헤스와 거울의 유희』, 태학사, 2002, 29면.

선보이면서 다시 한 번 기존 서사와 비교되는 방식을 일컬어, 이는 서사가 아니라는 비서사(non-narrative)의 입장에서부터 나아가 이전의 서사와 그 모습을 달리한다는 포괄적 탈서사(post narrative)의 용어도 등장하였다.

새로운 서사라는 것은 새로운 이야기가 아니라 새로운 이야기 전달 방식을 두고 일컫는 말일 것이다. 컴퓨터를 사용한 서사물에서 새롭다고 하는 것은 디지털 매체의 대표적 서사 특징 중 하나인 쌍방향성에서 찾을 수 있을 것이다. 그래서 라이언은 새로운 언어 문법을 서사 문법에 적용하여 의미론, 통사론, 화용론, 이렇게 세 가지로 나누었고 각각 이야기, 담론, 사용자의 개입[4]으로 정의하였다. 이 중 세 번째, 사용자의 개입이 컴퓨터 서사물에서 나타난 새로운 서사 방식인 것이다. 이는 사용자가 텍스트와 쌍방향으로 상호작용을 하는 것이다. 이를 위해 텍스트에는 여러 가능성을 열어두고 그 가능성들을 사용자는 선택해 나간다. 한 마디로 디지털 매체 서사물은 선택과 가능성의 텍스트라고 할 수 있다. 여기서 가능성이란 동일한 텍스트에서 다양한 시퀀스를 즐기는 서사물의 향유 형태를 말하고 소설이나 영화의 경우는 이야기가 몇 가지 다른 줄거리로 진행될 수 있는 다양한 플롯을 의미하는 것이기도 하다. 그러나 이미 오래 전부터 구비 문화에는 외전 방식이 존재했었고 우리나라 방송국 드라마 <쩐의 전쟁>도 약간의 이야기 줄거리를 변경한 두 번째 유형의 동일 제목 드라마를 종방 후 다시 상영하고 있듯이 컴퓨터 서사물이 아닌 기존 서사물에서도 이러한 동

) Ryan, p.354.

일한 텍스트, 다양한 플롯의 비선형성은 찾을 수 있다. 비선형성이 컴퓨터 매체의 전유물만은 아닌 것이다.

1960년대 기움 아폴리네르(Apollinaire)의 도형시(Calligrammes)나 레몽 크노(Raymond Queneau)의 가로 10줄 세로 14줄 10¹⁴개=10조개의 시 실험은 시어들의 방향을 다르게 배열하거나 혹은 다르게 조합하여 여러 편의 시를 탄생시킨 방법이었다. 또한 1930년대 아인 란트(Ayn Rand)는 법정 이야기를 다루면서 배심원의 두 가지 판결에 따라 이야기 결말이 달라지는 희곡을 시도했고 1960년대 마크 사포타(Marc Saporta)는 카드를 뒤섞을 때마다 시퀀스가 달라지는 일종의 카드 조합 소설을 시도한 바 있다.[5]

이와 같은 이유에서 하이퍼텍스트 학자들이 비록 이 텍스트 유형의 독특한 특성으로 비선형성을 주로 언급하기는 하였으나 비선형적 텍스트는 단지 선형적 패러다임에서 파생한 텍스트라는 주장도 제기된다. 비선형성이란 용어에 대해 많은 사람들이 물리학의 그것을 상기한다. 그러나 문학에서 말하는 비선형성은 물리학적 수사법이 아닌 노드와 링크의 위상적 개념이다. 기존 서사학자 리먼-캐넌이 천명하였듯이 일단 기존 서사물에서 텍스트는 정보를 선형적으로 제시했기[6] 때문에 테오도르 넬슨의 새로운 텍스트인 하이퍼텍스트 개념의 특성을 로렌 위델레스(Lauren Wedeles)는 비선형적 제시 방식으로 파악하였다. 하이퍼텍스트로 이야기를 즐길 때 마우스로 클릭하면서 텍스트 단위 혹은 창을

---

5) Aarseth, pp.31~33, pp.131~134.
6) Rimmon-Kenan, p.30, p.119.

열 때마다 독자는 텍스트의 위상에 해당되는 공간성을 경험하고 열려진 텍스트 단위들을 읽어나감에 따라 독서 개념의 내재적 특성인 시간성에 따라 줄거리를 알아 간다. 이러한 하이퍼텍스트 읽기를 두고 구나 리에스톨(Gunnar Liestøl)[7]은 공간의 비선형성을 시간의 선형성으로 축소시키는 것으로 해석하였다.

앞에서 살펴 본 기존의 담론과 비교하여 나는 위에서 비선형성을 사용자의 선형적 경험보다는 텍스트 자체 구성에 중점을 두어 논하였다. 사용자의 텍스트 접근성 측면에서 비선형성은 임의적으로 어떤 정보든 얻을 수 있다는 것을 의미한다. 종이나 화면에 담긴 텍스트 그 자체와 그 안에 담긴 서사물을 즐기는 사용자의 행위 자체는 구분된다. 이야기와 플롯이 다양한 비선형적 텍스트에서 사용자는 한꺼번에 이 다양한 이야기를 모두 접하지는 못하고 한 번에 하나씩밖에는 즐기지 못한다. 이때 독자가 즐기는 하나의 이야기, 즉 단선(line)을 보는 것이 아니라 이렇게 여러 이야기를 즐기도록 되어 있는 텍스트 전체의 특성을 이 맥락에서는 텍스트의 비선형성으로 규정한 것이다.

앞에서도 강조한 바와 같이 비선형적 텍스트가 반드시 컴퓨터 매체로만 구현될 수 있 것은 아니다. 다만 컴퓨터는 기능적으로 더욱 편리하기 때문에 비선형성을 구현하기가 더욱 용이하다. 사용자의 임의적 접근성은 인쇄물 매체의 경우 페이지 자체를 펼치는 것은 가능하지만 그렇게 접근하여 이야기 즐기기란 매우 힘들다. 소설의 경우 선택이

---

7) Gunnar Liestøl, "Wittgenstein Genette, and the Reader's Narrative in Hypertext", *Hyper/Text/Theory*, George Landow(ed.), Johns Hopkins U. Press, 1994. pp.103~120.

주어지지 않는 한 아무런 페이지나 펼친다고 해서 정보를 얻을 수 있는 것이 아니고 또 영화의 경우는 DVD가 아닌 극장 영화에서는 되돌아가거나 앞으로 돌려서 다시 볼 수 없고 또 그렇게 되면 이야기가 제대로 이해되지도 못하기 때문이다. 이런 측면에서 본 책에서는 디지털 서사물이 이전의 서사와 전혀 다른 새로운 서사라는 매체적, 기술적 결정론 입장을 지양하기 위해 인쇄물을 포함한 기존 서사물과 컴퓨터 전자물 모두의 서사물에서 비선형성을 관찰했다.

이 두 가지 매체의 비선형성은 일단 다양한 플롯이 진행되는 가능성을 가지고 있되, 기존 매체에서는 소설의 경우 시퀀스가 고정되어 있어서 다른 플롯의 가능성을 사용자가 선택하기 힘들다. 인쇄물 독자와 기존 영화 관객은 영화 안에 몇 가지 다른 이야기 유형이 존재한다고 하더라도 고정된 시퀀스를 따라 갈 수밖에는 없다. 그래서 영화에서는 교차 편집을 통해 비선형적 전개 효과를 내었다. 한편 전자물 매체에서는 사용자가 몇 가지 다른 시퀀스 중 선택을 하기가 쉽다. 그 선택은 사용자가 텍스트를 입력하거나 하이퍼링크를 클릭하는 방식으로 이루어진다. 이 두 가지 사례의 비선형성 예는 분기적 서사 구조에 잘 나타나 있다.

3. 분기구조와 비선형적 구조

영화 <사랑의 블랙홀 The Groundhog Day>, <슬라이딩도어즈 Sliding Doors>, <롤라런 Lola Run>은 모두 동일한 상황에서 각각 5개, 2개, 3개의 갈림길(순서별 위 그림 참조)이 있다. 이들 서사물에서는 동일한 주인공(들)이 접하는 동일한 사건(분기핵심사건)이 이 수만큼 다른 이야기 시퀀스, 즉 사건의 인과 관계, 시간적 연계들이 전개된다. 다만 두 번째 <슬라이딩 도어즈>에서 점선을 사용한 것은 a사건 시퀀스와 b사건 시퀀스가 서로 교차 편집하여 제시된다는 의미이다.

다른 두 영화에서는 시퀀스a가 모두 끝난 후 b가 나오지만 이 영화에서 관객은 영화가 모두 끝나기 전까지 이야기 줄거리의 결말을 알지 못한다. 이에 비해 나머지 두 영화는 적어도 이전의 분기 시퀀스에서 한 사건의 줄거리를 모두 알고 난 후 다음 시퀀스로 넘어 간다는 차이점이 있다. 그러나 이 모든 영화에서 관객은 이렇게 몇 가지로 다르게 제공되는 플롯 중 하나를 선택할 수가 없다. 시퀀스가 고정되어 있기 때문에 영화를 처음부터 끝가지 볼 때는 a, b, c. d, e의 순서대로 볼 수밖에 없다. 이것은 기존 매체 서사물의 한계이기도 하다. 그러나 이

한계가 있기에 오히려 수용하는 관객 입장에서는 더 잘 몰입할 수 있고, 또 퍼즐처럼 혼돈과 착각 속에서 결국 수용자 자신이 '갈림길'에서 길을 찾으며 조각을 끼어 맞추어 퍼즐 그림의 형상이 서서히 들어나고 있는 과정을 즐기는 쾌감이 있다. 그 한계가 또 다른 기쁨을 주는 것이다. 왜냐하면 선택을 할 수 있었다면 선택하지 않은 것은 모르는 채 텍스트에 묻힐 위험이 있으나, 영화에서는 선택의 여지없이 화면에 보여지는 그대로 모두 일단 받아 들였다가 퍼즐을 푸는 것은 관객의 몫이자 '즐거운 노동'일 수 있기 때문이다.[8]

$$
z \left\{ \begin{array}{l} y_1 \left\{ \begin{array}{l} x_1 \\ x_2 \\ x_3 \end{array} \right. \\ y_2 \left\{ \begin{array}{l} x_4 \\ x_5 \\ x_6 \end{array} \right. \\ y_3 \left\{ \begin{array}{l} x_7 \\ x_8 \\ x_9 \end{array} \right. \end{array} \right.
$$

　상징적으로 이상적 갈림길 텍스트를 제시한 보르헤스는 또 다른 단편소설 「허버트 퀘인 작품에 대한 고찰」(An Examination of the Work of Herbert Quain)에서 갈림길 분기구조 텍스트를 직접 선보였다. 허버트 퀘인의 소설 『4월 3월』(April March)은 위쪽 그림과 같이 세 갈림길 각각에 대해

---

8) 이러한 다양한 갈림길 제시, 즉 분기 구조 형태는 다선형이라고도 볼 수도 있다. 이에 대해서는 영화 사례들에 대한 구체적인 분석을 통해 나중에 집중적으로 살펴보기로 한다.

다시 세 갈래로 갈리는 전형적 수형도 구조를 가진다. 그러나 이 역시 3×3, 총 9가지 이야기를 읽는 방식을 독자가 임의적으로 선택할 수 없고 다만 소설의 처음부터 끝까지 텍스트가 원래 구성된 방식대로 이야기를 즐겨야 모든 다양한 플롯을 접할 수 있다.

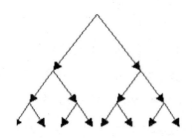

이에 비해 하이퍼텍스트 소설과 컴퓨터 게임은 컴퓨터로 구현되는 서사물로서 사용자가 갈림길에 봉착할 때마다 실질적 선택을 하게 된다. 예스퍼 율(Jesper Juul)이 가장 단순한 하이퍼텍스트구조로 그린 위쪽 그림(18)은 1980년대에 발표된 최초의 하이퍼텍스트 소설 『오후, 이야기』(*Afternoon, a story*)에 매우 잘 드러난다. 이 소설에서 독자는 읽은 텍스트(노드)가 의문문으로 끝날 때 Y 혹은 N 단추를 누르거나 반응 상자에 이것을 입력하여 다음 노드를 읽어 나간다. 예를 들어 소설 시작 부분에 작가 혹은 서술자는 상황 설명을 하다가 마지막에 "Do you want to hear it?"(노드제목: beginning)이라는 질문을 독자에게 던지는데 여기서 독자는 Y(네, 계속 듣기를 원한다)와 N(아니오, 듣지 않고 다른 이야기로 넘어간다)의 갈림길에서 선택을 한다.

이렇게 단추 선택은 아니지만 텍스트 게임에서는 게임을 시작할 때 상황을 설정한 후 게이머가 어느 방향으로 움직이거나 혹은 해당 객체를 어떻게 처리할 지의 여부를 직접 텍스트로 입력하는 방식으로 이야기를 진행한다. 그래서 3-D 그래픽 이전의 초창기 문자 텍스트 기반 게임은 '쌍방향 소설'로 불렸다. 이러한 사용자(독자, 게이머, 관객)의 플롯 선택은 기존 인쇄물 매체에서는 '게임북'(Game Book)을 통해 실험되었다

흔히 '게임책'이라고 하면 게임 설명문(흔히 우리나라에서 매뉴얼 'manual 이라고도 함) 혹은 보충 설명 자료에 해당하는 안내서이지만 게임북은 게임을 책으로 옮겨 놓은 것, 어떤 측면에서는 책을 통해 컴퓨터 게임의 유사경험을 제공하는 것이다. 이것을 구분하기 위해 여기서는 영어 그대로 게임북으로 옮겼다. 게임북은 비록 인쇄물이지만 시퀀스가 고정될 수밖에 없는 한계를 극복하면서 유동적 시퀀스 선택이 가능한 컴퓨터 매체의 특성을 살렸다. 스티브 잭슨(Steve Jackson)과 이안 리빙스톤(Ian Livingston)의 게임북, 『불꽃산의 마법사』(*The Warlock of Firetop Mountain*)에는 "이곳에서 갈림길을 만났는데, 여기서 나는 북쪽으로 갈지(368으로 가라), 남쪽으로 갈지(250으로 가라) 선택해야했다"(23)처럼 도처에 갈림길이 나있다. 게이머가 하는 행동을 책의 페이지로 넘겨 읽도록 한 이 게임북은 게임과 유사하지만 게임은 아니다. 게임 형식을 책에 옮겨 놓은 모험담 이야기라고 할까?

지금까지 살펴 본 것처럼 기존 인쇄물을 비롯한 이전의 서사물에도 비선형적 텍스트는 많이 있었다. 다만 이들 텍스트는 서사 기법면에서 다른 전통적인 기법을 구사한 작품에 비해 주목을 받지 못해서 잘 알

려지지 않았을 뿐이다. 여기에 대한 사전 지식이 없기 때문에 서사학자들은 이러한 특성이 비로소 컴퓨터 기술을 통해 새롭게 등장했다고 생각하는 기술 혹은 매체 결정론에 함몰되기 쉽다. 또한 더욱 다양한 서사 기법을 시도했던 영화에 비해 비교적 매체에 대한 폐쇄성이 강한 문학, 그중에서도 특히 소설연구자들 중 일부는 몇 가지 플롯 혹은 이야기가 담긴 작품에 대해 작품성을 부정하거나 아니면 컴퓨터로 구현되었을 때 그 컴퓨터 구현 작품이 과연 소설로서 가치가 있는가하는 부정적 편견을 가지기도 한다. 즉 이는 어디까지나 컴퓨터 기술을 활용한 비디오 게임이나 컴퓨터 게임이 가시화되기 전 이용자 혹은 서사물이라고 했을 때 수용자가 직접 어떤 행동을 취해 이야기를 이어 나가는 방안을 모색해 본 것에서 큰 의미를 둘 수 있고, 게임을 소설의 잣대로 평가하는 것은 맞지 않다. 이는 마치 소설을 읽는 것이 컴퓨터에서 클릭으로 화면을 보며 이야기를 즐기는 방식이 없으므로 소설이 가치가 없다고 하는 것과 비슷한 양상이다.

그럼에도 불구하고 컴퓨터 서사물의 특징을 전경화한 인쇄물 종이 매체의 선형적 한계 극복은 이전부터 분명 있어 왔던 것은 틀림없는 사실이다. 물론 여기서 한계라는 것이 반드시 우열을 논하는 측면에서 무엇에 비해 이것이 못하다는 문제가 아니라는 점은 앞에서 지적한 것이다. 그러므로 마치 컴퓨터라는 새로운 매체만의 독특한 특성인 것처럼 부각된 비선형성 역시 매체를 초월하여 이미 존재해 왔던 것이다.

이야기를 좋아하는 인간의 본성과 계속 발전하는 기술의 물질적 특성으로 인해 새로운 창작 기법은 계속 매체와 서사 혹은 장르를 넘나들며 예술 역사, 나아가 우리 생활에 존재할 것이다. 게임을 서사의 한 형태로 간주하여 설명한 것에 대해서는 과연 게임이 서사인가에 대해 의견이 분분할 수 있는데, 오늘날 3-D 그래픽, 가상현실을 담은 컴퓨터 게임이 일종의 종합 예술 성격을 띠는 것에 비해 비교적 초기 게임인 텍스트 게임은 쌍방향 소설로 불릴 만큼 언어적 서술에 의거한 이야기 전개가 두드러졌으므로 여기서는 게임북과 함께 서사물의 범주에 넣어 다루었다. 물론 게임학 학자들은 게임은 게임일 뿐 서사라는 것을 강력하게 부인할 것이다. 그 입장은 충분히 이해할 수 있다. 더 정확히 말하면 과연 '게임학' 즉, 게임을 학문으로 연구하는 것이 게임 개발과 어떻게 간극을 좁히겠는가? 게임학에 대해 게임 관계자는 모두 부정적인 반응으로 등을 돌릴 것 같다. 적어도 그것이 게임 개발과 게임 판매라는 산업으로서의 목적에 부합하는 것에 한해서만 게임학이란 것이 존재할 수 있을 것이다. 이는 게임은 놀이이고 문학은 이야기의 향유가 목적이라고 생각하기 때문이다. 구체적으로 말하자면, 게임에서는 임무완성, 점수 확보, 능력치 상승, 이기고지는 승부 결과 등에 게이머가 탐닉하는 반면 문학은 상상력을 가미하여 행동보다는 이야기 자체에 더욱 몰입 하는 것이라고 서로 분리해서 생각하는 것이다. 그러나 게임이 이야기를 전달하고 게임을 통해 무궁무진한 이야기들이 생산될 수 있음을 부정할 수는 없고, 또 게임의 서사성 여부를 떠나 이야기를 전달하는 방식 중 하나로 좋은 예가 되므로 앞에서 영화, 인쇄물/전자물소설 작품들의 서사 기법을 게임과 함께 구체적으로 분석하면서 시퀀스 별로 서로 다른 이야기 줄거리들을 설명하였다.

이야기가 시대와 기술의 격변에도 살아남듯이 그것을 담고 있는 서사 역시 생명이 길다. 메타서사, 반서사, 비서사, 탈서사 등 어떠한 접두어를 붙여 새로운 서사임에 주목하더라도 여전히 '서사'라는 용어는 계속 존재해 왔고 또 그럴 것이다. 이러한 시각은 에스펜 올셋[9]이 매체 결정론의 이분법적 담론을 지양하기 위해 이전 인쇄물과 컴퓨터 전자물의 공통된 특성을 아울러서 에르고딕(Ergodic) 문학으로 칭하면서 그 결론으로 도나 해러웨이(Dona Haraway)를 인용한 것에서도 잘 알 수 있다. 해러웨이는 구분하는 책임감보다는 그 경계에서 즐거움을 느끼고자했다.

디지털 컴퓨터가 생활의 일부가 되고 창작 도구로서 자주 활용됨에 따라 이 뉴미디어는 여러 측면에서 지배적 매체가 되어 가고 있다. 그러나 이제 대세는 컴퓨터가 아니라 스마트폰이다. 컴퓨터와 스마트폰을 포함하는 디지털 매체는 뉴미디어의 총아이다. 뉴미디어는 시대가 흐르면 어느 새 과거의 기존 미디어가 되기 마련이다. 그러므로 매체 기술의 발전으로 새로운 이야기들이란 어쩌면 이야기의 내용이 새로운 것이 아니라 알고 있는 이야기를 새롭게 변형하는 방식의 발전인지도 모른다.

지금까지도 계속 회자 되고 있는 유행어 '문화콘텐츠'의 의의는 이야기를 산업화 할 수 있는 가능성 타진 기회였고, 산학 협동이 일반 과학 이공계에 국한 되었다면 인문학 혹은 인문학적 사유가 과학 기술과 연계하여 산학 협동의 기회를 만들었다는 점이다. 물론 흔히 거론되는

---

9) Aarseth, p.150, p.345.

문학과 과학, 인문학과 과학 기술의 접목이 행복한 동거인지는 분명 시간을 두고 점검해 볼 필요가 있다. 또한 이러한 움직임이 중앙 정부와 지방 자치 단체의 사업 성격으로 먼저 출발하여 여기에 학계에서 반응하여 담론을 형성하고 각종 회의나 세미나를 통해 '논의'되었으나 그것이 과연 '산업'에 얼마나 기여를 했느냐는 좋은 점수를 주기 힘들다. 논의하는 것은 탁상용으로 학문적으로 풀어 낼 뿐 학자는 개발 현장을 모르거나 개발 현장에 직접 투입되지 못하여 사용하는 '언어'가 다를 수 있기 때문이다. 그러나 어찌 되었든 문화콘텐츠 산업으로 대표되는 우리나라의 산학 협동에서도 다양한 매체로 즐길 수 있는 콘텐츠 개발에 역점을 두고 있는 것은 이러한 이유에서 비롯된 것이다.

점차 많은 사람들이 미디어를 넘나들며 이야기들을 다양하게 즐길 수 있는(미디어), 다양한 방식(서사구조/기법)으로 창작할 필요가 있다는데 인식을 같이 하고 있다. 이에 따라 비선형성도 그 결과물로 탄생되는 다양한 텍스트성에 따라 다른 해석과 양상을 보일 것이다. 따라서 최근 자주 언급되기 시작한 뉴미디어에 대한 연구는 서사 관점에서 볼 때 새로운 이야기의 발굴이 아니라 새로운 이야기 전달, 향유 방식에 대한 연구로 심화발전 될 것으로 보인다. 어떤 의미에서는 상투적 사랑 이야기를 신선하고 아름답게 그린 스웨덴 영화 <언더 더 선>(Under the Sun)의 첫 장면과 마지막 장면에서 강조되었듯이 "이미 있던 일이 후에 다시 있을 것이고, 이미 한 일을 후에 다시 할 것이니, 태양 아래 새로운 것은 없다"고도 할 수 있을 것이다. 이런 와중에서 비선형성을 비롯한 기존 매체와 컴퓨터 매체와의 대조 혹은 비교에 대한 무성한 담론은 헤롤드 지만(Herald Szeemann)이 말한(68) "구조화된 무질서"(structured chaos)를 통해 질서와 체계를 갖출 것으로 기대된다.

미래로 가는 과거 문학

18세기 영미 문학에서 소설 장르가 탄생한 것은 중산층이라는 사회 계층이 부상한 것에 힘입은 바 크다. 19세기까지만 하더라도 소설이란 인간 삶을 사실적으로 재현하는 것이라는 생각이 지배적이었다. 그러나 20세기 2차 세계 대전 이후 소설의 사실주의적 전통은 인생의 사실적 단편을 그린다는 근본 궤도를 수정하면서 신화적, 상징적 또는 환상적 이야기를 담은 새로운 소설이 등장하였다. 서사학자 윌리스 마틴 (Wallace Martin)은 새로운 소설의 등장 원인을 대중 사회(mass society) 출현에서 찾았다. 마틴[10]은 20세기 소설 이론의 두 가지 특징을 논하면서, 새로운 소설의 등장으로 전통적인 사실주의 소설 개념이 바뀌게 된 것과 소설에 대한 연구가 플롯에서 시점으로 변한 것을 지적하였다.

---

10) Wallace Martin, *Recent Theories of Narrative*, Cornell U. Press, 1986, pp.20~21.

마틴이 지적한 소설과 소설 연구의 변화는 21세기 문학과 내러티브의 급격한 변화로 바뀌었다. 컴퓨터와 인터넷이 널리 보급되고 활용되면서 네티즌이라는 막강한 초 대중 계급층이 부상하고 눈부신 기술의 발전으로 멀티미디어 사용이 보편화되면서 네티즌은 디지털 내러티브의 주 생산자이자 수용자(또는 소비자)가 되었다. 그동안 내러티브의 주 매체가 인쇄물이었고 21세기 들어 컴퓨터 매체를 기반으로 한 전자물이 대량 생산되면서 새로운 내러티브 양상들이 나타나고 있다. 그러나 이러한 표현 매체의 차이를 넘어 사회와 과학의 발전으로 내러티브와 내러티브 연구 또한 변화를 거듭해 왔다.

디지털 내러티브에 대한 담론은 인쇄물과 전자물이라는 이분법적 단절이 아니라 시대적 상황에 따라 변모하는 진화의 맥락에서 거론되어야 한다. 디지털 시대를 대표하는 매체가 컴퓨터라는 것은 반박의 여지가 별로 없다. 텍스트가 인쇄물에서 컴퓨터 매체에 기반을 둔 전자물로 대량 이동하면서 컴퓨터는 기술이 아니라 현대인들의 생활과 문화의 중심이 되어 가고 있다는 것은 이제 더 이상 새로운 이야기가 아니다. 그동안 놀라운 위력을 발휘하고 있는 컴퓨터 매체의 출현으로 문학 담론은 인쇄물과 전자물이라는 이분법적 담론으로 점철되어 왔다.

문학 전문지와 학술지에서 컴퓨터 매체를 활용한 문학임을 시사하는 '디지털'이나 '사이버'란 말이 들어간 문학 기획 특집에서 기존의 인쇄 문학 작품은 거의 거론되지 않는 경향이 있다. 디지털 문학이나 사이버 문학 공모는 인터넷에서 주로 이루어졌고 그 공모 대상 작품 또한 기존 인쇄 문학에서 상대적으로 소외되어 온 판타지 소설과 무협 소설에 국한되는 경우가 많았다. 이 장르들은 분명 인쇄물의 형태로 이전부터 존재해 왔던 것이었으나 역설적이게도 인터넷에서 대중적으로 인기를 끌고 있었다는 이유로 컴퓨터 전자물의 맥락에서 논의되었는데, 이것은 우리나라만의 특징적 문학 담론 중 하나이다.

사이버 공간에서 전개되는 비선형/다선형 내러티브와 음악, 동영상, 그래픽 등 멀티미디어적 텍스트가 전개되는 현상은 이전에 볼 수 없었던 대단한 변화와 발전임에 틀림없다. 그러나 내러티브에 대한 기본적 이해와 연구 없이 이러한 기술적인 측면만 부각시킨 디지털 내러티브의 창작과 담론은 검토될 필요가 있다. 이러한 점은 생각해 보면 이해가 안 되는 것도 아니다. 이들 판타지 장르가 이전에 없었다는 것이 아니라 두드러지게 인터넷 사이버 공간에서 주를 이루기 때문에 사람들의 이목이 집중되어 디지털 매체인 사이버 세계에 펼쳐지는 문학, 즉 사이버 문학이나 디지털 문학이 판타지 소설과 등가로 간주되었기 때문이다. 구체적으로 말하면 이는 판타지 소설에서 그치지 않고 판타지 서사로서 판타지 소설과 게임을 함께 생각하는 계기가 마련되었다는 점에서 충분히 설득력이 있고, 나아가 이는 문학의 다양한 장르 발전에 기여를 한 바가 크다는 것 또한 인정받을 필요가 있다.

2000년 문화관광부의 새천년 문학 분과 프로젝트로 진행된 <언어의 새벽>은 기존 작가들의 짤막한 시에 웹 사이트 방문객들이 앞의 글에 자신의 시를 이어 붙이는 피드백 기능이 활용되었다. 이 사업은 일종의 시인들의 협업(collaboration) 형태를 띤다. 기존에 음악과 미술에서 예술가들의 협업 시도는 종종 있었으나 문학에서 창작은 작가의 개인적 활동으로 이루어지는 특성을 보였다. 서로 다른 작가들이 공통 주제로 각자의 작품을 창작한 후 그것을 하나의 기획 작품집에 공동 수록한 적은 있으나 하나의 작품에 여러 작가가 참여하는 형태는 거의 찾을 수가 없었다. 예술에서 협업은 두 사람 이상이 모여 시너지 효과를 냄으로써 새로운 실험을 통해 작품 창작의 세계를 넓혀 보려는 시도로 이루어진다. 비로소 이어 쓰기와 링크라는 컴퓨터 기술의 도움을 받아 <언어의 새벽>에서는 시인들의 협업이 시도된 것이다. 그러나 엄밀한 의미에서 이것을 과연 협업으로 볼 수 있는가에는 문제점이 발견된다. 왜냐하면 시란 어떤 기술을 사용하든 말 그대로 '거대한 시의 숲'에서 시의 운치를 즐길 수 있어야 하는데, 이 프로젝트에서는 단어에서 떠오르는 각자의 단상만을 계속 이어 붙였기 때문에 서로 다른 앞글과 댓글만 연결되는 단순한 글 이어 붙이기의 수준에 머물렀다.

2002년 정보통신부의 소설 프로젝트인 <구보 2002>에서는 무성영화 첫 장면을 연출하여 일단 시각적 효과를 얻었다. 마치 처음 영화가 시작되기 전 숫자가 5, 4, 3, 2, 1 !!가 되는 동안 이 카운트 타운의 시간은 이렇게 시작하는 소설 혹은 이야기 실험은 어떻게 전개될까 하는 기대와 호기심을 심어 준다. 그러나 이야기에 나오는 소품까지 인터넷 사이트와 링크를 만들어 놓아 기본적인 이야기 전달이라는 근본 서사의 틀이 갖추어져 있지 않았다. 어떤 새로운 형태 소설의 어떤 첨단 기법을 동원해도 이야기 흐름을 전적으로 방해한다. 이는 이야기의 단편들이 하이퍼 소설이나 영화 교차 편집 사례처럼 무작위로 나열된 듯해도 그것이 나름대로 연결되어 어떠한 이야기를 전해 주는 것과는 차원이 다르다. 이 프로젝트에서는 국수, 유명 운동화, 시트콤, 영화가 이야기에 등장하면 이들 관련 사이트가 하이퍼링크로 연결되었다. 그래서 이는 구보의 일상을 보여 주는 것이 아니라 단지 여러 인터넷 사이트를 이어놓은 것에 불과하다. 인터넷 사이트 자체가 많은 하이퍼링크가 있어 의도하지 않은 여러 사이트를 전전하게 하는 특성이 있는데, 이러한 각종 사이트들로 클릭하게 유도한다는 것은 구보의 이야기를 나가서 독자, 정확히 말하면, 이 구보 프로젝트 사이트 '방문객'이 이제 나가 나름대로 다른 인터넷 사이트들을 돌아다니라는 것과 마찬가지이다. 이것이 작품 이해에 전혀 도움이 되지 않고 오히려 방해가 되는 역효과가 되었다.

문학의 진화란 기존 내러티브 기술의 전복 그리고 실험성 추구라는 맥락에서 이해할 수 있다. 소설의 죽음, 문학의 죽음, 인문학의 죽음이라는 단절의 표현은 기존의 것을 근간으로 실험되고 있는 새로운 소설 문학, 인문학의 탄생이라는 진화로 해석된다. 이런 맥락에서 문학과 내러티브의 격변은 '단절'이 아닌 '진화'라는 차원에서 인쇄물과 전자물을 모두 아우르는데서 그 출발점을 찾아야 한다.

그동안 문학 비평가와 이론가들의 관심의 대상은 작가에서 텍스트로 그리고 최근에 독자에게로 그 무게 중심이 옮겨져 왔다. 텍스트가 하나의 작품으로 생명을 부여 받기 위해서는 독자의 적극적 참여가 필수적으로 수반되어야 한다. 텍스트 의미 창출에서 독자가 담당하는 역할이 강화되자 독자 반응 이론가들을 중심으로 극단적으로 텍스트란 하얀 바탕에 검은 글씨가 적힌 페이지에 불과하다는 인식도 확산되고 나아가 탈구조주의 이론가들의 의미의 미결정성 내지는 의미의 다의성으로까지 담론이 확대되었다.

앞에서 마틴이 언급한 '소설의 죽음'은 사실주의 소설의 죽음으로서 소설의 내용과 주제가 바뀐 것이었고 이후 새로운 소설이란 의식의 흐름 기법이나 심리 소설 등 소설의 기법 그리고 나아가 메타 내러티브에 이르기까지 내러티브 기법의 변화로 진화되어 왔다. 그렇다면 컴퓨터 매체 소설에서는 내용의 변화보다는 기법 면에서 더 두드러진 변화를 보이기에 사람들의 관심이 자연적으로 이러한 '하드웨어'에 집중된다.

컴퓨터 사용 환경 자체는 컴퓨터와 사용자간의 쌍방향 작용을 전제로 구성되어 있다. 키보드와 마우스 사용부터 인터넷 접속, 웹 사이트 방문, 사이버텍스트 이용에 이르기까지 사용자의 직접적인 행동이 있어야만 컴퓨터는 작동된다. 키보드에 있는 가장 간단한 키보드(key board)의 키조차 영어로 enter, shift, control, insert, delete, escape와 같이 컴퓨터 사용자의 실질적인 동작이 수반되어야 한다. 이와 같이 사용자의 실질적, 신체적인 동작을 전제로 하고 이것을 유도하는 것이 컴퓨터 매체의 가장 큰 특성 중 하나라고 할 수 있다. 따라서 컴퓨터 매체를 이용한 문학이나 예술 작품에서는 텍스트 수용자들의 이러한 쌍방향 작용이 있다는 것을 가정하여 이 작용에 의해 작품 세계가 전개되도록 창작한다.

앞에서 언급한 바 있듯이 인터넷 사이버 공간의 가장 중요한 기본 개념은 전 단계의 입력 내용이 현 단계 출력에 영향을 주는 피드백 루프(feedback loop)방식이다. 사이버 공간(혹은 사이버 스페이스)이라는 용어는 잘 알려진 바와 같이 윌리암 깁슨이 1984년 자신의 소설에서 사용하면서 사람들에게 알려지기 시작하였다. 깁슨이 이 작품에서 이 용어와 개념을 사용한 것은 노베르트 비너(Norbert Wiener)의 사이버네틱스(cybernetics)에서 영감을 얻은 것이다. 사이버네틱스란 한마디로 생물이나 기계에서 일어나는 규칙적 피드백의 조절과 커뮤니케이션을 의미한다. 사이버네틱스란 용어는 앞에서도 잠깐 언급했던 것처럼 1948년 비너의 저서 『사이버네틱스, 동물과 기계에서의 조절과 커뮤니케이션』(Cybernetics, or Control and Communication in the Animal and Machine)을 통해 대중들에게 회자되기 시작했다.

비너가 사이버네틱스 용어와 개념을 만들게 된 것은 증기 기관차 원심 조정기의 피드백 기능에 대해 연구한 제임스 클럭 맥스웰(James Clerk Maxwell)을 기리기 위한 것이었다. 이와 같이 오늘날 인터넷의 대명사로 널리 사용되고 있는 사이버 공간의 탄생 배경을 살펴 볼 때 그 개념의 핵심은 조절과 소통의 피드백에 있다고 볼 수 있다. 그러므로 컴퓨터와 인터넷의 출현으로 각광 받고 있는 디지털 내러티브의 특성은 이 피드백 기능이 양방향으로 전개되는 쌍방향성에서 찾을 수 있다고 해도 과언은 아닐 것이다.

그러나 여기서 디지털 내러티브를 논하는 사람들이 간과하는 중요한 사실이 있다. 바로 텍스트와 그 수용자와의 쌍방향성은 컴퓨터 매체의 전유물만은 아니라는 사실이다. 게임과 하이퍼텍스트 소설에 지나치게 열광했던 사람들은 쌍방향성을 '비로소' 이 두 장르에서 발견했기 때문이다. 그래서 이러한 입장을 취한 사람들은 컴퓨터 매체가 쌍방향 구현의 선결조건처럼 착각하는 경우가 많았다. 컴퓨터 게임 부분에서 서사와 쌍방향성을 잠깐 살펴보았는데, 여기서는 디지털 내러티브의 핵심 개념이라 할 수 있는 쌍방향성을 좀 더 구체적으로 컴퓨터 매체 등장 이전부터 어떻게 구현되어 왔는지 구체적으로 살펴보려고 한다.

내러티브라는 것 자체가 구두로 전달될 때 말하고 듣는 것을 전제로 하기에 쌍방향 소통이 이루어진다. 다만 이것이 기존 인쇄물 내러티브를 비롯, 영화에서도 그것의 수용자 즉, 독자와 관객은 내러티브와 상호작용을 한다. 그 소통이라는 것이 수용자가 직접 내러티브에 개입하여 내러티브 자체를 바꾸지 못하는 것 뿐이다. 그러나 이것은 해석의 형태로 반영될 수 있다. 왜냐하면 이러한 기존의 내러티브에서도 이러한 해석과 이해를 위해서는 수용자가 적극적으로 텍스트에 참여하고 개입하기 때문이다.

내러티브의 쌍방향성은 한 쪽에서 다른 한 쪽으로 이야기를 전달할 때 일방적 방향으로 이루어지는 것이 아니라는 것을 의미한다. 같은 언어로 의사를 전달하지만 대화와 문학이 다른 것은 단순히 전달자가 메시지를 피전달자에게 전하는 것이 아니라는 점에 있다. 내러티브는 서술자가 피서술자에게 메시지를 전달하되 서술자와 피서술자 이외에 내포 작가, 내포 독자, 슈퍼 독자, 정보를 가진 독자 등 다양한 층위로 구성된다.

세뮤어 채트먼[11]은 내러티브를 송신자와 수신자를 전제로 한 의사소통(communication)으로 해석하면서 내러티브 텍스트와 독자 사이에는 긴밀한 상호작용이 이루어지고 있음을 시사하였다. 다만 이 상호작용

---

11) Chatman, p.28, p.31.

은 작가에서 독자, 송신자와 수신자로 즉, 왼쪽에서 오른쪽으로 화살표가 한 방향으로 진행되는(the movement of arrows from left to right, from author to audience) 일방적인 소통이다.

한편 쌍방향 예술 평론가 소크 딩클라[12)는 『연결된 도시들: 도시 네트워크에서의 예술 과정』(Connected Cities: Processes of Art in the Urban Network)에서 비선형적 쌍방향 내러티브의 기원을 재미있게도 제임스 조이스(James Joyce)의 『율리시즈』(Ulysses)에서 찾았다. 딩클라는 내러티브를 더 이상 실제 일어났거나 또는 상상한 사건들의 시퀀스를 기술하는 것이 아니라 의사소통 활동(an act of communication)으로 파악하였다. 인쇄물 매체 언어 서사를 연구한 서사학자 채트먼과 영상 매체물 이론가인 딩클라가 내러티브를 의사소통 모델로 파악한 것은 같은 맥락이다. 그러나 딩클라의 내러티브 정의에서 주목해야 하는 것은 그것이 단순한 이론적 모델로 제시된 것이 아니라 수용자와의 실제 행동(act)이 이루어지고 있는 것으로 파악한 점이다.

서사학자들이 의사소통으로서 제시한 내러티브는 인쇄물의 경우 물론 이론적으로 구현된 것이다. 인쇄물 내러티브에서 수용자 역할은 인지적인(cognitive) 차원, 다시 말해서 머리와 마음속에서 이루어지기 때문이다. 반면에 전자물에서는 앞에서 언급한 바와 같이 컴퓨터 매체 특성상 보다 효과적이고 다양한 방법으로 쌍방향성이 이루어지는 것일 수 있다. 수용자가 실제 신체적인(physical) 행동을 취하면서 텍스트와 상호작용을 할 수 있기 때문이다. 그러나 여기서 '효과적이고 다양한'이

---

12) Rieser and Zapp, p.30.

란 것은 다른 해석이 나올 수도 있다. 효과적이라는 것이 가시적이라는 것이라면, 이는 내러티브 수용자가 어떤 작용을 했을 때 그것이 눈에 보이게 그 작용의 결과가 내러티브에 반영된다는 것이다. '행동을 취하고 그 결과가 나온다'고 하면 쌍방향성이 확연하게 드러난다는 것이므로 '효과적'이라고 할 수 있다. 또한 '다양한' 것을 보면, 근본적으로 결과가 보이는 가시적 효과적 변화는 마찬가지이되, 그 변화를 일으키는 것이 몇 가지 다른 '도구적 기능'을 이용해 가능하다는 것이다. 이는 컴퓨터나 휴대폰을 비롯한 디지털 기기의 기능적 특성에서 기인하는 것이다. 예를 들어 마우스 클릭, 자판 사용, 손가락으로 드래깅하는 것 등등. 따라서 그 다양한 쌍방향성이라는 것은 쌍방향성을 구현하는 이러한 도구적 방법의 다양성을 의미하는 것에 가깝다.

컴퓨터가 대중적으로 널리 보급 되면서 그동안 예술가들이 시도한 새로운 기법은 첨단 디지털 기술의 도움으로 컴퓨터 도구와 소프트웨어 활용, 앱으로 대치되고 있다. 기존 인쇄물 내러티브가 디지털 내러티브로 변화함에 따라 컴퓨터 기술이 예술적 기법을 실현시켜 주거나 또는 반대로 새로운 내러티브 기법 개발의 일환으로 예술가들은 컴퓨터를 활용하게 된다. 그 결과 컴퓨터를 활용한 소설의 새로운 기법 또는 새로운 소설 장르가 탄생한 것은 물론 컴퓨터와 사용자가 서로 이야기를 함께 만들어가는 게임도 내러티브로서 새롭게 주목을 받았던 것이다. 컴퓨터 디지털 내러티브란 기존의 인쇄물이 디지털화하여 컴퓨터 화면으로 볼 수 있는 것만을 뜻하는 것은 아니다. 그것보다는 내러티브를 즐기는 방식에 의해 쌍방향 소설, 쌍방향 영화, 컴퓨터 게임 등 새로운 내러티브가 창출되었음에 더 주목해야 할 것 같다.

기존 인쇄물에서 주로 논의되던 내러티브 수용자는 소설의 독자나 영화의 관객이었으나 새로운 내러티브 환경인 컴퓨터 게임에서 내러티브의 수용자는 게이머(gamer)이면서 동시에 '언어적' 게임 텍스트에서는 독자의 역할도 한다. 여기서 '언어적'이란 것은 실제 글을 읽고 쓰는 것을 뜻한다. 또한 컴퓨터로 소설을 읽는 독자가 작품을 구성하는 텍스트 단위들을 선택해서 읽거나 자신이 쓴 텍스트를 작품에 이어서 작가와 함께 소설을 구성해 나간다면 그 독자는 작가의 역할과 독자의 역할을 함께 한다. 이와 같이 컴퓨터 활용으로 새롭게 선보인 내러티브를 즐기는 사람들은 내러티브 종류에 따라 몇 가지 상이한 역할을 하기 때문에 단순히 독자나 게이머로 불릴 수 없게 된다. 그래서 글을 쓸 때도 독자, 관객, 게이머 등 장르에 따라 그동안 우리가 구분해 온 용어들이 있어 다시 생각해야 될 때가 많다. 그래서 나는 여기서 글을 쓰면서 내러티브를 즐기는 사람을 모두 통칭하기 위해 수용자란 용어를 사용한 것이다. 수용자란 말은 다소 수동적인 인상을 줄 수 있으니 아래 홀란드의 표현('bi-active')에서 볼 수 있듯이 쌍방향 내러티브만큼은 수용자도 적극적 참여를 나타내는 함축적인 용어로 사용할 수 있다 이때 수용자는 쌍방향성으로 새롭게 조명해 보면 쌍방향성 정도에 따라 다음과 같이 크게 세 가지 양상의 예를 생각해 볼 수 있다.

1. 메타 픽션의 독자 : 보르헤스의 「갈래길이 있는 정원」[13]
(*The Garden of Forking Paths*, 1941)

컴퓨터를 활용할 경우 최적의 쌍방향 내러티브 환경이 조성된다는 점에서 쌍방향 내러티브는 곧 디지털 내러티브라는 인식이 팽배했다. 그러나 인쇄물과 전자물의 상호작용은 쌍방향성이 있고 없음으로 논할 것이 아니라 쌍방향성의 차원과 정도의 차이로 해석해야 한다. 쌍방향성이란 기본적으로 텍스트 수용자 역할을 강조한 것이기 때문이다. 앞에서 언급한 바와 같이 홀란드가 독자와 텍스트의 활발한 상호작용을 연구할 당시에는 지금과 같이 컴퓨터 매체가 일반 대중들에게 널리 보급되지 않은 상황이었고 그에 따라 컴퓨터 내러티브를 대표하는 '쌍방향적'(interactive)이라는 용어가 보편적으로 사용되지 못했으므로 홀란드는 독자의 적극적 역할을 '상호 능동적'이란 용어로 설명한 것이다. 따라서 기본적으로 문학 텍스트에는 이러한 쌍방향성이 내재해 있다는 것을 전제로 한 것이다. '능동적'이란 뜻을 가진 영어 'active'에서 분명 'act' 행동을 취한다는 말이 들어가 있지 않은가.

작가들 또한 쌍방향 내러티브가 대중들에게 널리 알려지기 전 기존의 인쇄물 텍스트에서 수용자가 더욱 적극적으로 개입하고 참여하여 쌍방향성을 증대시키기 위한 다양한 내러티브 기법을 시도하였다. 소설은 영어로 fiction이라고도 하고 novel이라고도 한다. '픽션'(fiction)은

---

13) 참고한 책에는 「끝없이 두 갈래로 갈라지는 길들이 있는 정원」이라고 번역되어 있으나 흔히 「갈래길이 있는 정원」으로 더 많이 알려져 있으며 지면 관계상 간략히 줄이기 위해 이렇게 작품명을 표기하였다.

실제 일어난 사건을 그대로 서술(non-fiction)한 것에 대해 상상으로 만들어 낸 이야기란 의미이다. '역사 소설'의 경우 '역사'란 실제 일어난 이야기에 어디까지나 '허구적 요소'를 넣었기에 '소설'이란 '픽션'을 넣어 이렇게 부른다. 한편 novel은 흔히 장편 소설을 일컫는데, 영어 novel은 '새로운'이란 의미도 있다. 그만큼 소설은 끝없이 참신한 이야기를 엮어 내어야 하는 창조적 산고(産苦)가 뒤따르는 것이리라. 소설의 죽음이라고 할 때, 그리고 새로운 소설의 등장이나 그 소설을 즐기는 것이 특히 컴퓨터 매체를 동원할 때도 역시 이 기발함을 추구하는 작가의 창의적 욕심과 바람이 소설 novel에 반영되었을 것이다.

어떻게 보면 픽션은 사실주의 소설의 죽음인지도 모른다. 공상과학 소설, 괴기 소설, 판타지 소설 등의 등장에서 볼 수 있듯이 말이다. 재미있게도 소설의 중심에 사실주의가 오랫동안 뿌리를 내려 이들 장르는 주변부로 그동안 밀려 있던 것도 사실이다. 소설을 가리키는 용어 '노블'(novel)과 '픽션'(fiction)에서 픽션은 다시 나아가 '메타 픽션'(meta fiction)으로 발전하며 새로운 소설(novel)을 지향해 왔다.

아르헨티나 작가 호르헤 보르헤스는 새로운 소설과 내러티브 기법을 발전시킨 세계적 작가이다. 그래서 스페인어로 쓰인 보르헤스의 소설집 영문 번역본들은 제목만큼은 그의 독특한 작품 세계를 반영하기 위해 영어 '픽션'(fictions) 대신 스페인어 그대로 '피치오네'(ficciones)로 남겨 두곤 한다.

보르헤스(Jorge Borges)는 그의 대표 작품 『갈래길이 있는 정원』에서 독자가 텍스트와 어떻게 상호작용을 하면서 작품의 내용을 이해하는지의 과정을 주인공 유춘(Yu Chun)의 이야기 전개 과정에서 보여준다. 이 작품의 내용은 1차 대전 당시 주인공인 독일 스파이 유춘이 독일이 공격할 영국 도시 이름을 암호로 보내 주기 위해 도시 이름과 같은 영국 스파이 스티븐 알버트(Stephen Albert)를 살해한 후 처형당하는 이야기이다. 소설의 대부분은 유춘이 할아버지 취팽(Ts'ui Pen)의 수제자인 알버트에게 <갈래길이 있는 정원>14)이야기를 듣는 것으로 구성되어 있다. <갈래길이 있는 정원>은 유춘의 할아버지가 13년간 공들인 역작이다. 그래서 소설의 마지막 페이지까지 독자는 긴장을 늦추지 않고 적극적으로 텍스트에 개입해야만 한다. 그래야 앞에서 이야기의 줄거리를 파악할 수 있다. 기존의 소설과 달라 아주 복잡하고 혼돈되는 것처럼 처음에는 느끼지만 결국 이것을 독자는 간단명료하게 나중에는 간파하게 된다. 물론 여기서 중요한 것은 독자가 책을 덮지 않고 인내심을 가지고 결코 길지 않은 텍스트들에서 의미를 찾으려고 집중력 있게 몰입을 할 때 이런 결과를 얻을 수 있다.

이러한 독서 과정을 통해 독자는 유춘이 추적하고 있는 영국 스파이 알버트, 알버트를 만나고서야 비로소 알게 된 유춘 할아버지 취팽, 취팽의 작품, 취팽과 알버트의 관계를 논리적으로 재정리하게 된다. 그리고 난 후 독자는 왜 유춘이 할아버지의 수제자인 알버트를 안타깝게도 죽일 수밖에 없는 이유까지도 파악할 수 있다. 비록 마우스로 클릭하며 컴퓨터 화면에 독자의 동작을 유도하는 것은 아니지만 이와 같이

---

4) 보르헤스의 단편 작품은 「갈래길이 있는 정원」으로 표기하고 이 작품에 나오는 주인공 취팽의 동명 작품은 <갈래길이 있는 정원>으로 구분하고 ( ) 페이지 수만 표시. 참고한 우리말 번역서는 이 책 뒷면 인용문헌 참조

이 작품은 독자에게 이 소설의 이야기 구성을 위해 텍스트에 매우 깊이 침잠하는 '인지적 쌍방향 작용'을 요구하도록 구성되어 있다. .

보르헤스는 이러한 형식을 취함으로써 내러티브를 통해 내러티브를 설명하였다. 메타 내러티브로서 이 소설은 보르헤스 자신의 소설 안에 취팽의 동일한 제목 소설이 하나 더 들어가 있다. 이는 디지털 쌍방향 내러티브에 대한 많은 통찰력을 제시해 준다.

첫째, 쌍방향성의 구현이다. 보르헤스의 이 소설 제목이 시사해 주는 바와 같이 새로운 내러티브 텍스트는 여러 갈림길을 제시한다. 그래서 수용자, 구체적으로 말하면, 하이퍼 소설의 독자와 게임의 게이머는 어느 길로 갈 것인지 선택해 가면서 내러티브를 즐긴다. 새로운 내러티브의 쌍방향성은 먼저 이렇게 수용자의 선택 작용으로 구현된다.

둘째, 미래 내러티브의 예견이 이 작품에 나타났다는 점이다. 알버트는 스승인 취팽의 작품을 아직 책으로 출판하지 못하고 계속 소장한다. 알버트는 취팽의 작품을 읽고 난 후 다음과 같이 미래 내러티브를 예견한다. "한 권의 책이 무한한 책이 될 수 있는……순환적인, 원형의 책……마지막 페이지와 첫 번째 페이지가 동일해 무한히 계속될 수 있는 그런 책……무한히 반복을 거듭하게 되는 그런 성격……아버지로부터 아들로 상속되는 그 책에서 각 후손이 새로운 장을 덧붙이거나……"(158-9). 이것은 과거 알버트의 꿈이었다. 이것은 오늘날 우리 눈앞의 현실로 실현되었다. 인쇄물 책이란 사실 불가능해 보였으나 현재 이러한 내러티브는 전자책이나 사이버 공간의 텍스트로 실현되었다. 현재 인터넷을 보면 여기에서 구현되는 내러티브는 알버트 혹은 보르헤스의 이상을 그대로 담고 있는 것이다.

2. 컴퓨터 게임의 게이머: 인포컴의 조크 I:『위대한 지하 왕국』
(*Zork I: The Great Underground Empire*, 1981)

언어 텍스트에서 수용자의 실질적 행동을 수반하는 쌍방향성을 실현시킨 것은 소설이 아니라 게임이었다. 이러한 연유로 우리나라에서는 디지털 내러티브로서의 게임이란 거대 담론이 형성되었다. 그러나 그 이면에 문학이 근간이 되었다는 사실과 그 출발이 텍스트 게임에 있다는 것은 간과되곤 했다. 우리나라 논의의 대부분은 화려한 그래픽의 시각적 효과 또 게임 발전과 더불어 등장한 게이머의 활발한 상호작용에 중점을 두었다.

미국에서 시작된 텍스트 게임은 게이머가 키보드에 글자를 입력하여 게임을 진행한다. 이렇게 문자 위주의 게임이므로 텍스트 게임이란 이름이 붙었다. 흥미로운 것은 게임을 한다기보다 게임식으로 소설을 엮어 나간다는 점에서 이 '게임'이 쌍방향 소설(interactive fiction)로 불렸다는 점이다. 이러한 소설은 1980년대 미국의 인포컴(Infocom) 회사에서 주로 개발되었다. 그래픽과 윈도우 환경이 오늘날과 같이 조성되기 전에는 컴퓨터는 도스 환경에서 작동되었다. 도스 환경은 명령어를 입력하여 컴퓨터를 작동 시키는 것이다. 컴퓨터 기기 사용 자체가 새로운 것이면서 동시에 명령어도 낯선 개념이었다. 당시에는 이제는 일반적으로 흔히 말하는 개인용 컴퓨터(PC, Personal Computer)란 개념도 본격적으로 정착되기 전이었다. 각 가정에 개인용 컴퓨터가 오늘날처럼 대중적으로 보급되기 전이었기 때문이다. 간단히 말하면, 텍스트 작업이 타자기에서 워드 프로세서란 전동 타자기 단계를 거쳐 문서 작업을 시작으로 우리 생활에 컴퓨터가 조금씩 익숙해지기 시작한 시점이다.

텍스트 게임은 프로그램에 의해 화면에 게임이 벌어지는 설정 상황에 대한 설명이 주어진 후 정해진 텍스트 문구가 나오고 나서 커서 >가 깜박이면 여기에 게이머 자신이 텍스트의 주인공이 되어 어떻게 행동할 것인지 키보드로 명령어를 입력하면서 즐기는 형태이다. 즉 컴퓨터 텍스트를 인지적으로 이해하고 그것에 대해 자신이 키보드를 치는, 다시 말해 텍스트를 입력하는 행동을 직접 취하면서 내러티브를 구성하는 쌍방향 작용이 이루어진다. 텍스트 게임으로 가장 큰 인기를 누린 『조크I』를 통해 구체적으로 게임 진행 상황을 함께 살펴보자.15)

조크I : 위대한 지하 왕국에 오신 것을 환영합니다.

집의 서쪽
당신은 지금, 정문이 판자로 막힌 하얀색 큰 저택의 서쪽으로, 벌판 한 가운데 서 있습니다.
여기 작은 우편함이 있군요 (굵은 글씨는 필자의 것)

>북쪽으로

---

15) 제3부 <문학과 사이버 판타지아>(제2장)에서 서사성과 쌍방향성을 설명하면서 살펴본 『조크』와 대부분 비슷하나 입력 결과로 제시되는 문장배열이 약간 다를 뿐이다.

집의 북쪽

당신은 지금 하얀색 큰 저택의 북쪽을 보고 있습니다. 여기에는 문이 없고 모든 창문은 판자로 막혀 있습니다. 북쪽으로 좁은 길이 구불구불 나무들 사이로 보입니다.

>동쪽으로

저택 뒤. 당신은 하얀색 큰 저택의 뒤에 있습니다. 숲 가운데 동쪽으로 한 길이 있습니다. 저택의 한 구석에는 조금 열려 있는 작은 창문이 있습니다.

>창문을 열어라

힘껏 당신은 그 창문을 열어 들어가려고 합니다.

>부엌에 들어가라

부엌. 당신은 하얀 저택 부엌에 있다. 식탁은 최근 음식 준비를 위해 사용해 온 듯하다. 서쪽으로 통로가 나 있고 위쪽으로 어두운 계단이 나 있다. 컴컴한 굴뚝이 밑으로 나 있고 동쪽으로 열려 있는 조그만 창문이 있다. 식탁 위해 병 하나가 있다. 그 유리 병 안에 물이 들어 있다. 식탁 위에 길게 늘어진 갈색 주머니가 있는데 매우 후추 냄새가 난다.

(『조크I』)

이 인용은 물론 게임에 적혀 있는 것이 아니라 논자가 입력한 텍스트(> 다음 입력 부분)를 통해 게임 진행을 보여 주는 한 예일 뿐이다. 다른 게이머는 > 다음에 다른 방향으로 이동하거나 다른 행동을 취할 수 있다. 방향 이동은 게이머의 행동이 두드러지지 않지만 당시만 해도 몬스터와 싸우는 장면은 언어적 텍스트로도 그래픽 게임의 경험과 유사하게 매우 실감나는 현장감을 느낄 수 있었다. 이런 게임 자체는 오늘날같이 화려하고 생생한 그래픽 게임과 비교한다면 비교자체가 할 필요도 없이 매우 지루한 게임으로 간주될 것이다. 그러나 컴퓨터로 게임을 한다는 자체, 그것이 필자가 어떻게 명령을 내린 캐릭터의 움직임에 따라 게임이 전개된다는 것은 당시로서는 매우 흥분되는 일이었다. 이것은 굳이 비교하자면 화면으로 생생하게 사건이 그대로 보여지는 영화 장면과 책의 글씨를 통해 현장을 상상해 보면서 작품에 빠져드는 것과 마찬가지이다. 스크린에 펼쳐지는 영화든 글자 텍스트에 침잠하여 이야기를 즐기는 문학 작품이든 매체만 가지고 비교할 수 없듯이 이 텍스트 게임의 몰입은 등장할 때만 해도 대단한 경험이었다.

영어권에서 시작한 게임 용어로 인해 우리나라에서도 게임에서 사용하는 용어는 '몬스터' 용어와 같이 (컴퓨터) 게임 전문 용어로 고착되었다. 우리나라 게임에서, 캐릭터, 어드벤처, 퀘스트, 몬스터 등은 게이머들 사이에 그대로 영어로 통용된다. 텍스트 게임에서 몬스터는 게이머가 담당하는 것이 아니라 컴퓨터 프로그램화된 것으로서 게이머가 목적을 달성하기 위해 맞서 싸워야 하는 다양한 생물 대상들을 통칭하는 개념이었다.

험상궂게 생긴 트롤이 피 묻은 도끼를 휘두르며 방의 모든 출구를 막아 버리고 있다. 당신이 든 검이 번뜩이기 시작한다.

>검으로 트롤을 죽여라

쨍! 쨍! 트롤이 검을 피한다. 도끼가 공격해 오자 당신은 옆으로 재빠르게 피한다.

>검으로 트롤을 죽여라

검을 빠르게 휘둘렀으나 트롤은 막아냈다. 트롤이 도끼를 힘차게 휘두르자 당신은 잠시 멈칫한다.

>검으로 트롤을 죽여라

당신은 아까 상처를 입어 공격을 했으나 효과가 없다.
도끼가 공격해 오자 당신은 옆으로 재빠르게 피한다.

이것은 몬스터인 트롤과 게이머가 싸우는 장면이다. >다음이 게이머가 입력한 내용이다. 게이머가 입력을 하지 않으면 >은 계속 깜박이며 컴퓨터 화면에는 아무런 텍스트가 나오지 않아 사건이 전혀 전개되지 않는다. 여기서 쌍방향성은 인지적 해석 작용과 실제 행동 이 두 가지 차원에서 모두 이루어진다. 우선 컴퓨터 프로그램화된 텍스트가 화면에 제시되면 제시된 행동을 인지하면서 게이머는 자신이 검을 들고 트롤과 싸우고 있다는 것을 느끼고 실제 자신이 싸우는 행동을 입력하면서 검이 부딪치는 소리와, 트롤의 움직임을 감지하고 흥분과 긴장감을 경험하게 된다.

이와 같이 게이머의 명령어 입력과 프로그램 텍스트가 계속 활발하게 상호작용하면서 마치 서로 대화를 나누듯이 내러티브를 구성해 나간다. 1960년대 이론적으로만 '상호 능동적'이란 개념으로 쌍방향성을 구상한 노만 홀란드는 비로소 독자가 텍스트를 읽고 쓸 수 있는 이 텍스트 게임 즉 쌍방향 소설을 통해 실제 자신의 이론을 구현시킨 내러티브를 발견한 것이다.

보르헤스 작품에서 알버트가 설명한 다음과 같은 미래 내러티브의 특성 또한 이 쌍방향 소설에서 실제로 이루어지고 있음을 알 수 있다.

모든 허구적 작품 속에서 독자는 매번 여러 가지 가능성과 마주치게 되는데, 그는 하나를 선택하고 다른 나머지들은 버리게 됩니다. 취팽의 소설 속에서 독자는 모든 것을 동시에 선택하게 됩니다. 이렇게 해서 그는 다양한 미래들, 다양한 시간들을 선택하게 되고, 그것들은 무한히 두 갈래로 갈라지면서 증식하게 됩니다. 여기서 이 소설이 가진 모순들이 정체가 밝혀집니다. 예를 들어, 팽이라는 사람이 어떤 비밀 하나를 간직하고 있는데 낯선 사람이 자신의 방문을 두들겼고, 팽은 그를 죽이기로 결심을 했다고 합시다. 당연히 그것의 결말은 아주 다양할 겁니다. 팽이 침입자를 죽일 수도 있고, 침입자가 팽을 죽일 수도 있고, 둘 다 살아날 수도 있고, 둘 다 죽을 수도 있는 등 아주 많습니다. 취팽의 작품에서는 모든 결말들이 함께 일어납니다. 각 결말은 또 다른 갈라짐의 출발점이 됩니다. (160-161)

3. 하이퍼텍스트 소설의 작독자 : 마이클 조이스의『오후, 이야기』

(*Afternoon, a story*, 1990)

쌍방향 언어 텍스트라는 점에서 게임과 하이퍼텍스트 소설은 유사점이 있으나 하이퍼 소설은 게임에 비해 상대적으로 매우 제한적인 쌍방향성을 가진다. 게임도 정해진 프로그램 내에서만 게이머가 입력한 사항으로 이야기가 전개되는 한계가 있으나 다자간 게임의 성격상 동시에 매우 많은 게이머들이 접속할 수 있는 만큼 그 게이머들 나름대로의 게임 진행 방식이 다양할 수 있고 더욱이 게이머들 간에 채팅도 가능하기 때문에 상대적으로 이러한 기능이 없는 하이퍼 소설에 비해서는 쌍방향성 범위가 더욱 넓다고 볼 수 있다.

하이퍼텍스트 소설은 하이퍼텍스트를 소설 창작에 이용한 것이다. 하이퍼텍스트란 여러 개의 텍스트들을 (하이퍼)링크로 연결한 텍스트 뭉치이므로 하이퍼 소설에서 텍스트란 소설 작품 전체 텍스트와 그것을 구성하는 컴퓨터 화면 하나에 담긴 텍스트단위 두 가지 종류가 있다. 후자의 텍스트 (단위)는 링크를 마우스로 클릭 했을 때 나오는 텍스트로서 컴퓨터 용어로는 노드(node)라고도 한다. 따라서 독자가 선택한 노드를 따라 독서를 하므로 텍스트 단위들이 연결된 것은 독서를 하는 통로 혹은 과정인 독서로에 해당된다.

탐험적 하이퍼텍스트 소설에서는 작가가 만들어 놓은 독서로(reading path)를 따라 보르헤스 정원에서와 같이 갈림길을 선택하는 정도이고 구성적 하이퍼텍스트 소설에서는 작가의 텍스트에 독자가 만든 텍스트를 링크로 연결할 수 있다. 이 하이퍼텍스트 소설들의 특징들은 바로 '갈림길이 있는 정원'을 통해 앞의 예문에서 살펴 본 바와 같이 보르헤스가 명료하게 짚어낸 것과 공통점이 많다. 이러한 점에서 미래 소설에 대한 작가의 혜안이 어느 정도인지 새삼 인상 깊다. 하이퍼 소설에서 독자는 작가가 구성해 놓은 내러티브를 탐험하고 구성하는데 한 가지 방법의 선형적 독서로만을 따라가야 하는 기존의 인쇄물 독자와 달리 텍스트 단위를 선택할 수 있고 또 텍스트를 작성할 수 있다는 점에서 작가 겸 독자, 즉 작독자라는 새로운 기능을 할 수 있게 된다.

겨울을 회상해 본다. <마치 어제 일 같지요?>라고 그녀는 말하지만, 나는 아무래도 의미를 찾을 수 없다.

5시 무렵 해는 지고 오후 아스팔트 위 얼음이 녹아 마치 크리스털 문어처럼 두려움에 휩싸인 강과 대지로 꾸불꾸불 흐른다. 우리는 차로 걸어갔다. 신발 밑에 밟히는 눈은 신음 소리를 내고 참나무들은 울타리 위로 소리를 내며 요동치고 있다. 유골처럼 포탄 파편들이 떨어져 내리고 천둥처럼 메아리치는 굉음이 얼음 위를 진동한다. 이 파편들은 말하지. 이것이 바로 숲이고 이 암흑이 곧 공기라고

<시 같네요>라고 말하는 그녀, 조금도 감정이 실려 있는 것 같지 않다.

이야기 듣고 싶어요?(『오후, 이야기』 "Begin" 이탤릭체는 필자의 것)[16]

---

16) 원 작품에서 작가는 대화문을 < >로 표시하였고, 컴퓨터 디스크로 읽는 이 작품은 페이지 표시 대신에 각 텍스트 창마다 텍스트 이름을 붙여 놓았다. 여기서 "begin"은

마이클 조이스(Michael Joyce)는『오후, 이야기』에서 이탤릭체 문장에서 보듯 적극적으로 독자를 초대한다. 텍스트 게임이 기본적인 상황을 설정해 주고 게이머의 입력에 의존하여 내러티브를 구성해 나가듯 하이퍼 소설의 첫 페이지에서는 위의 예문과 같이 사건을 제시하고 이후 소설 구성을 위해 독자에게 선택권을 열어 놓으면서 이야기를 탐험하도록 되어 있다. 이 질문에 독자가 실제 키보드를 누르거나 텍스트 입력을 하지 않고 화면만 보고 있으면 다음 텍스트 단위는 열리지 않는다.

　이 노드의 마지막 문장 "(이야기) 듣고 싶으세요?"라는 물음에 대해 독자는 몇 가지 다른 방법으로 반응을 할 수 있다. 독자는 이러한 소설 또는 소설 읽기 방법이 매우 낯설고 어렵다고 느껴서 소설 읽기를 포기할 수도 있고 가장 쉽게 엔터 키를 누를 수도 있으며 아니면 좀 더 적극적으로 네/아니오를 표시하는 방법을 택할 수도 있다. 또한 텍스트 가운데 어떤 단어를 클릭하거나, 엔터 키를 누르거나 또는 다음과 같은 텍스트 아래 메뉴 바에서 아이콘을 이용하는 것이 있다.

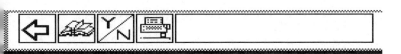

　첫 번째 화살표는 앞에서 읽은 텍스트로 돌아가는 것이고, 책 표시 아이콘(icon)은 이 노드 연결된 모든 텍스트 링크를 보여 주며, 두 번째 Y/N 아이콘은 독자가 현재 읽고 있는 텍스트 내용에서 등장인물 혹은

이 텍스트 창의 이름이다.

서술자가 하는 질문에 네/아니오를 대답하는 것이며 마지막 프린터 표시 아이콘은 보고 있는 텍스트를 인쇄하는 것이다. 그리고 하얀 빈 공간은 독자 반응 상자(response box)로서 독자가 영어로 Yes, No와 같이 반응을 간단히 적어 다음 텍스트로 넘어 갈 수 있도록 한 것이다. 결론적으로 독자가 책장을 넘기지 않으면 다음 페이지 텍스트가 나오지 않듯이 이 하이퍼 소설에서도 독자가 적어도 키보드를 이용하거나 아이콘을 이용하여 어떠한 행동을 취해야 한다.

"아니오"라고 응답하면 소설의 사건은 더 이상 전개되지 않는다. 대신 이 소설을 읽는 방법이나 작가 자신의 작품 설명과 같이 소설 이야기와 전혀 관계없는 텍스트 노드를 만나게 된다. 그러나 만일 "네"라고 답하면 이야기의 핵심사건 "나는 오늘 아침 아들이 죽은 것을 보았을지 모른다고 말하고 싶다"라고 짧게 적힌 텍스트를 만나게 된다. 이렇게 텍스트 정원을 탐험해 나가면 주인공 피터가 교통사고를 낸 장본인이고 그 희생자가 이혼하기 전의 전부인과 아들이었다는 내용을 알 수 있게 된다.

결국 이 소설에서 작독자의 경험은 주인공 피터의 경험과 같다. 인사 교통사고를 내고 그 사고의 희생자가 자신의 가족이라면 누구나 매우 혼미한 정신으로 여러 가지 생각과 행동을 하게 된다. 피터와 함께 독자는 당황하며 낯선 독서 경험으로 여러 텍스트를 전전하면서 사건의 실마리를 찾아 나간다. 결과적으로 소설 주요 사건의 내용과 그 소설을 읽는 독자의 독서 방식이 서로 병행되는 구조를 통해 독자는 주인공과 같은 경험을 하게 되는 효과가 배가되는 것이다.

지금까지 인쇄물과 전자물에서 어떻게 텍스트와 텍스트 수용자 사이에 쌍방향 작용이 이루어지는지 살펴보았다. 보르헤스의 작품은 인쇄물을 통해서 컴퓨터 전자물이 앞으로 어떤 모습으로 출현할지를 날카롭게 예견하였고, 쌍방향 소설이라는 언어 텍스트 게임은 소설과 쌍방향성의 결합을 게이머의 텍스트 입력으로 보여 주었으며, 조이스의 하이퍼 소설은 작독자가 독서로를 선택하여 내러티브를 탐험하는 것이었다. 텍스트 게임과 하이퍼 소설은 보르헤스 소설에서 알버트가 불가능하다고 생각한 내러티브였으나 그 인쇄물의 한계는 컴퓨터 기술로 극복되었다.

『조크I』은 '픽션'(소설)이란 이름이 붙은 쌍방향 소설이지만 쌍방향성은 부각되었으되 상대적으로 우리에게 익숙한 기존의 소설만큼 탄탄한 서사성을 가지지는 않았다. 즉 픽션이라고 했으나 이것은 분명 게임이다. 게임식 소설이라고나 할까? 검은 바탕에 하얀 글씨로만 구성된 이 텍스트 기반 게임은 비록 외양적으로는 화려한 그래픽(graphic)과 음향 그리고 채팅(chatting) 기능이 가미된 오늘날의 컴퓨터 게임과는 비교할 수 없으나 높은 문학성과 서사성 만큼은 더 우월한 것으로 인정을 받고 있다.

이렇게 될 수 있었던 배경에는 당시 이 쌍방향 텍스트 게임 개발에 훌륭한 문학적 소양을 가진 작가와 작가 지망생들이 게임 스토리보드 작성에 대거 참여한데 힘입은 바 크다. 1980년 당시 이 언어텍스트 게임들이 초등학교 문학 교재로 사용되었었다는 사실은 오늘날 오락과 비즈니스로만 전락한 게임의 위상과 비교할 때 게임 산업과 내러티브 연구에 매우 시사하는 바가 크다.

마이클 조이스는 자신이 친구와 만든 소프트웨어 스토리 스페이스(Storyspace)가 하이퍼텍스트 도구인지도 몰랐고 자신의 소설을 하이퍼 소설로 구상한 것도 아니었다. 다만 그는 읽을 때마다 달라지는 이야기를 만들겠다는 자신의 창의적 아이디어를 기존의 인쇄물로 실현시킬 수 없어 컴퓨터 도구까지 만들게 되었고 그 결과 최초의 하이퍼텍스트 소설을 창작하게 되었다.

그는 소설가로서 기본적인 독자의 인지적 역할을 충분히 인식하고 독자에게 선택권을 주되 그 선택권이 오히려 독자의 작품 몰입을 방해하지 않도록 나름대로의 문학적 장치에 해당되는 보호장치(guard field)를 하이퍼텍스트 소설에 마련해 놓았다. 이 보호 장치는 독자의 맹목적 마우스 링크 클릭을 막기 위한 통제 장치이자 동시에 소설에 몰입하도록 독자를 유도하는 일종의 도우미 장치이다. 구체적으로 이 장치는 첫째, 독자가 서로 다른 독서로를 택할 때 같은 텍스트 노드를 여러 번 반복적으로 읽지 않도록 하는 것, 둘째, 독자가 사건의 인과, 혹은 전후 관계를 충분히 알지 못한 채 계속 텍스트만을 클릭해서 대강 읽는 등 독서가 아니라 텍스트 서핑 동작에 집착하는 것을 막아주는 역할을 한다. 조이스 소설의 첫 노드에는 하이퍼링크된 단어들이 많지 않고 그 단어들 또한 오늘날과 같이 줄이 그어져 있거나 색깔을 달리하는 링크 표시가 없다. 그리고 링크가 된 단어들도 모두 핵심 사건으로 연결되도록 하이퍼텍스트를 활용하였다.

앞의 세 작품을 통해 문학의 진화란 서사 수용자의 적극적 참여 정도가 높아지고 그에 따라 역할이 강화되면서 서사 텍스트와의 쌍방향 작용이 인지적 관점에서 인지적, 물리적 관점으로 확대되고 있음을 살펴보았다. 실험적 서사를 보여 준 이들 작품은 사용 매체를 불문하고 근본적인 서사 텍스트와 수용자의 인지적 소통이라는 기본에 충실하고 있다.

여기서 예로 든 세 작품은 모두 소설이다. 그 소설이 기존 소설이든 초기 텍스트 컴퓨터 게임을 다른 말로 부른 것이든, 다시 말해 기존 인쇄물이든 컴퓨터 전자물이든 모두 내재적으로 소설의 독자 혹은 게이머 즉, 수용자와의 쌍방향적 속성을 가지고 있다. 실제 이는 컴퓨터 자판을 움직이기 전 마음과 생각을 움직이는 인지적 쌍방향성이 이야기 혹은 서사물의 핵심임을 잘 보여 준다.

하이퍼텍스트성

1. 비선형성 · 다선형성

앞의 사례를 통해 쌍방형 서사구조를 살펴보았다. 이를 통해 예술가들이 장르와 매체를 넘어 다양하고 새로운 서사 기법의 창의성을 어떻게 구현할지에 대한 고민의 흔적을 엿볼 수 있다. 한 편 이러한 실험정신은 가장 대중적인 서사물인 영화에서도 이미 여러 번 시도 되었던 것이다. 다만 그것이 대중적이지 못했던 것뿐이다. 이번에는 하이퍼 소설을 영화와 비교하면서 그 동안 호기심과 오해와 우려, 혹은 지나치게 착각했던 하이퍼텍스트의 특성에 대해 짚어 보기로 하겠다. 앞에 예로 든 소설과 게임을 통해 컴퓨터 매체에 대한, 게임에 대한 우리의 환상과 오해를 되돌아보게 했다면 이번 소설과 영화의 비교에서는 하이퍼 소설에 대한 우리의 그것을 역설적으로 잘 보여 줄 것이다.

하이퍼텍스트 문학, 구체적으로 말해, 주로 하이퍼 소설을 통해 가장 많이 대두되었던 서사적 특성은 한 마디로 하이퍼텍스트성이라고 부를 수 있다. 그 대표적 예는 쌍방향성과 선형성의 문제인데, 쌍방향성에 대해서는 앞에서 살펴보았으니 여기서는 선형성을 예를 통해 다시 한번 구체적으로 알아보려고 한다. 선형적이 아니라는 뜻에서 '비'선형성이란 표현을 자주 사용하였는데 때로는 이 용어 대신 '다'선형성이란 말도 하이퍼텍스트 특성으로 거론되는 경우가 많다. 이 두 용어는 사실상 같은 개념이다. 기본적으로 서사 구조가 분기 구조로 되어 있다는 점에서 두 개념의 공통성을 찾을 수 있다. 이는 실험적 영화 기법을 통해 쉽게 간파할 수 있다. 여기서는 영화를 예로 다선형성의 문제를 집중적으로 분석해 보고 이후 서사물 분석에는 편리하게 비선형성이란 말로 호환하여 병행 사용할 것이다.

컴퓨터와 인터넷이 새로운 지배 매체로 등장하면서 과거의 서사물이 새롭게 조명되고 있다. 일반적으로 구매체 서사라고 하면 기존 인쇄물과 영화를 의미하고 신매체 서사는 컴퓨터를 매개로 한 문학 그리고 디지털 영상물을 일컫는다. 그래서 이전의 서사 구조와 다른 작품들은 '독특한'이란 수식어로 평가되었는데 그 독특함은 컴퓨터 매체 서사의 두드러지는 특성에 반영되어 있다. 이런 구매체의 선구적 기법은 신매체의 다른 용어로 재평가되는 경향이 있다. 그 대표적인 것이 쌍방향성과 하이퍼텍스트성일 것이다. 이들은 IT 산업에서 사용되는 용어가 컴퓨터 게임과 하이퍼텍스트 문학이 소개되면서 인문학자들 사이에 남용이라고 할 수 있을 정도로 많이 거론된 것이다. 그렇게 된 이유는 컴퓨터로 즐기는 서사물의 구성이 완전히 새로운 서사 기법에 근거한다는 오해에서 비롯된 것이다. 쌍방향성은 독자가 적극 참여하여 텍스트를 구성하고 의미를 창출한다는 인식적 참여에서 한 단계 더욱 나아가 실제 독자 혹은 관객, 즉 텍스트 수용자가 텍스트에서 사건 전개의 순서를 바꾸거나 자신의 텍스트를 본 텍스트에 추가하는 실제 참여 활동으로 확대되었다. 또한 하이퍼텍스트는 독자가 하이퍼텍스트 링크를 클릭하면서 몇 개의 텍스트 경로를 선택하고, 탐험하며 재구성한다는 점에서 고정된 하나의 텍스트 사건 순서가 아니라 몇 개의 텍스트 경험 경로 중 선택을 하기 때문에 기존의 선형성과 방향을 달리하는 것으로 알려져 있다.

기존의 선형적 방식과 다른 양상을 보이는 서사 방식이란 한 서사 텍스트 안에 몇 개의 서로 다른 서사들이 존재하는 것이라 정의할 수 있다. 선형성 문제는 사실상 선형성 자체보다는 무엇을 비선형성으로 간주하는가에 대한 것이다. 서사 자체의 선형성과 서사물 수용자 경험의 선형성, 또는 시간과 공간 차원의 상이한 선형성 등 보는 각도에 따라 이견이 있기 때문이다. 그러므로 선형적이냐 비선형적이냐의 문제보다는 선형성이 어떠한 양상을 보이는가 하는 선형성의 다양성이 중요하다. 여기에서는 한 작품에서 몇 가지 다른 이야기 줄거리를 가지고 있는 서사 기법을 다선형성으로 칭하고 1998년 톰 티크베어(Tom Tykwer) 감독의 독일 영화 <롤라 런>(Lola Rennt)를 중심으로 이를 살펴보고자 한다.

기존의 선형성에서 벗어난 서사들은 하이퍼텍스트의 서로 다른 경로에 사건들이 연결된 것으로서 동일한 어느 한 사건에 이어 다른 결말로 이어질 수도 있고 혹은 동일한 사건 이후 연결되는 모든 사건들이 다르게 전개되어 결말이 달라질 수도 있다. 어떤 면에서 선형성을 탈피한 서사란 하나의 서사물 안에 몇 개의 이야기가 존재한다는 것이다. 만일 이 이야기가 서로 다른 등장인물의 관점에 따라 다르게 진술한다면 이는 분명 하나의 사건에 대한 다중 초점화 혹은 다중 시점이 되는 것이다. 초점과 시점은 흔히 구분하지 않고 이 두 가지가 같은 것으로 오해하는 경향이 있으나 초점이란 누구의 시선으로 사건을 바라보는가에 대한 것이고 시점이란 등장인물 중 누구의 시각으로 서술하는가에 대한 것이다. 어휘 사용이나 서술 방식을 통해 초점자와 시점 서술자는 같을 수도 혹은 다를 수도 있다. 이에 비해 선형성이란 누구의 시각인가, 누구의 시점 언어인가에 대한 등장인물의 초점과 시각의 문제가 아니라 한 텍스트 안에 있는 사건 연결 고리(시퀀스 sequence)의 전개 방식이다. 다시 말해, 사건 발단부터 결말까지 연결되는 시퀀스 혹은 그 사건의 연속 고리들이 모여 이야기를 구성할 때 그 사건 고리 이야기 전체가 다른 방향으로 전개되는 것이다.

사실상 선형성은 20세기 대표적 서사 관련 사전인 『서사론 사전』 Dictionary of Narratology)이나 여기에 디지털 서사를 추가하여 21세기 새로운 서사이론을 정리한 『서사 이론 사전』(Routledge Dictionary of Narrative Theories)에도 별도의 서사 용어로서 정리되어 있지 않다. 어떤 면에서 이것은 기존 영화와 인쇄물 매체 기반의 서사가 갖는 당연한 공통 현상이어서 굳이 정리할 필요가 없었던 것으로 추측된다. 선형성의 문제는 컴퓨터 서사의 등장으로 새롭게 부각된 문제이다. 그러나 물론 이것이 컴퓨터 디지털 서사만의 전유물은 아니다. 조지 랜도우(George Landow)는 하이퍼텍스트 링크를 설명하면서 제임스 조이스의 『율리시즈』에서 많은 각주와 미주를 오가며 독자가 텍스트를 읽는 서사 경험을 비선형성의 예로 제시하였다17). 이 때 랜도우와 리에스톨은 비선형성 대신 다선형성이란 말을 제안한다. 랜도우가 이를 설명하기 위하기존 인쇄물 소설인 조이스의 작품을 예로 들었듯이 리에스톨은 기존 매체와 컴퓨터 매체의 이분법적 방식을 지양한다. 시간과 공간의 선형성 문제를 대비한 리에스톨의 관점을 설명하면서 필자는 '비선형성'이란 표현으로 제시하였으나 사실 용어에 있어서 그는 '비'란 접두어를 피하려고 하였다. 왜냐하면 이것이 부정적 의미를 지니기 때문이다. 그러므로 비선형성 대신 '다'선형성이란 용어를 제안하는 것은 곧 매체 결정론을 지양하고 매체를 초월하여 서사의 연속성을 추구하고자 하는 노력의 일환이다.

> "하이퍼텍스트와 하이퍼미디어에서 선형성의 복잡성은 다른 관점과 맥락에 따라 여러 층위로 존재한다. 그러므로 서로 교차하는 맥락에 따라 선형성은 달라질 수 있기 때문에 비선형적, 비시퀀스적이라는 부정적 단어대신 랜도우가 제안하였듯이 다선형성적(multilinear), 다시퀀스(multi-sequential)적으로 선형성이 유동적으로 집합된 것으로 봐야 한다. 다선형성 혹은 다시퀀스성은 단순히 선과 시퀀스를 부정하는 것이 아니라 다양

---

17) George Landow, *Hypertext,* Johns Hopkins U. Press, 1992, p.4.

한 종류의 선형성이 발생하는 복잡한 구조 혹은 선형성의 복수 형태를 지칭한다. 이에 비해 비선형성은 하이퍼미디어 담론에서 작가들이 하이퍼미디어는 기존의 매체와 반대되는 것이라고 정의하면서 여기에 얼마나 집착하고 있는가를 보여 주는 공허한 용어이다. 그래서 나는 이 용어를 통해 부정, 차이, 구분 대신 연속성, 관계, 연결을 강조하고자 한다"[18].

이 부분에서 비선형성이란 용어 대신 다선형성을 사용한 것은 다음과 같은 몇 가지 이유에서이다. 첫째는, 앞에서 언급한 바와 같이 매체 간절과 컴퓨터 서사의 지배 이데올로기를 지양하기 위한 것이다. 리에스톨은 비록 새로운 텍스트 기술이라고 할 수 있는 하이퍼텍스트와 하이퍼미디어의 담론에 국한시켜 선형성 용어 문제를 논하였지만 이는 매체 종류와 관계없이 모든 서사에 적용할 수 있다. 그러므로 컴퓨터 매체가 아니더라도 어떤 서사 방식이 기존 서사물에는 있고(선형성) 디지털 서사물에는 없다('비'선형성)라고 할 때 이분법적 담론이 형성될 위험이 있다. 앞서 나왔던 랜도우나 리에스톨을 비롯하여 대표적인 디지털 서사학자인 에스판 올셋, 자넷 머레이(Janet Murray)도 디지털 서사 구조의 특성을 설명하면서 항상 과거의 소설과 영화의 실험적 서사 기법에서 공통점을 찾고 있다. 이는 선형성에 관한 한 무엇이 있고 없음의 문제가 아니라 어떻게 다양하게 다른 모습으로 나타나는가를 강조하기 위한 것이다.

둘째는, 시간과 공간에 따라 비선형성 정의가 달라질 수 있기 때문이다. 서로 다른 사건 연속체가 이루는 몇 가지 다른 이야기 줄거리(버

---

8) Liestøl, p.110.

전 version)들이 하나의 서사 텍스트 안에 들어 있다고 하더라도 실제 텍스트 수용자가 경험하는 텍스트는 한 번에 하나밖에는 읽거나 보지 못한다. 이때 근본적으로 텍스트 안에 담겨진 서사(공간)의 형태는 비선형적이지만 실제 수용자가 접하는 텍스트는 차례대로(시간) 읽거나 보기 때문에 선형적이다. 리에스톨은 근본적으로 시간은 선형적인 것으로 규정하고 제라드 쥬네트(Gérald Genette)[19]를 비롯한 기존 서사학의 이야기 시간(story time)과 진술된 시간(discourse time)의 이중적 서사 시간에 덧붙여 선형성과 관련 '담겨진 텍스트'(as stored)와 '진술된 텍스트'(as discoursed)의 구분을 추가하였다. 그렇다면 텍스트 구성은 여러 개의 경로들이 '담겨진' 것이라 하더라도 텍스트 수용자들은 한 번에 '진술된' 하나의 경로만 경험하는 것이고 이것이 차례로 이어지면서 나머지 경로들을 탐험하는 것이다.

셋째는, 앞에 나왔던 대표적 두 서사 사전들을 보면 하나의 고정성에 상응하는 다양한 유동성을 일컬어 '비' 보다는 다중적인 것을 지칭하는 '다' 접두어가 사용되는 현상이 두드러지기 때문이다. 인쇄술이 등장하기 전 구술 문화에서는 한 가지 이야기 줄거리가 다양한 가지로 뻗어나가는 유동적 텍스트로서 '다중 형식'(multi-form)을 취하고[20], 한 서사 텍스트의 다중 형식을 가리켜 자넷 머레이는 '다중 형태 이야기'(multi-form story)라고 불렀다[21]. 기존의 고정된 단일 시점과 초점이

---

19) Gérard Genette, *Narrative Discourse: An Essay in Method*, Jane E. Levin.(trans.), Cornell U. Press, 1980, p.96.

20) Albert B. Lord, *The Singers of Tales*, Havard U. Press, 1960, p.123.

21) Janet Murray, *Hamlet on the Holodeck: The Future of Narrative in Cyberspace*, The Free Press, 1997, p.30, p.56, p.194, p.323.

대해 『서사론 사전』에서는 '다중 (내부) 시점(multi point of view)', '다중 (내부) 초점화'(multi focalization)라는 용어를 사용하였고 『서사 이론 사전』에서는 컴퓨터 게임이나 하이퍼텍스트 문학에서와 같이 다양한 이야기 버전이 전개되는 서사를 '다중 경로 서사'(multi path narratives)로 부르고 있다22).

한편, 비선형성과 다선형성의 용어 문제에 대해 어느 용어도 수용하지 않고 올셋은 제 3의 용어로서 컴퓨터 용어인 '임의 접근'(Random Access)이란 것을 제안하였으나 그는 텍스트 수용자가 읽는 서사 텍스트의 선형성과 그 텍스트를 담고 있는 책의 그것을 혼동하고 있다. 기존 인쇄 서사물과 영화는 물론 아무 페이지를 펼치거나 DVD 혹은 CD에서 원하는 곳의 장면을 볼 수 있다. 그러나 이것은 앞의 장면들을 모두 보고 나서 이야기가 이해된 상태에서만 해당 페이지와 장면을 이해할 수 있다. 그러므로 단순한 정보를 추출하는 컴퓨터 이용과 달리 서사물에서는 이야기를 즐기기 위해서는 임의로 접근한다고 해도 내용 맥락을 이해하지 못하기 때문에 임의성의 의미가 없다. 책과 영화는 백과사전과 DVD/CD의 메뉴가 아니라 이야기를 즐기기 위해서는 수용자들은 종이 지면 혹은 영화 장면을 원래 텍스트가 담겨져 있는 그대로 즐기게 되어 있기 때문에 임의성이라는 것은 적절하지 못한 용어이다. 더구나 임의 접근이란 용어는 어디까지나 학자 자신인 올셋의 일시적인 개인적 제안에서 끝날 뿐 관련 학문 분야에서 보편적으로 사용하는 용어가 아니기 때문에 일단 비선형성이든 다선형성이든 인지도와

---

22) Gerald Prince, *Dictionary of Narratology*, Nebraska U. Press, 1987, p.323.

사용 빈도가 높은 선형성이라는 용어 활용이 더욱 적절하다고 생각한다. 들어간 용어가 인지도가 높기 때문에 이들 용어 중 선택하는 것이 바람직하다고 생각한다.

넷째는, 선형성 탈피의 대표적 특징인 분기 구조의 형태 때문이다. 네 가지 이유 중 마지막에 언급하기는 하였지만 <롤라 런>의 서사 구조를 비선형성보다 다선형성으로 볼 수 있는 가장 뚜렷한 이유가 된다. 그 동안 용어 선택과 관련 기존 연구자들의 설명을 비교 분석한 후 이 영화에 초점을 맞추어 이 서사물이 다선형성을 명확히 보여준다는 것을 역설적으로 증명할 수 있기 때문에 서사 구조의 형태 특성을 제일 나중에 언급하였다. 올셋[23]은 비록 기존 연구자들의 선형성 관련 용어를 비교하면서 이의를 제기하였으나 선형적 서사 구조의 탈피 양상에서는 많은 학자들과 마찬가지로 "가지치기"(forking)의 특성을 지적하였다. 이 부분은 다음 영화의 구체적인 분석을 통해 유사한 구조의 다른 영화들과 분기 구조가 어떻게 다른지 살펴보기로 하겠다.

1.1. 〈롤라 런〉 분석

<롤라 런>은 독일 영화에 새로운 돌풍을 몰고 왔고 세계적으로도 흥행이나 비평 모두 주목을 받은 작품이다.[24] 독일 자체 영화계에 미친 영향을 인정받아 매년 시상하는 독일 영화상의 이름을 "Lola"라고

---

23) Aarseth, p.46, p.80.
24) 외국 유수 영화제에서 눈부신 성과를 보인 것은 물론 1998년 베니스 영화제 경쟁부문 초청작, 1998년 토론토 영화제 공식 초청작, 1998년 아카데미 외국어 영화상 추천작, 1998년 유럽 영화 아카데미상 작품상 후보, 1999년 선댄스 영화제 공식 초청작, 1999년 바바리안 영화제 최우수 제작상 수상.

제정했을 정도이다. 우리나라에서는 <롤라 런>라는 제목으로 1998년 제 2회 부천 판타스틱 영화제에 초청되었고 호평을 받아 다음 해 1999에 극장에서 상영되기도 하였다. 이 영화는 컴퓨터 게임으로 대표되는 디지털 서사의 특성을 보여 주면서도 서사 구성 차원에서 영화의 특성을 찾을 수 있다. 후자쪽 특성과 관련 본 연구에서는 다선형성에 맞추어 작품의 서사 기법을 살펴보고자 한다.

<롤라 런>에는 영화가 본격적으로 시작되기 전 영국 시인 T. S 엘리어트(Eliot)와 독일 축구 감독 S. 허버거(S. Herbeger)의 말이 인용된다25).

"우리는 탐험을 중단하지 않을 것이다.
그리고 탐험의 끝은 곧 탐험을 시작한 그 곳이 될 것이고
그 장소를 처음으로 알게 될 것이다"(T. S 엘리어트).

"게임의 끝은 곧 게임의 시작이다"(S. 허버거).

같은 핵심 사건이 세 번 반복되는 서사 틀에서 관객은 이야기 탐험을 계속 한다. 하나의 이야기가 끝나면 또 다른 이야기로 이어진다. 영화가 끝날 때 이렇게 반복되는 서사 구조를 통해 관객은 <롤라 런>에서 감독이 전달하고자 하는 메시지를 깨닫게 된다. 이런 맥락에서 영화가 시작될 때 인용된 이 문구들은 컴퓨터 게임을 연상시키면서 동시에 이 영화의 서사 구조를 상징하는 것이기도 하다. S. 허버거는 1950년대 독일을 처음으로 축구 월드컵 게임에 진출시킨 축구 감독이

---

25) 이후 이 영화로부터의 인용과 감독의 설명(톰 티크베어와 롤라 역을 맡은 프랑카 포텐테와의 대담)은 <롤라 런> DVD에 근거한 것임.

다. 그러나 여기서 게임은 비단 축구에만 해당되는 것이 아니라 컴퓨터 게임을 비롯한 우리 인생이란 거대한 게임일 수도 있다. 거창한 카오스 이론을 거론하지 않더라도 조그만 변화가 엄청난 결과를 초래한다는 나비 효과는 실제 제목이 선명하게 드러내 주듯이 동명의 영화 <나비 효과>(Butterfly Effects)에서도 잘 나타나 있다. 이렇게 우리 인생에서 선택으로 인한 우발적 효과를 잘 보여 주는 영화들은 <롤라 런> 외에도 많이 있다. 이들 영화에서 찾을 수 있는 공통점은 서사 방식에서 기존의 사건 발단 – 전개 – 결론의 단선형 구조를 탈피하고 있다는 공통점이 있다.

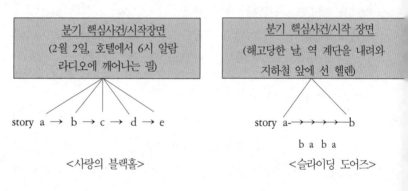

한 이야기 안에 다양한 경로 혹은 다양한 연속 사건의 전개라는 면에서 <롤라 런>은 1993년 해롤드 라미스(Harold Ramis) 감독의 <사랑의 블랙홀>(Groundhog Day)이나 1998년 피터 호이트(Peter Howitt) 감독의 <슬라이딩 도어즈>(Sliding Doors)와 유사하다. 이 두 작품은 그러나 동일한 출발점에서 서로 갈라지는 분기 구조를 가지고 있는데 비해 <롤라 런>은 상황은 동일하되 영화 장면은 다른, 즉 하나의 상황에서 가

지를 치는 것이 아니라 서로 다른 상황에서 서로 다른 분기로 사건들이 전개되면서 이야기 경로가 만들어진다. <사랑의 블랙홀>에서는 2월 3일을 맞기 전 2월 2일 같은 시간, 같은 장소, 같은 상황이 다섯 번 반복되면서 주인공이 인간적으로 성숙하게 되는 과정을 그렸고, <슬라이딩 도어즈>는 동일한 지하철 역 장면에서 지하철을 탈 때와 타지 못할 때 두 상황으로 교차 편집이 되면서 남녀의 애정 관계가 두 가지로 다르게 전개된다.

　<롤라 런>에서는 주인공 롤라가 남자 친구 마니가 돈이 필요하다는 다급한 전화를 받는 상황은 동일하지만 다른 이야기 경로로 바뀌면서 이야기 전개가 달라질 때 시작 부분이 모두 다르고(아래 이야기 각 경로의 굵은 글씨부분) 그에 따라 결말 또한 달라진다. 기존의 선형적 서사 구조에서 벗어나 각기 다른 상황의 가능성을 제시하기 위해 사용한 분기 구조 자체는 이 세 영화 모두 같다. 그래서 이야기들이 서로 다른 상황으로 나누어지게 되는 출발 분기점 역할을 하는 핵심 사건이 존재한다. 그러나 <롤라 런>이 이 두 영화와 다른 것은 핵심 사건은 같지만 분깃점이 되는 출발점이 다르다는 것이다. 다시 말해 서로 다른 이야기의 첫 장면 상황이 다르다는 것이다. 이 영화에서는 일어날 수 있는 상황의 개연성의 문제가 아니라 주인공들이 죽었느냐 혹은 살아 있느냐와 같이 현격하게 다른 분기 시작과 결말 장면이 제시된다.

　<롤라 런>은 세 개의 이야기 경로가 있다. 이 경로의 공통 상황은 롤라가 두목에게 줄 마약 밀매 자금을 잃어버린 남자 친구 마니를 구하기 위해 20분간 분주하게 돈 10만 마르크를 구해다 주기 위해 노력하

는 것이다. 이 노력은 영화 제목이 시사하듯 롤라가 거의 영화가 상영되는 81분 동안 제한된 시간 안에 돈을 마련하기 위해 계속 달리는 것이다. 순간의 결정이 엄청난 결과를 가져오는 것은 비단 우리 인생뿐 아니라 게임에도 적용된다. 이 게임은 큰 범주로 인생을 비유한 것이기도 하지만 롤라가 S3에서 하던 카지노 게임은 물론 축구 경기와 같은 스포츠 게임 나아가 컴퓨터 게임에까지 적용된다. 특히 주인공이 죽으면 다시 처음으로 돌아가서 다시 시작하고 그래서 죽었던 주인공들이 다시 살아 움직이면서 이 모든 과정이 어떠한 임무 수행을 위한 것이라는 점에서 이 영화에서 컴퓨터 게임 장치와의 유사성을 발견하는 것은 어렵지 않다. 그런데 여기서 세 이야기 반복의 효과는 똑같은 임무를 수행하는 게임 캐릭터로서의 롤라의 역할 그 이상으로 롤라와 마니의 사랑이 더욱 견고해지고 점차 강해지는 효과를 가진다고 볼 수 있다.

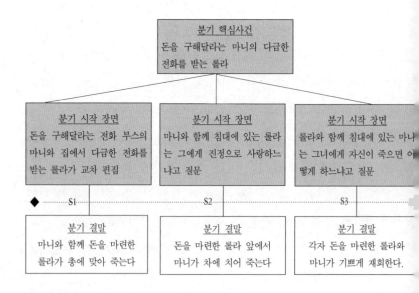

1) 이야기 1(S1)

11시 40분 다급한 마니의 전화를 받고 난 후 12시까지 돈을 구해야 된다는 이야기를 듣고 롤라는 전화 수화기를 황급히 놓은 후 급히 방을 뛰어나간다. 롤라에게 어머니는 오는 길에 샴푸를 사다 달라고 하고 계단 내려오는 길에 한 젊은이와 으르렁대는 개가 있으나 이들을 의식 못한 채 롤라는 집을 나와 계속 아버지가 일하는 은행으로 향한다. 한편 롤라를 기다리던 마니는 약속 시간이 다 되자 슈퍼마켓에 들어가 돈을 강탈하고 인질을 잡고, 아버지에게서 돈을 구하지 못한 롤라가 도착하여 함께 마니를 도와 돈을 구하게 된다. 그러나 돈 주머니(붉은색)를 들고 도망가려 하자 경찰에 포위되고 마니가 허공에 주머니를 던지는데 경찰 한 명의 권총 오발로 롤라가 총에 맞아 죽는다.

2) 이야기 2(S2)

이야기 1에서 총에 맞아 죽은 롤라의 얼굴이 겹치면서 (살아 있는) 롤라와 마니가 침대에 누워있다. 롤라는 마니에게 자신을 진심으로 사랑하느냐고 묻는다. (갑자기 장면이 바뀌면서) 수화기를 급히 놓고 뛰어 나가는 롤라에게 어머니는 오는 길에 샴푸를 사다 달라고 하고 계단을 내려오는데 이야기 1의 그 젊은이와 으르렁대는 개가 있었으며 이번에는 이 젊은 남자가 발을 걸어 롤라는 계단에서 굴러 떨어진다. 급히 은행으로 향하는 롤라는 아버지의 단호한 거절에 방을 나오다 근무 경찰의 총을 가지고 다시 아버지의 방으로 들어가 아버지를 위협하며 은행해서 돈을 구한다. 롤라는 은행 직원이 휴지통용 비닐봉지(초록

색)에 담은 돈을 가지고 슈퍼마켓 쪽으로 가고 건너편에서 기다리던 마니에게 기쁘게 봉지를 보여 준다. 그러나 이를 보고 길을 건너던 마니는 지나가는 차에 치어 죽는다.

3) 이야기 3(S3)

이야기 2에서 총에 맞아 죽은 마니의 얼굴이 겹쳐지면서 (살아 있는) 마니와 롤라가 침대에 누워있다. 마니는 롤라에게 자신이 죽으면 어떻게 할 것인가, 많이 아프면 어떻게 할 것인가를 묻는다. (갑자기 장면이 바뀌면서) 수화기를 급히 놓고 뛰어 나가는 롤라에게 어머니는 오는 길에 샴푸를 사다 달라고 하고 롤라는 계단을 내려오면서 이야기 1과 2에도 나왔던 그 젊은이와 으르렁대는 개를 잘 피해 은행으로 향한다. 한편 은행에서 아버지는 친구와 약속이 있어 친구의 차를 타고 떠나려고 하고 이 차는 마주 오던 차와 충돌하여 두 사람은 의식을 잃는다. 롤라는 카지노에서 도박으로 필요한 돈을 따서 비닐 가방(금색)에 넣고 마니에게 간다. 한편 마니는 지나는 길에 자신이 지하철에 놓고 내린 돈 주머니를 가져간 부랑자를 발견하고 쫓아가 다시 돈을 찾은 후 두목에게 돈을 전하고 무사히 목숨을 건진다. 두 사람 서로 만나 모두 생존하고 비록 마니는 롤라가 돈을 구했다는 것을 아직 모르고 있으나 두 사람은 흡족한 미소를 짓는다.

톰 티크베어 감독이 인터뷰를 통해 이 영화의 주제는 시간이라고 밝힌 바 있다. 영화가 시작될 때 괴물처럼 생긴 시계가 클로즈업되면서 시계 바늘이 빠르게 돌아가고 방, 은행, 카지노, 거리 등 롤라가 스쳐 가는 모든 곳에 시간의 흐름을 알리는 시계가 있으며 세 가지 다른 이 야기들이 종결될 쯤에 영화 스크린이 세 가지로 분할되면서 롤라와 마 니 그리고 화면 밑에 정해진 시간 12시로 달려가는 시계 초침이 등장 한다. 감독이 이 영화에서 말하고자 했던 것은 우리 인생사의 선택 결 정의 중요성이라기보다 그 선택과 결정 후 나타나는 상황들로 이어지 는 시간 경과의 중요성이다. 정해진 시간의 절박함 그리고 그 시간 경 과를 좀 더 절실하게 보여 주기 위해 롤라가 계속 뛰는 장면은 특수 효과를 사용하지 않고 배우가 실제 계속 뛰어가면서 영화를 촬영했으 며 이야기 구성도 세 가지 다른 상황들 각각을 영화 내용처럼 20분 동 안에 종결되도록 기획하였다. 그러나 시간만이 주제라면 롤라와 마니 의 사랑이야기는 부각되기 힘들다. 그러므로 이 영화의 주제는 다소 진부하기는 하나 시간과 사랑에 대한 새로운 영화적 표현이라고 볼 수 있을 것이다.

우리 인생의 대안 혹은 교대 현실은 영화에서 때로는 몇 분 안에 혹 은 몇 년, 나아가 평생의 시간에 담긴다. 티크베어 감독 자신의 설명에 따르면 자신은 이것을 20분 안에 담아 그 20분을 몇 가지로 확장하여 이야기를 담아내고자 하였다. 처음 전화를 받고 롤라가 뛰어 나가는 장면이 세 번 반복될 때 동일한 것의 반복은 관객에게 싫증을 줄 수 있다. 데이비드 보드웰(David Bordwell)[26]이 "관객들의 직관"(the intuitions

---

26) David Bordwell, "Film Future", *Substance* 31, No. 1. 2002, pp.99~100.
   http://muse.jhu.edu/journals/substance/v031/31.1bordwell.html.

of many viewers)이라고 지적하듯이 이 반복은 관객들이 생각할 수 있는 세 가지 개연성을 보여 주면서 동시에 세 이야기 모두에서 롤라가 소리를 크게 지를 때와 같은 심정이 되기도 하지만 서사 전개에서는 일종의 "교대 미래"(alternate futures)로서 역할을 한다. 다시 말해 이 반복은 롤라와 마니 관계의 미래가 상황에 따라 어떻게 다르게 전개되는 가를 보여 주는 것으로 결국 S1과 S2는 하나의 가능성 타진이고 마지막 S3가 이 둘을 대치하면서 S3 그리고 동시에 영화의 결말이 된다. 그래서 롤라와 마니, 누구도 죽음을 맞이하지 않고 결국 모든 것이 잘 해결되는 전형적인 사랑 이야기의 행복한 결말로 영화는 끝난다.

남녀 사랑이란 주제는 진부할 수 있고 또한 남녀의 사랑 이야기를 그리는 영화에서 주인공 남녀가 함께 누워 대화를 나누며 서로의 사랑을 확인하는 것도 매우 상투적인 장면 연출일 수 있다. 그러나 다선형적으로 전개되는 영화의 서사 기법 자체는 전통적인 영화의 이야기 전개 방식이 분명 아니다. 또한 이 영화는 상투적인 영화 문법을 사용하지 않고 스크린 분할, 몽타주, 애니메이션, 비디오카메라와 35mm 카메라 촬영 장면들의 배열, 플래시 포토 등 이 모든 것을 함께 사용하는 영화 기법에 있어서도 매우 독특한 시도를 하고 있다. 무엇보다 반복되는 이야기의 서사 구조에 관객이 지루하지 않게 영화에 몰두할 수 있도록 관심을 계속 지속시키도록 감독이 배려한 작은 변화들은 매우 흥미롭다. 우선 이 영화에 등장하는 독일 영화계 유명 배우들의 역할이다. 이들 영화배우들은 주인공이 아니라 거리 부랑자, 은행 직원, 경찰의 역할을 맡았다. 일반적으로 관객들은 유명 배우 중심으로 이야기가 전개되는 것에 익숙해 있기 때문에 일단 이들 배우들에게 관심을 갖게 된다. 그러나 이들의 배역은 얼핏 배우를 알아보기 힘들 정도로 아주 비중이 작은 역할을 담당하고 영화에 잠깐씩만 등장함으로써 관객들은 오히려 이들 유명한 배우보다는 롤라와 마니 중심의 이야기에 집중시키는 효과를 준다. 또한 앞의 서로 다른 이야기들에서도 잘 볼 수 있듯이 이야기 구성 요소들이 조금씩 바뀌면서 관객이 앞에서 본 것과 무엇이 달라졌는가에 주목하게 된다. 그리고 이야기의 내용뿐 아니라 롤라가 거리에서 만나는 사람들 즉, 마니의 돈을 가져간 거리 부랑자, 유모차 끌고 지나가는 여인, 수녀들, 자전거 타고 지나가는 남자, 아버지 은행 복도에 등장하는 직원들이 세 번 모두 다른 카메라 각도로 다른 모습을 보이고 유모차 여인과 은행 복도 여직원의 삶 역시 세 번 모두 다르게 매우 빠른 플래시 포토(flash photos)를 이용하여 사진들을 재빠르게 넘기듯 플래시 포워드(flash forward) 기법으로 관객에게 색다르게 제시됨으로써 관객의 영화 집중력을 높여 준다. 이들 주변 인물들은 잠깐씩 그것도 거의 컴퓨터 커서가 깜박이는 속도 정도의 빠르기로 여러 쇼트가 순식간에 넘어가는 플래시 포토들로 이루어지기 때문에 이것은 별도의 이야기 변화보다는 인상에 가깝다. 그래서 본 논문에서도 롤라와 마니, 주제와 관련된 두 인물에만 중점을 맞추어 분석을 한 것이다.

세 가지 이야기로 표현한 이야기의 다른 경로 S1, S2, S3 각각은 변수(variation) 혹은 에피소드(episode)로 부르기도 하는데 재미있는 것은 티크베어 감독이 이 세 이야기들을 "막"(acts)으로 표현한 점이다. 그렇다면 이것은 롤라와 마니의 사랑이라는 흔한 주제를 전형적인 3막극 형태를 취하되 다선형적 서사로 참신하게 그려낸 것이라는 설명이 된다. 결국 영화가 세 가지 다른 이야기를 통해 들려주고 있는 것은 두 남녀 사이에 돈을 구하는 문제로 위기 상황을 맞아 이것을 잘 해결함으로써 두 사람의 사랑이 이어지고 돈독해진다는 내용이다. S3에서 롤라가 돈을 구한 줄을 모르고 거리 부랑자에게서 돈 가방을 다시 찾아 마약 거래단에게 건네준 후 회심의 미소를 띠고 롤라를 향해 걸어오는 마니와 그를 쳐다보며 자신이 돈을 구한 것을 이야기하지 않고 의미 있는 미소로 답하는 롤라의 마지막 장면을 보면 S1에서 갑자기 마니에게 전화를 받는 롤라의 장면이나 S2, S3 시작 부분에서 서로 사랑을 확인하는 대화들이 어떻게 S3의 마지막 장면으로 연결되어 사랑이 커져가는 가를 보여주는 일련의 과정이라고 볼 수 있다. 그리고 주제 전달뿐 아니라 영화에서 놓치기 쉬운 엑스트라 정도의 아주 짧은 순간 장면도 세 경로에서 연결되며 상황의 시작과 종결을 맺는 구조를 취하고 있다. 예를 들어 S1에서 차를 몰고 가던 아버지의 친구가 S2에서 거리를 지나 S3에서 아버지를 태우고 지나가는 상황 연결, S2에서 아버지에게 총구를 겨누고 금고로 가서 직원에게 돈을 담으라는 장면을 보던 은행 청원 경찰은 놀란 모습으로 거친 호흡을 내쉬며 심장 질환이 있음을 관객이 의심하게 되는데 S3에서는 롤라가 거리에서 만나는 앰뷸런스에 실려 가고 있다. 또한 S1에서 남의 오토바이를 훔쳐 타고 달아난 사람이 S3에서 차에 부딪쳐 마치 벌을 받는 듯한 결과를 보여 주는 연결 장면 모두 사실상 어떤 각도에서는 S1→S2→S3이 시퀀스로 연계되었음을 잘 보여준다.

<롤라 런>의 다선형성은 컴퓨터 게임은 아니지만 컴퓨터 게임의 게이머와 같은 다중현실 경험을 안겨 준다. 세 가지 다른 에피소드 혹은 변주곡은 마니가 처한 위급한 상황에서 일어날 수 있는 이야기 전개로 각기 경로를 구성했다. 사실 결론까지 모두 보고 나서야 각 이야기 경로의 결과를 알게 되지만 실제 현실에서 이렇게 했을 때 이러한 결과가 나온다고 예측하는 것이 쉬운 것만은 아니다. 그래서 우리는 결정을 내릴 때 항상 조심스럽고 세심하게 가능성을 타진해 보고 주저하며 한 번의 결정에 충실하려고 애쓴다.

우리가 사는 현실과 다른 또 다른 현실의 창조는 허구적 서사물에서 '만일…했더라면 어떻게 되었을까'라는 가정으로 시작한다. 아주 작은 사건이나 결정이 어떤 사람의 평생을 좌우하는 큰 영향을 줄 수 있다. <롤라 런>의 광고 홍보 문구는 "날마다 당신이 내린 순간의 결정이 당신의 평생을 좌우할 수 있다"이다. 마니의 전화를 받는 순간 롤라가 내린 결정과 행동은 마니와 롤라 둘의 인생은 물론 이 영화 전체의 서사 전개를 좌우한다. 그래서 이 영화에 사용된 애니메이션의 대표적 이미지는 나선형 소용돌이이다. 영화 처음 부분이나 롤라가 마니의 전화를 받고 뛰어 내려가는 집 계단의 모습에서 이 이미지가 등장한다. 어느 날 갑자기 사랑하는 연인 마니에게서 매우 급작스럽게 돈을 구해야만 목숨을 건질 수 있다는 전화를 받는데 이 때부터 주어진 20분이란 짧은 제한 시간은 두 사람의 운명을 좌우하는 절박한 시간이 된다.

우리나라에서 과거 한때 MBC <일요일 일요일 밤에> 프로그램에서 개그맨 이휘재가 주연한 "인생극장"이란 코너가 있었다. 이휘재와 게스트로 초대된 연예인이 주인공이 되어 어떤 상황을 설정한 후 이휘재가 선택한 '인생A'와 '인생B'에 따라 어떻게 사건이 전개되어 서로 다른 결말이 되는가를 보여주는 형식이었다. 이는 항상 선택의 갈림길에서 선 우리 인생의 단면을 보여주는 것이다. 인생에서 선택은 우발적인 것일 수도 있고 주도면밀하게 심사숙고 끝에 내린 것일 수도 있으나 어느 경우에 해당되든 그 선택의 결과가 어떠한 미래를 가져올지는 아무도 모른다. 우리 인생에서 각자의 미래는 그 선택 결과에 따라 한 가지밖에 없다. 이 현실을 좀 더 다르게 비틀고 확장시킨 것이 예술이다. 몇 가지 선택을 하고 그 선택의 결과를 바탕으로 다음 번 같은 상황에서 또 다른 결정을 내린다면 다른 결론을 도출할 수 있기 때문이다.

1895년 프랑스의 루이 뤼미에르(Louis Lumiere) 형제가 사진에 움직임을 더한 '활동사진'을 통해 처음 오늘날 영화라는 서사 매체를 발명했을 때 영화는 배우가 아닌 현실의 실제 사람들과 장소 그리고 장면을 있는 그대로 보여주는 일종의 '제시'였다. 그러나 오늘날 영화에 더욱 가깝게 세트, 배우, 의상, 특수 효과 등을 넣어 미장센을 연출한 감독은 조르주 멜리에스(Georges Méliès)였다. 그의 1902년 작품 <달나라 여행>(Le Voyage Dans La June)에서는 현실을 단순하게 제시하는 것이 아니라 작가의 창의적 상상력을 가미하여 현실을 재구성하고 재해석하여 그것을 '재현'하였다. 작가의 이러한 상상의 세계는 또 하나의 현실이다. 그래서 비단 영화뿐 아니라 모든 예술은 근본적으로 우리가 살고 있는 현실을 있는 그대로 보여주기보다는 또 다른 현실을 병치 혹은 교차시키면서 현실을 다르게 표현한다.

실제 우리 삶에서 두 가지 이상의 상황 가능성들은 동시에 일어날 수 없다. 인생의 갈림길에서 항상 우리는 선택을 강요받는다. 그래서 우리가 사는 이 현실에 비해 허구적 이야기를 전달하는 서사물의 현실은 대안 현실(alternative reality) 혹은 교대 현실(alternate reality)이 된다. 어떤 면에서 예술은 예술을 표현하는 기술 혹은 기법이 발달할수록 또 하나의 현실들, 정확히 말해, 그 예술의 수용자가 느끼는 또 다른 현실들을 다양하게 표현하는 것인지도 모른다. 서사 매체로 컴퓨터가 등장하면서 현실이 아니지만 실제 현실처럼 이용자가 게임 시뮬레이션에서 경험하는 가상현실(virtual reality) 그리고 최근에는 현실에 없는 것을 가상 세계에 표현하고 또 반대로 가상 세계에 없는 것을 현실에 표현하여 어떤 대상의 과거 모습이나 미래의 모습을 미리 보는 혼합현실(mixed reality)도 등장했다.

게임에서와 마찬가지로 예술을 접하면서 우리는 인생에서 한 순간의 작은 결정이 인생 전체를 좌우할 정도의 엄청난 영향력을 가지고 있다는 경험을 직접, 간접적으로 한다. 실제 인생에서 '만일…했더라면'이란 가정법은 가정일 뿐 실제 존재하지 않는다. 우리 인간의 삶에서 현실은 하나이기 때문이다. 이 때문에 사이버 공간의 현실은 가상현실이고 문학 작품의 우리 삶과 다른 현실은 대안 현실이며 여러 번 다른 상황을 연출할 수 있는 컴퓨터 게임은 다중 현실을 제공한다.

이런 측면에서 다선형성은 허구적 서사물이 구현하고 있는 대안 현실을 다중적으로 보여 준 것인지도 모른다. 이 영화의 세 가지 에피소드들은 서로 독립적인 세 서사물로서 대등하게 존재하기 보다는 세 번째 이야기를 뒷받침하기 위해 앞에 두 이야기를 넣은 것이라고 보면 다양한 선형성의 또 다른 모습일 수 있다. 마찬가지로 서두에서 비선형성이란 용어가 시공간에 따라 정의가 모호해지기 때문에 본 연구에서는 다선형성이란 용어를 선택한다고 밝혔듯이 이 작품의 서사 구성과 그 서사에 대한 수용자의 경험은 다르다. 작품, 즉 담겨진 텍스트는 선형적이 아니지만 그 텍스트, 즉 진술된 텍스트에 대한 관객의 경험은 선형적이다. 다시 말해 작품에서 세 가지 개연성 있는 이야기로 영화가 전개되지만(담겨진 텍스트) 관객 입장에서 이 서사를 경험하는 것(진술된 텍스트)은 세 가지 중 하나를 선택하는 것이 아니라 세 가지 이야기 경로를 차례로 보여주는 서사만을 경험할 뿐이다.

2. 하이퍼텍스트와 영화 : 〈사랑의 블랙홀〉, 〈슬라이딩 도어스〉

컴퓨터 기술의 발달로 개인용 컴퓨터는 오늘날 일상생활의 필수 불가결한 도구가 되었고 초고속 인터넷의 대중적 보급으로 우리 삶은 사이버 공간이란 '가상' 공간에 또 하나의 '현실' 주거지를 가지게 되었다. 컴퓨터는 단순한 생활의 문명 이기에서 비롯하여 경제 및 예술 분야에 이르기까지 주 매체로 자리매김 되면서 새로운 담론 형성에도 크게 이바지하고 있다.

저가의 개인용 컴퓨터와 인터넷 서비스가 대중적으로 보급되기 전 컴퓨터를 활용한 예술은 하나의 실험적 시도에 불과하였으나 디지털 매체 환경이 우리 생활에 깊게 뿌리를 내리고 있는 21세기에 컴퓨터와 인터넷은 새로운 디지털 매체 서사 담론을 탄생시켰다. 이 과정에서 바람직한 이상론으로 보면 기존의 인쇄 매체와 전자 매체는 융합되어 상대 매체에 대한 상승 작용 효과를 기대할 수 있다. 그러나 현실적으로 서사에 관한 인쇄 매체와 전자 매체 담론은 양극화되어 가는 양상을 보이고 있다. 비록 디지털 매체 서사의 꽃이자 문화콘텐츠 산업의 핵심이라고 할 수 있는 컴퓨터 게임과 애니메이션에서는 이 두 매체의 원활한 공조체제의 필요성을 인식하고 있으나 이 문화 산업에서도 전경화 되고 있는 것은 가장 기초적인 '이야기 원'(source)보다는 컴퓨터 기술과 마케팅 등 산업적 차원이 부각되고 있고 이야기 원을 제공하고 발굴해야 할 문학계에서도 디지털 매체 자체에 대한 부정적 선입견을 가지고 있는 것이 안타까운 현실이다.

디지털 매체를 통해 새롭게 조명되고 있는 것은 서사물의 쌍방향성과 비선형성이다. 서사의 쌍방향성은 주로 컴퓨터 매체를 활용한 서사물 즉, 컴퓨터 게임과 쌍방향 영화 및 쌍방향 소설을 통해 활발히 연구가 되어 왔다. 그래서 여기에서는 디지털 서사물에만 국한시키지 않고 기존의 서사물을 함께 포함하여 서사의 하이퍼텍스트적인 비선형성을 탐구해 보려고 한다. 연구 대상으로서 기존 서사물로는 1993년 미국에서 제작된 영화 <사랑의 블랙홀>의 비선형성을 살펴보려고 한다.

2.1. 〈사랑의 블랙홀〉(*Groundhog Day*)

작가들의 비선형성 시도는 예술적 창의력에서 발원된 다양한 기법 개발에서 출발하였다. 그 기법은 기본적으로 서사 수용자에게 활발한 참여 및 개입 가능성을 열어두는 것이다. 이는 서사 생산자의 일방적 내용 전달이 아니라 수용자의 적극적 의미 창출 협업을 의미한다. 수용자의 협업은 서사 텍스트에 몰입하여 전이 현상이 일어나는 정신 분석적 모형과 피서술자에게서 메시지를 전달받는 소통적 서사 구조 모형에 이르기까지 퍼즐 조각을 모아 텍스트 그림을 만드는 인지적 활동을 전제로 이루어진다.

<사랑의 블랙홀>은 동일한 사건의 반복으로 이야기를 전개하는 독특한 비선형적 구조를 가지고 있다. 이 영화의 스토리텔링은 동일한 사건에 대한 주인공의 상이한 심리와 행동으로 구성되고 다중 플롯 구조이지만 배우 빌 머레이가 맡은 주인공 필 코너의 동일한 시점과 초점화로 이야기의 통일성을 추구하고 있다.

필은 TV 방송국의 기상 통보관으로서 매년 기념하는 'Groundhog Day'(성촉절, 경칩) 특집 촬영을 위해 펜실베니아 주의 풍수토니로 성촉절 하루 전날 온다. 촬영을 마친 후 성촉절 당일 눈보라로 인한 기상 이변으로 도로가 폐쇄되어 촬영진은 모두 이 마을에 갇히게 된다. 이 날부터 필의 나날은 하룻밤을 자고 나도 계속 아침 라디오 6시 알람 방송에 잠을 깨어 날짜가 바뀌지 않은 채 같은 날 2월 2일 성촉절, 같은 장소, 같은 인물, 같은 사건을 경험하게 된다.

처음 필이 이 마을에 도착해서 하룻밤을 지낸 후 아침에 눈을 뜨면 알람시계는 5시 59분을 가리키고 6시로 넘어가면서 성촉절과 날씨를 알리는 라디오 방송이 나온다. 눈보라 주의보가 발효되었다는 일기예보와 함께 창밖을 보면 눈 쌓인 거리로 트럭 한 대가 지나간다. 방 문을 나서자 복도에서 지배인을 만나 오늘이 2월 2일 성촉절이라는 이야기를 하고 아침 식사를 하는 숙소 식당에서 종업원과 간단한 대화를 나눈다. 그러고 나서 거리로 나가자 거지를 만나고, 동창으로 자신을 알아보는 친구 네드 라이어슨을 만나서 길을 건너다 고인 물웅덩이에 빠진다. 그리고 이날 저녁 촬영을 마치고 숙소 방에 돌아와 샤워를 하고 잠을 청한다.

새날이 밝아오는 아침 필이 누워 있는 침대 옆 라디오 알람시계는 5시 59분을 가리키고 6시를 알리는 기상청 일기 예보와 함께 전날과 똑같은 라디오 방송 내용이 나온다. 전날 들었던 같은 내용임을 인식한 필은 '어제 방송이잖아'라고 되뇌며 창밖에서 어제와 같은 광경을 목격한다. 방 문을 나가 복도에서 만난 지배인 역시 '오늘이 성촉절'이라고 이야기를 하자 필은 '데자뷔'(deja vu)에 대해 묻기도 하고 무엇인가 잘못 되어가고 있음을 깨닫고 방송 프로그램 프로듀서 리타에게 뺨을 때려달라고 말하기도 한다.

잠자리에서 다음 날 눈을 뜬 필은 여전히 3일째 같은 방법으로 알람 방송을 듣고 이제 몇 번 들었던 방송 내용까지 암기할 정도다. '나는 오늘이 어제인 줄 알았다'라고 2월 2일이 3일로 바뀌지 않자 이기적이고 남에 대한 배려심이 전혀 없는 필의 절망과 분노는 더해간다. 같은 일을 몇 번 경험한 필은 상대방이 할 이야기를 미리 말하면서 매우 통

명스럽게 대화를 하고 짜증을 내며 자신의 감정을 다른 사람에게 투사 시킨다.

실망과 분노에 휩싸여 가는 필은 라디오 앞의 연필을 부러뜨리고 라디오를 부수었으나 다음 날 자고 일어났을 때 연필과 라디오는 아무 변함없이 그 자리에 놓여 있다. 4번째 날 아침에도 필은 같은 라디오 방송에 잠을 깨고 같은 창밖 풍경을 보고 방을 나와 지배인에게서 '오늘이 성촉절'이라는 소리를 듣고 숙소 식당에서 만난 여자 종업원의 다음 대사를 미리 이야기 할 정도로 이전 날들과 같은 몇 마디 대화를 나눈 후, 거리를 걸을 때 만나게 되는 거지와 동창과도 같은 자리에서 같은 행동을 하며 촬영 현장, 거리의 식당에서 같은 사람, 같은 대화, 같은 사건에 또 다시 접하게 된다.

2월 2일의 반복으로 계속되는 자신의 일상에 대해 필은 좌절감을 느끼는 것뿐 아니라 어떠한 일이 일어날 것이라는 것을 미리 알고 있기 때문에 상황을 자신에게 유리하게 이용하는 간사한 마음까지도 갖게 된다. 리타의 마음을 사기 위해 그녀가 좋아하는 취향대로 행동하고 말하며 대화를 나누지만 오히려 그녀는 자신에게서 멀어지기만 한다. 결국 어제도 없고 내일도 없는 반복의 연속에서 필은 자신이 원하는 대로 무모한 행동을 하기도 하고 자포자기 심정으로 죽음을 통해 반복된 자신의 삶을 마감하려고 한다.

그러나 자동차를 몰고 다른 차를 향해 돌진하기도 하고, 고층 건물 창에서 뛰어내리기도 하며, 전원이 켜진 토스터기를 욕조에 넣어 자살을 시도하기도 하지만 의식을 잃은 필 모습의 다음 장면은 지금까지 반복되었던 일상의 시작과 전혀 다르지 않다. 반복되는 같은 날에도 이전 날과 같이 취재에서 돌아와 샤워를 하고 잠을 청한 후 다음 날을 맞는다. 그 다음 날이라는 것은 다시 5번째 같은 날 2월 2일이고 필은 같은 장소, 같은 침대에 누워 있는데, 라디오 시계는 아침 5시 59분을 가리키고 있고 6시 라디오 알람 방송에 필은 눈을 떠서 어제도 아니고 내일도 아닌 반복되는 성촉절임을 또 다시 인식하게 된다.

부지런히 거리를 오가는 사람들은 모두 "오늘이 성촉절"이라고 이야기하고 어제와 같은 오늘, 내일로 넘어가지 않고 계속 오늘에 머물러, 데자뷔 현상의 연속으로 일관된 필의 삶에서 자살마저도 해결책은 되지 않았다. 영화에서 아침 기상 장면이 5번째 반복되었을 때 라디오에서는 'I got your baby'라는 노래로 방송이 시작되고 필은 같은 장소에서 같은 행동을 하는 같은 사람들을 또 만난다. 그러나 이러한 반복된 자신의 생활에서 각성을 하게 된 필은 이전과 전혀 다른 행동을 취하기 시작한다. 내면적 성숙과 인간에 대한 따뜻한 마음을 가꾸어 가면서 피아노 연주와 조각을 배우며 감성을 키워간다. 반복된 삶의 해결책은 단순한 좌절과 분노의 감정적 해결이나 자포자기식의 자살도 변화를 가져오지 못하자 이러한 인생의 큰 '사건'을 통해 필은 처음으로 자기 성찰과 인생에서 개안의 순간을 경험하게 되는 것이다.

5번째 중복되는 2월 2일 필은 냉소적으로 지나치던 거리의 거지에게 먹을 것과 입을 것을 주고 쓰러진 그에게 인공호흡을 해 준다. 또한 외면하던 동창 네드를 반갑게 맞이하고 정감어린 대화를 나눈다. 네드를 만나고 헤어지는 거리에서 항상 고인 물에 발이 빠지곤 했던 필은 드디어 미리 그곳을 피할 수 있게 되고 몇 차례 경험을 통해 위험한 순간이 닥치게 되는 것을 알고 있는 필은 나무에서 떨어지는 아이를 달려가 구해주기도 하고 쟁반을 떨어뜨리곤 했던 식당 종업원을 사전에 도와주기도 하며 식사를 하던 손님 중 기도가 막혀 고생을 하던 사람 근처에 앉았다가 목숨을 구하기도 한다. 이전에 같은 일을 몇 차례 계속 반복해서 경험하던 필은 달라질 것이 없는 자신의 생활에 대한 불만으로 가득 차서 다른 사람들의 위험에 대해 전혀 개의치 않았다. 그러나 드디어 5번째 같은 방식으로 아침을 맞은 필은 적시에 사람들에게 다가와 도움의 손길을 베푸는 선행을 하게 된다. 괴팍하고 이기적인 필이 관대하고 이해심 많은 사람으로 변모해 가고 마침내 이 날 자신이 호감을 가지고 있었던 리타를 자신의 방에 초대하고 같이 밤을 지내게 된다.

잠을 자고 눈을 뜬 필은 옆에 어제와 같지 않은 날, 어제 2월 2일과 다른, 그리고 어제의 내일인 2월 3일을 맞게 된다. 필은 그의 침대 옆에는 어제와 달리 또 한 사람 리타가 누워 있었고 창밖 풍경이 달라졌음을 목격하게 된다. 필은 아름다운 이 마을 풍수토니에서 리타와 함께 계속 살고 싶다며 리타에 대한 자신의 사랑하는 마음과 반복된 일상을 새롭게 바라보는 자기 성찰의 태도를 배우게 된다.

2월 2일 성촉절이라는 같은 시간대, 같은 인물들, 같은 사건의 시퀀스의 반복을 통해 이 영화는 현대인의 반복되고 지루한 일상을 보여주면서 그 일상을 새롭게 바라보고 다르게 행동하는 필의 변화를 통해 삶의 지혜를 코미디에 담아냈다. 아침 6시 라디오 알람 시계 기상→

숙소 복도와 식당→ 프로그램 촬영지로 가는 과정→ 프로그램 촬영지 → 촬영을 마치고 귀가 하는 길→ 숙소 도착 후 행동에서 사건들이 반복되면서 동일한 사건의 시퀀스에 대해 어떻게 필이 다르게 반응하고 행동하는 가로 이야기의 플롯이 몇 가지로 다양하게 구성된다.

이와 같이 이 영화는 하나의 사건, 인물, 시점, 플롯을 통해 처음부터 끝까지 관객이 따라가며 이야기의 줄거리를 파악하는 기존의 방식과 달리 몇 개의 개연성 있는 영화 속 인물들의 행동 가능성을 열어두고 주인공 필의 반응에 따라 사건의 결과가 몇 가지로 나뉘어 다르게 진행될 수 있는 비선형적 구조를 가지고 있다. 반복되는 일상은 바꾸기 힘드나 그것을 바라보는 태도는 바뀔 수 있다. 그리고 그 시각의 변화로 반복되는 일상은 동일함의 연속이 아니라 새로운 발견의 기회가 될 수 있다. 나아가 같은 상황에서도 행동과 태도를 바꾸면 이에 대한 다른 사람들의 반응과 행동 또한 다르게 나타난다. 어떤 측면에서는 매우 진부한 주제일 수 있으나 비선형적 서사 구조를 통해 작가와 감독은 이 영화에서 상투적인 주제를 참신한 코미디로 표현해 낸 것이다.

2.2. 〈슬라이딩 도어즈〉(*Sliding Doors*)

1998년 발표된 피터 호이트(Peter Howitt) 감독의 <슬라이딩 도어즈>는 주인공 헬렌이 지하철을 탔을 때와 그렇지 못할 때 남녀 간 사랑을 통해 그녀의 삶에 어떠한 일이 일어나는지를 보여주는 로맨틱 코미디이다. 본 연구에서 다루는 두 영화는 모두 낯선 기법을 통해 상투적인 사랑이야기를 재미있게 그려냈다. 그러나 <사랑의 블랙홀>은 동일한 장면으로 시작해서 사건이 일어나는 순서가 모두 같고 동일한 상황 속에서 상이한 필의 반응을 통해 같은 사건을 다섯 번 보여주지만 <슬라이딩 도어즈>는 현재의 애인과그대로 지내는 경우 그리고 헤어진 경우 두 가지를 서로 교대로 보여 준다.

<사랑의 블랙홀>은 영화 전반부에 영화 편집이 잘못되었나 의심할 정도로 같은 장면이 나오기 때문에 낯설게 느껴지지만 이어지는 사건들의 연속성에서 이야기 전개를 쉽게 이해할 수 있다. 한편<슬라이딩 도어즈>는 교차 편집을 사용했기 때문에 주인공 헬렌이 제리와 같이 살면서 또 다른 남자 제임스와 데이트를 하는지, 같이 살고 있는 남자 친구가 자신이 직장에 간 사이 다른 여자 리디아와 부적절한 관계를 맺고 있는 사실을 알고 있는지 혹은 모르고 있는지 설명 없이 장면들만을 서로 교대로 보여준다.

교차편집은 같은 시간대에 혹은 다른 시간대에 일어나고 있는 사건들을 교차로 보여주는 것으로 관객에게 긴박감을 주거나 주인공의 혼돈 상태를 나타내거나 혹은 주제 부각을 위한 대조 방법으로 주로 사용된다. 이는 편집한 것이 거의 눈에 보이지 않을 정도로 이야기 사건 순서를 일관성 있게 연속해서 보여주는 연속 편집과 대조적인 개념이다. 교차편집이 비연대기적 편집이라면 연속편집은 연대기적 편집이다.

이 영화에서 두 가지 서로 다른 이야기 분기의 출발점인 핵심 분기 사건은 영화 제목이 잘 나타내 주는 지하철 문(sliding doors)이 열려 있는가 혹은 닫히는가에 따라 주인공 헬렌이 지하철을 타는가 혹은 타지 못하는 것인가를 결정짓는 장면이다. 이 지하철에 탑승할 수 있는가의 여부는 헬렌이 남자 친구 제리가 아파트에서 리디아와 있는 것을 발견하는가 혹은 그렇지 않은가를 결정짓고 따라서 두 사람의 관계가 지속되는가 혹은 헬렌이 제리와 헤어져 새로운 사람과 새로운 관계를 형성하는가를 좌우하는 매우 중요한 사건이다. 다시 말해 영화의 교차 편집 시작은 퇴근 후 집으로 돌아가기 위해 헬렌이 지하철역으로 걸어와서 차량 앞으로 바쁘게 뛰어 가는 장면으로서 이것이 두 번 똑같이 반복된 후 분기 구조가 교대로 형성되기 시작한다. 이 두 분기의 내용을 구체적으로 분석하면 다음과 같다.

분기 a: 홍보회사에서 해고를 당하고 무거운 발걸음으로 집으로 향하는 헬렌이 지하철 문 앞으로 뛰어 갔으나 문이 닫혀서 지하철을 놓친다. 한편 아파트에서 제리는 리디아와 함께 있고 헬렌이 아파트에 도착할 무렵 리디아는 아파트 앞을 막 나온다. 그래서 두 사람들은 마주치지 않고 헬렌은 리디아의 존재를 알지 못한다. 그러나 이미 두 사람의 관계는 이 사실과 관계 없이 위기를 겪고 있어서 헬렌은 런던교를 지나면서 제리가 준 반지를 강물에 던져 버린다. 아파트에 낯선 사람이 마신 술잔, 즉 리디아가 마셨던 술잔을 이상하게 생각한 헬렌은 제리를 미행하면서 제리에게 다른 여자가 있음을 알게 된다. 실직 후 샌드위치 가게에서 일을 하던 헬렌은 새로운 일자리를 찾아 회사의 면접을 하러 갔는데 이것이 리디아의 회사라는 것을 알게되고 또 현장에서 제리를 발견하고는 충격을 받아서 급히 회사를 나간 후 교통사고를 당한다. 병원에서 사고로 제리의 아이를 임신하고 있었고 그 아이가 유산된 사실을 알게 된다.

분기 b: 막 문이 닫히려고 할 때 헬렌은 지하철에 올라 아파트로 향한다. 아파트에 도착해서 제리가 리디아와 함께 있는 것을 목격한다. 남자 친구의 불륜 때문에 고민하는 헬렌은 술 마시러 간 바에서 제임스를 만나고 두 사람은 일년 이상 만나면서 진지한 관계로 발전한다. 실직한 헬렌은 자신의 홍보 회사를 차리고 제임스의 아이도 가진다. 그러나 자신의 집으로 초대하지 않는 제임스에게 헬렌은 다시 불신감이 늘어가고 제임스의 회사를 찾아 갔을 때 비서가 부인과 함께 병원에 갔다는 말을 듣고 그가 유부남이었다는 것을 알게 된다. 제임스는 헬렌에게 사실은 별거하고 있었는데 병석에 누워 있는 어머니가 상심하실 것 같아 부인과 사이가 좋은 것처럼 병원을 함께 방문했다고 설명한다. 이 말을 듣고 상황을 이해한 헬렌은 헤어지려는 생각을 바꾸고 회사를 나와 친구에게 전화를 하러 가려다 교통사고를 당한다.

병원에서 헬렌은 의사에게서 사고 충격으로 제임스의 아이가 유산되었다는 것을 듣는다.

<사랑의 블랙홀>은 다섯 가지 종류의 다른 사건 전개를 보여주면서도 한사건, 즉 분기별로 한 이야기를 모두 보여 준 후 다시 다른 분기로 넘어간다. 또한 주인공 필의 외모나 사건 진행에 변화가 없고 다만 동일한 사건에 대한 필의 반응이 달라져서 이야기가 다섯 가지 종류로 다르게 된다. 이에 비해 <슬라이딩 도어즈>는 두 개의 분기가 서로 교차되면서 두 개의 플롯을 교대로 보여준다. 여기서 독자들은 내용을 이해하는데 혼돈이 생길 수 있다. 그래서 감독은 두 이야기의 흐름을 쉽게 이해하도록 몇 가지 섬세한 장치를 통해 독자가 진행되고 있는 상황이 a인지 아니면 b인지 구분할수록 도와준다. 예를 들어 관객의 이해를 돕기 위해 감독은 몇 가지 표식을 만들어 놓았다. 헬렌의 머리 모양, 반지 착용 여부, 얼굴의 반창고 유무 등이 지하철을 탔을

때와 그렇지 못했을 때 전개되는 이야기의 진행 상황을 구분하도록 도와주는 대표적 장치들이다. 예를 들어 가장 크게 분기 a와 b는 헬렌의 긴 머리와 짧은 쇼트커트 머리 모양으로 구분되기 때문에 교대로 동일한 상황과 배경이 나와도 머리 모양을 통해 a와 b중 어디에 해당되는 것인지 쉽게 이해할 수 있다.

삶에서 인간은 누구나 "그때 만일 내가 이렇게 했더라면 지금쯤 어떻게 되었을까"라는 과거에 대한 반추와 소망의 순간을 경험한다. 본 연구에서 다룬 두 영화는 모두 다중 형식을 통해 일어날 수 있는 상황을 동일한 텍스트에 담았다. <슬라이딩 도어즈>는 헬렌이 지하철을 놓치느냐 혹은 타느냐의 갈림길에서 무엇을 선택하느냐에 따라 그녀의 남녀 관계가 어떻게 다르게 전개되는 지를 보여 준다.

<사랑의 블랙홀>의 광고 문구는 "인생의 같은 날이 반복되고 또 반복되는 최악의 날을 보낸다"로서 반복이 분기 구조의 핵심을 이루고, <슬라이딩 도어즈>에서는 "만일 단 몇 초 동안에 당신의 삶이 완전히 다른 두 개의 방향으로 전개된다면 어떻게 되겠는가"라는 문구를 통해 전혀 다른 두 개의 분기 구조가 각각의 독자적인 플롯을 구성한다. 어떤 분기 경로를 보더라도 헬렌은 제리와 제임스 누구와도 행복한 새 생활을 다시 시작하지 못하고 제리와의 관계에서는 리디아가, 그리고 제임스와의 관계에서는 그의 부인의 존재를 알면서 어떤 남자에게도 신뢰를 갖지 못하고 방황과 불확실 속에 관계를 유지한다. 사실상 <슬라이딩 도어즈>에서 일어난 상황은 헬렌이 지하철을 탄 경우다. 지하철을 타지 못한 것은 가능성 있는 개연성으로 제시된 것이

다. 병원에서 헬렌이 눈을 뜨면 교통사고 났을 때의 여러 장면들이 순식간에 빠르게 섞여 지나간다. 이는 의식을 잃고 누워 있던 헬렌이 기억이 혼미하여 몇 가지 상황들이 명확하지 않게 섞인 것을 의미한다. 침대에 앉아 있는 장면은 드디어 그녀의 의식이 돌아와 다시 기억을 더듬고 상황을 정확하게 판단하려고 노력하고 있음을 보여주는 것이다. 주인공이 사고나 정신적 충격으로 의식을 잃은 후 전에 어떤 일이 있었는지 혼돈되는 상황에서 사건의 질서를 찾아 가는 과정은 이미 <나비효과>(Butterfly Effects)나 <메멘토>(Memento)를 통해 관객에게 익숙한 것이다. 그러나 상황별로 시퀀스를 만들어 분기 구조를 통해 다중 형식을 취하고 있다는 점에서 이들 영화와 본 연구에서 분석한 두 영화는 차별화된다.

현실에서 이루어질 수 없는 상황을 다룬다고 해서 이들 영화 장르는 로맨틱 코미디뿐 아니라 보는 각도에 따라 판타지로 분류하는 경우도 있다. 또한 로맨틱 코미디 장르로서 두 영화 모두 남녀 간의 사랑을 다루고 있지만 <사랑의 블랙홀>에 비해 <슬라이딩 도어즈>는 코미디로 보기에는 헬렌이 처한 남녀 관계의 어려운 점이 해결되지 않은 상태로 누구와도 돈독한 관계를 형성하지 못한 우울한 결말로 끝난다. 어떤 면에서 이렇게 혼란스럽고 명쾌한 해결책을 제시할 수 없는 것이 남녀 간 사랑의 본질일지도 모른다. 그래서 그 주제를 이런 방식으로 부각시키기 위해 어떤 분기 플롯으로 보던지 이 영화에서 헬렌은 계속 남자 문제로 갈등을 겪는다.

다중 시점이 다중 형식과 같이 비선형적 서사구현 방법이라고 볼 때, 시점의 다양화는 동일한 사건에 대한 다각적 해석을 통해 객관성과 깊이를 제시하기 때문에 서사 수용자는 해당 서사와 어느 정도 객관적 거리를 유지하면서 이야기를 즐긴다. 그러나 분기 구조를 통한 다중 형식 서사에서는 서사 수용자가 곧 주인공인 듯한 느낌이 들 정도로 중요한 사건의 몇 가지 가능성을 타진하고 경험하는 적극적 동참이 이루어진다. 그 이유는 분기 구조가 우리 인생이 선택의 연속이며 그 순간의 선택이 매우 큰 인생의 판로를 결정한다는 진부하지만 거부할 수 없는 인생의 모습을 그대로 투사하고 있기 때문일 것이다.

3. 하이퍼텍스트와 소설 : 『오후, 이야기』

앞의 영화 예에서 살펴 본 바와 같이 한 가지 동일한 사건에 대한 몇 가지 상이한 결과를 통해 비선형적으로 서사를 전개하는 방식은 문학에서도 다양한 기법을 통해 시도되어 왔던 것이다. 문학에서 비선형성은 평면적 문학 텍스트에 공간적 입체미를 가미하는 방식으로 발전해 왔다. 실제 사건이 진행된 이야기 순서와 텍스트에 서술된 순서를 달리하거나 독자에게 선택권을 주어 원하는 이야기 내용이 있는 페이지로 이동하게 하는 방법이 그 대표적인 예이다. 동일한 사건 자체에 대한 다양한 해석과 그 사건 고리로 파생되는 등장인물들의 사고와 행동의 여러 가지 개연성 탐구는 창작 과정에서 작가들이 공통적으로 경험하는 것이다.

이것이 구현될 경우 영화의 관객이나 문학의 독자들은 사건의 시간성과 인과성이 고정되지 않은 유동적 서사물을 접하게 된다. 마이클 조이스가 최초의 하이퍼텍스트 소설을 태동시키게 된 것은 이와 같이 읽을 때마다 달라지는 이야기를 쓰고자 했던 창의적 실험성 때문이었다. 이는 적은 텍스트 양으로 많은 이야기를 만들기 위해 텍스트 단위들을 나열해 놓고 독자가 그 텍스트들을 선택해 가면서 이야기의 줄거리를 따라가도록 만든다는 발상이었다. 기존 인쇄 서사물은 첫 페이지부터 끝까지 읽어 나가는 한 가지 독서 방법밖에 없다. 앞에서부터 페이지 순서대로 서술 행위가 이루어지는 선형적 서사 방식이기 때문이다. 그래서 조이스는 자신의 아이디어를 종이 원고에는 담아 낼 수 없다는 것을 알고 친구와 함께 글쓰기 소프트웨어, ‘스토리스페이스’를 개발하여 하이퍼텍스트 소설의 고전인 『오후, 이야기』를 창작하게 되었다.

　하이퍼텍스트는 단일한 사건의 시작, 중간, 끝으로 구성되는 플롯 대신 텍스트 단위를 링크로 만들어 놓고 텍스트를 읽는 독자의 선택에 따라 이야기의 내용이 달라지는 경험을 준다. 1945년에 하이퍼텍스트 개념을 제안한 바네바 부시(Vannevar Bush)는 우리의 사고 과정이 끝없는 생각의 가지치기로 진행되는 것에서 창안하였고 1960년대 하이퍼텍스트란 용어를 만든 데오도르 넬슨(Theodor Nelson)은 텍스트가 몇 가지 다른 길로 갈라져 텍스트 사용자 또는 독자가 선택을 할 수 있도록 한 텍스트 덩어리(text chunks)로 파악하였다. 하이퍼텍스트가 우리에게 친숙하게 된 것은 1990년대 중반 가장 큰 하이퍼텍스트라고 할 수 있는 월드 와이드 웹이 개발된 이후였다.

하이퍼텍스트는 링크와 노드의 네트워크로 구성된 역동적 텍스트이다. 컴퓨터 화면에서 텍스트 단위를 연결시켜주는 것이 링크이고 화면에 떠오르는 문서가 노드이다. 그 결과 하이퍼텍스트 문학에서는 독자가 독서 방법을 선택할 수 있고 읽었던 부분에 다시 돌아와서 또 다른 독서로를 탐험할 수 있기 때문에 많은 이야기를 접하게 된다. <사랑의 블랙홀>의 비선형적 서사 구조에서 관객은 텍스트와의 인지적 쌍방향 작용을 통해 주제를 파악하였으나 컴퓨터 매체 서사물에서는 이러한 '인지적' 쌍방향 작용에 '물리적' 쌍방향 작용이 추가되어 마우스를 움직이고, 텍스트를 입력하며, 다른 컴퓨터 사용자와 대화를 나누는 상호 작용이 가능하다.

조이스의 『오후, 이야기』는 이 텍스트와 링크를 통한 하이퍼텍스트를 활용하여 컴퓨터 화면에서 이야기를 독자가 탐험하도록 한 하이퍼텍스트 소설의 특징을 잘 보여 주고 있는 작품이다. 이 작품에서 조이스는 539개의 텍스트 단위와 951개의 링크를 활용해 텍스트 읽는 방법을 여러 가지로 만들어 독자가 선택할 수 있는 장치를 마련했다. 윈도우에서 내레이터가 하는 질문과 진술에 대해 독자가 Yes와 No 버튼을 누르거나, Response Box에 Yes 혹은 No를 쓰거나, enter키를 누르면 다음 텍스트로 넘어간다. 또한 조이스는 비록 텍스트 상에 표시는 없으나 몇몇 단어들에 링크를 만들어 다른 텍스트와 연결해 놓았는데 이 것을 'guard field'라고 불렀다. 독자가 tool bar, enter키, guard field의 링크 중 선택을 하면서 서로 다른 텍스트 묶음 혹은 독서로를 따라 층위가 다른 이야기를 경험할 수 있다.

작품에서 전개되는 주 이야기는 주인공 피터가 우연히 교통사고 현장을 지나친 후 사고 희생자가 그의 전 부인 롤리와 아들 앤드류 일지도 모른다는 생각에 사로잡혀 이들의 행방을 찾아 나서는 것이다. 사실 사고를 낸 장본인은 피터 자신이지만 정신적 충격 때문에 모든 것을 망각해 버려 롤리와 앤드류를 찾아 나서는 이야기이다. 그 과정에서 주로 피터가 자신의 상사 워더, 그의 부인 노시카와 나누는 대화, 워더-롤리, 피터-노시카의 애정 문제, 과거 결혼 생활에 대한 회상으로 이야기는 구성된다. 세 가지 다른 독서로(편의상 ①, ②, ③으로 번호를 붙임)로 읽은 이야기가 어떻게 다른지 예를 들어보자. ①과 ③으로 읽은 독자는 교통사고가 주가 되는 이야기를 읽게 되고 ②로 읽은 독자는 교통사고에 대해서는 전혀 모르는 채 유부남 워더와 이혼녀 롤리의 애정 문제가 주가 되는 이야기를 읽게 된다. 그러나 ①과 ③을 읽은 독자는 피터가 이혼 후 워더와 롤리의 애정 문제로 심리적 고통을 겪고 있었다는 사실은 모르게 된다. ①을 읽은 독자는 롤리와 앤드류가 죽은 것이 틀림없으며 사고를 낸 운전자가 피터라는 중요한 사실을 알고 작품을 읽어 나간다. 그러나 ③을 읽은 독자는 이것을 전혀 모르는 상태에서 피터와 마찬가지로 교통사고의 진상 여부에 관심을 갖고 그들의 행적을 찾아 나선다. 이 작품의 줄거리를 이야기하라고 했을 때 독자들은 자신이 선택한 독서로에 따라 다양한 이야기들을 말할 것이다. 따라서, 작품의 영어 제목 Afternoon, a story에서 'a story'는 'stories'의 의미를 담고 있으므로 이때의 부정관사는 하나라는 뜻이 아니라 이야기 전체를 나타내는 대표 단수를 표시하는 것이다. 조이스는 이러한 텍스트의 미로를 통해 인사 교통사고를 냈을 때, 그리고 그 사고 희생자가 자신의 가족이었을 때 느끼는 주인공의 당혹감과 공포심을 이야기 내용뿐 아니라 독서 방법을 통해 독자가 함께 경험할 수 있는 효과를 거두었다.

작가 조이스 자신은 하이퍼텍스트에 대해서 전혀 몰랐고 이 소설이 발표되었던 1980년대는 컴퓨터와 인터넷이 널리 보급되기 전이어서 하이퍼텍스트가 친숙해 질 수 있는 환경도 아니었다. <사랑의 블랙홀>에서도 살펴보았듯이 비선형적 서사 기법은 컴퓨터 기술이 발달하기 이전부터 작가들의 창의력에서 발로한 다양한 기법 개발로 시작되었다.

오늘날 디지털 시대에 예술적 심미성과 과학적 편이성이 결합하여 컴퓨터 매체를 활용한 다양한 예술 양식이 시도되고 있다. 이러한 새로운 예술 양식은 아직은 대중성보다 실험성에서 더욱 우세한 것이 사실이나 컴퓨터 사용자의 수와 생활 용도가 증가함에 따라 그 실험성은 곧 대중성으로 이어질 것이다. 그래서 이후 웹(web)이 보편화되면서 '웹소설'이란 것이 등장한 것이다. 이것은 특별한 소프트웨어가 없어도 하이퍼 링크를 통해 소설을 창작하고 읽어 나갈 수 있기 때문에 가능해진 것이다. 컴퓨터 매체의 대표적 특징인 비선형성은 서사 수용자들의 적극적 참여 즉 쌍방향성을 통해 구현된다. 그러나 예술이 그러하듯 어떠한 서사 실험도 수용자와 서사 텍스트의 인지적 소통이 없이 본래의 심미적 의도를 달성할 수는 없다. 그럼에도 불구하고 컴퓨터 매체 의존도가 급증하는 요즘 인지적 쌍방향 작용은 컴퓨터 기술과 멀티미디어의 가시적 효과 그리고 수용자의 마우스 동작에서 비롯된 신체적 쌍방향 작용보다 폄하되고 있는 듯하다.

수용자의 인지적 쌍방향성이 전제되지 않는 물리적 쌍방향성의 추구는 수용자의 텍스트 몰입을 방해하게 된다. 그렇게 되면 비선형적 서사의 시도는 새로운 스토리텔링의 경험을 제공하는 것이 아니라 서사 수용자의 생경한 경험과 혼란 자체를 목적으로 하는 기술 횡포가 될 것이다. 그 결과 컴퓨터 매체 서사는 쌍방향성을 활용한 비선형성을 시도하면서 부족한 창의력을 화려한 기술로 포장했다는 비난을 면하기 힘들 것이고 나아가 디지털 매체 서사 전체가 폄하되는 위험을 초래할 것이다.

제 5 부

문학과 하이퍼

디지털 하이퍼

1. 컴퓨터와 글쓰기

제4부에서 나열한 모든 예들은 인지적 雙방향성은 결국 서사의 기본인 서사물과 수용자의 소통임을 보여 주었다. 그래서 내재적 인지적 雙방향성은 컴퓨터 매체를 통해 가시적으로 구현되는 서사의 소통성보다 우선된다. 컴퓨터 디지털 매체 활용과 문화콘텐츠나 스토리텔링 등이 정부 주도의 사업 계획과 추진에 맞물려 우리의 문학계는 우리 문학사적으로 기록될만한 대대적 사업에 참여하였다. 그러다 보니 자연스러운 창작의 발로가 아니라 이야기보다 컴퓨터 기술이 우선되면서 주객이 전도되는 상황이 펼쳐졌다. 다시 말해, 이야기 창작에 마우스 하이퍼링크 클릭과 텍스트 입력이 활용되는 것이 아니라 후자를 전자

보다 우선하게 되는 결과물이 나오게 된 것이다.

하이퍼링크는 인간이 생각하고 느끼기 위해 필요한 신경 뉴런의 연결 맥락에서 생각해야 한다. 생각과 감정이라도 사실 인간의 뇌란 신체의 머리에서 끝나는 것이 아니고, 또 생각에서 끝나는 것이 아니라 온 몸의 반응과도 연결되어 있다. 어디까지나 컴퓨터 디지털 매체는 이 반응을 활성화시키는 것이지 생각과 창의성을 먼저 활성화시키지는 않는다. 가장 훌륭한 스토리텔러는 우리의 마음이고, 이것이 스토리텔링의 최고 기술이다.

이런 맥락에서 이번에는 앞에서 잠깐씩 언급했던 우리나라의 정부 주도형 거대 문학 프로젝트를 구체적으로 분석함으로써 초기 우리 디지털 내러티브 담론의 매체와 기술 결정론에 대한 문제점을 짚어 보고자 한다. 그 문제점은 한 마디로 컴퓨터 매체 창작물이란 이유로 사이트 방문객과 서사물 수용자에게 무질서를 '운명적으로' 강요받았다는 점이다. 결과는 무질서조차도 구조화되지 않았다는 것이다. 혼란과 무질서는 컴퓨터 매체의 속성이 아니다. 링크를 만들어 놓았다고 하이퍼소설이 되는 것은 아니다. 이는 종이에 필기도구로 무엇을 적었다고 해서 곧 문학이라고 칭할 수 없는 것, 그리고 하얀 워드 문서 화면에 무엇을 입력했다고 해서 컴퓨터 문학이라고 부를 수 없는 것과 마찬가지이다. 이 못지않게 그 공을 인정받아야 할 사람들은 이들 프로젝트에 참여한 사람들일 것이다. 정부 주도의 프로젝트 문학은 어떤 의도를 가진 일종의 일시적 사업이다. 그래서 어설프고, 또 그만큼 실험적이다. 비록 비판적 분석을 여기서 하고 있지만 사업 참가자의 노고는 앞의 4부에서 필자가 제목을 붙인 '미래로 가는 과거 문학'에 어느 정도 기여를 한 사람들이다. 다만 그 공헌도가 스스로 '최초' 혹은 '최고'(세계적 수준)라고 자찬함으로써 퇴색된 것이 아쉬울 뿐이다.

이들은 모두 무질서의 혼돈 속에서 애써 질서를 부여하려고 정말 많은 시간과 노고를 바친 사람들이다. 그러나 이들에게 다음의 두 가지 진실을 묻지 않을 수 없다. 첫째, 이 참여자들은 기존에 발표된 하이퍼 소설을 얼마나 '읽어 보았는가?' 클릭하는 것 말고 말이다. 둘째, 문학 프로젝트란 이름으로 기획자와 이야기 창작자와 기술 시연자들이 모두 각자 분업을 하였는가? 디지털 서사는 기술 구현자와 이야기 창작자가 별개의 직무로 이루어지는 것이 아니다. 디지털 매체가 들어간 어느 사업이든—하이퍼 문학이든, 문화콘텐츠든, 스토리텔링이든—이 둘이 진정하게 협업을 할 때만 가능하다.

우리나라 하이퍼텍스트 문학을 비판적 검토를 하기에 앞서 한국적 풍토의 디지털 컴퓨터 매체와 이것을 매개로 한 내러티브에 대한 일반적 문제부터 진단을 시작해 보려고 한다. 기술은 우리의 문화를 형성하고 정의한다. 이것은 문학에서도 예외는 아니었다. 특히 컴퓨터 기술의 발전으로 많은 사람이 지적하듯 우리의 일과 놀이 그리고 쇼핑과 이메일과 인스턴트 메신저, 채팅 등을 통해 사람들과의 교제 등도 인터넷에서 이루어지게 되었다. 이제는 휴대폰이 우리 몸의 일부가 되다시피 해서 이 모든 것이 휴대폰을 통해 가능해지면서 말 그대로 모바일(휴대폰의 또 다른 영어 mobile이름)을 통해 인간의 발자국을 따라 통신도 흔적을 남긴다. 이제 컴퓨터 기술은 과학 발전의 자취가 아니라 우리 생활이다. 따라서 인터넷과 모바일에서 우리가 하는 모든 행동이 인터넷과 모바일 문화를 형성한다. 즉, 인터넷과 모바일에 접속하는 순간순간 우리는 한국의 온라인 컴퓨터 문화를 쓰고 있는 것이다. 우리의 손가락이 우리의 역사를 쓰고 있다.

거의 100년 전 미국의 포드가 자동차를 발명했을 때 많은 사람들이 사람들은 말을 타고 다니는데 자동차는 무슨 소용이 있겠느냐며 필요성을 느끼지 못하였다. 그러나 오늘날 우리의 생활을 보면 엄청난 교통대란의 불편함과 편리한 자가용 이용을 통해 자동차가 얼마나 우리 생활을 바꾸어 놓았는지 쉽게 짐작할 수 있다. 인터넷과 모바일이 대중적으로 보급되고, 이메일과 음악, 동영상, 사진 파일을 서로 공유한 것은 불과 최근 10년 만의 숨 가쁜 정보통신 기술 혁명의 결과이다. 그러나 이제 이러한 것들은 우리의 일상에서 자연스럽게 이루어져 마치 오랫동안 우리가 즐겨온 것과 같은 착각이 들 정도로 1990년대 중반 이후 우리의 온라인 문화는 정말 소프트웨어 제국, 마이크로소프트 사의 빌 게이츠가 '생각의 속도'라고 표현할 정도로 눈부신 발전을 거듭해 왔다.

컴퓨터 기술의 놀라운 발전은 우리가 읽고 쓰는 것, 특히 그 중에서도 쓰기를 혁명적으로 바꾸어 놓았다. 네티즌들은 이메일은 기본이고 채팅, 인스턴트 메시지, 문자 메시지, 온라인 게시판 등 정보와 오락 차원을 비롯하여 문학 관련 사이트들을 통해 문학적 글쓰기를 경험하고 공유한다. 그래서 글쓰기가 오락이 아니라 고통의 산물이라는 것을 배우고 경험해 온 사람들에게는 이러한 쉬운 글쓰기가 마치 오락이라도 되는 듯 대중적으로 인터넷에서 이루어지고 있는 것을 우려하여 인터넷 글쓰기 모두를 가벼운 글쓰기로 치부하는 경우도 많다.

컴퓨터 기술이 발달하여 문학이 바뀔 것이라는 것에 이의를 제기할 사람은 없을 것이다. 컴퓨터로 글을 쓰기 때문에 가벼운 글쓰기가 될 수밖에 없다고 기술에 모든 누명을 씌울 수도 있다. 그러나 우리는 그동안 인쇄술, 즉 기술의 발달로 얼마나 문학을 쉽고 다양하게 접할 수 있는 지 잊고 있었을 뿐 이다. 처음 필사본으로 책을 만들 때, 사람들은 글씨 하나하나를 써서 베껴야 했다. 이러한 방법으로는 책 한 권만을 만들어 내는데도 매우 많은 노력과 시간이 투자되어야 했다. 그 다음 단계에서는 목판 인쇄술이 발달되어 목판으로 책을 '찍어 내어' 일일이 글을 써야 하는 수고를 덜어 주는 것은 물론이고 동시에 여러 권을 찍어 낼 수 있어 시간 절약과 효과가 한층 증대했다.

인터넷으로 텍스트 파일이 무한정 복제되기 전에 이미 대량 인쇄물을 만들 수 있게 된 것은 금속 활자 기술로 가능해졌다. 금속 활자 기술을 이용하는 것은 한 글자 한 글자 나무에 파서 찍어 내는 목판 기술과 달리 서로 다른 활자들을 서로 조합하여 글자를 만드는 기술이기 때문에 글자만 조합한다면 많은 문서를 대량 인쇄할 수 있는 장점이 있다. 그래서 한번 글자를 합성한 후에도 그것을 수차례 인쇄할 수 있게 됨에 따라 많은 책을 생산해 낼 수 있었고 그 덕분에 많은 사람들이 책을 읽을 수 있게 있었다. 만일 이렇게 책의 대략 인쇄가 가능해지지 않았다면 소설책은 대중의 이야기책이 아니라 선택 받은 귀족들이나 즐길 수 있는 사치품이 되었을 것이다.

서양에서 구텐베르크의 인쇄술 발명은 15세기이고 오늘날 내러티브의 꽃으로 잘 알려진 소설이란 장르는 18세기 영국에서 탄생되었다. 이것이 시사하는 바는 인쇄술이라는 기술에 맞추어 글쓰기가 이루어졌다는 사실이다. 한편 '이야기하기'란 인간의 오랜 여흥 문화 측면에서는 입으로 이야기를 전하는 문학의 역사는 아주 오랜 옛날부터 존재해 왔다. 그 구술 문화가 이야기 책 또는 소설로, 그리고 이제 다시 인터넷을 통해 과거 구술 문학과 인쇄 문학이 공존하는 시대를 우리는 살고 있는 것이다. 책으로 읽는 문학과 구술 문학의 차이는 같은 이야기를 선형적으로 전달하는가 그렇지 않은 가에 있다. 책이라는 것을 기술의 발명품이라고 이해하면 책이라는 것 자체가 제본한 물건(책)을 앞에서부터 펼쳐 페이지 순서대로 읽도록 되어 있다. 물론 그 책이 백과사전이나 전화번호부라면 찾고자 하는 정보 페이지로 옮겨 가지만 문학은 그 경우가 매우 다르다. 옹이 지적했듯 우리는 현재 기술 발전으로 제 2의 구술 문학 형식의 비선형적 이야기 전달 시대를 향유하고 있으나 이전 인쇄물 매체의 책 시대에서 경험하지 못한 비선형적 이야기 전개에만 치중한 나머지 정보를 찾는 것과 문학 작품을 읽는 것의 성격을 동일시하는 위험에 빠질 수 있다. 이러한 이유 때문에 일부 다양한 문학 형태가 온라인에서 구현되고 있을 때 사실 문학 기저가 흔들리고 있다고 생각하기도 했다. 엄밀히 말하면, 문학 형태가 다양하게 보이지만 사실 모든 것이 컴퓨터라는 매체에 힘을 빌어 묻혀진 판타지 장르와 게임의 새로운 발견으로 압축될 수 있다.

2. 인터넷 내러티브

초고속 인터넷 구축 망으로 문학의 창작과 공유의 장이 온라인으로 옮겨진 후 컴퓨터를 매개로 한 내러티브는 사이버 공간에서 향유되는 이야기의 내용과 그 전달 방법, 문학 이론적으로 말해 스토리와 담화 차원에서 연구되어 왔다. 다시 말해 인터넷 내러티브는 이야기와 이야기하기, 이렇게 두 가지로 큰 그림을 그릴 수 있다. 전자는 무협 소설, 판타지 소설, 팬픽션, 괴기 소설 등 비교적 문학 창작자들과 연구자들로부터 대중적인 인기를 누리지 못한 주변부 장르였고 후자에는 독자의 피드백을 바로 전달 받고 독자를 공동 작가의 장으로 초대하는 릴레이 글쓰기와 하이퍼텍스트를 활용한 하이퍼텍스트 문학 그리고 멀티미디어를 가미한 형태 등이 있다.

전자의 장르들은 사실 인쇄 문학물로 이미 존재해 왔던 것이나 인터넷이라는 문학 틈새시장을 통해 특별한 주류 문학의 여과 장치 없이도 발표하고 읽을 수 있는 것이기에 사이버 공간의 문학 장르로 새롭게 조명되었다. 그 중 가장 폭발적인 인기를 누리고 있는 것은 역시 판타지 소설이다. 갑작스럽게 부상한 이 장르에 대해 마치 가벼운 글쓰기의 대명사라도 되는 양 폄하되는 분위기에 대해 그렇지 않다는 것을 반증하듯 작가들이나 비평가 사이에는 '장르 판타지'라는 용어를 사용하고 있기도 하다. 현재 이 장르는 인터넷의 폭 넓은 독자층을 기반으로 판타지 소설 전문 출판사들과 서점의 판타지 문학 전용 코너가 마련되는 등 창작과 연구면에서 많은 호응을 얻고 있다. 몇 년 전 영국 문화원의 후원으로 개최된 '한국과 영국 판타지 문학 포럼'에는 청소년들과 대학생이 많이 참여하여 이 장르에 대한 궁금증 못지않게 판타지 소설 창작에 대해 많은 질문을 하는 등 높은 관심을 표했는데 이는 이 연령층이 판타지 문학의 폭 넓은 독자층이자 또한 미래 작가 층임을 보여 주는 좋은 예이다.

그동안 논의되어 왔던 판타지 문학 담론은 판타지 문학의 환상성과 사이버 문학 차원에서 이루어져 왔다. 환상성 문제는 판타지 소설의 개별적 특성보다는 문화 읽기 또는 장르적 특성의 맥락에서 많이 논의되어 왔고 그 장르적 특성은 우리나라의 판타지 문학임에도 불구하고 우리 판타지 문학의 특성보다는 서구의 중세 문화 일변도의 장르적 특성 범주 내에서 이해되곤 했다. 그러나 뜻 있는 우리나라의 문학 연구가들 사이에 문화적 정체성이라는 프리즘을 통해 이 장르를 조명하고 우리나라 작가들의 작품에서 고유한 환상성을 읽어 내려는 노력과 동시에 환상성에 대한 문화 읽기 노력이 활발히 이루어지기도 했다.

사이버 문학 범주 내에서 판타지 문학을 논했던 것은 우리나라만의 독특한 현상이라 생각된다. 사이버 문학을 주제로 한 각종 문학 행사의 내용은 사실상 판타지 문학이 대부분이고 사이버 문학이나 디지털 문학이란 이름을 내건 문학제 또한 판타지 문학 위주였으며 간혹 여기에 무협 소설이 포함되는 정도였다. 외국에서 사이버나 디지털이란 용어를 쓴 문학 공모전의 기본적 자격 요건이 컴퓨터 툴이나 소프트웨어를 사용하여 컴퓨터 매체 사용을 전제로 하고 있는 것과는 매우 대조적이다.

오늘날 그 용어도 익숙한 사이버 공간은 '사이버'란 말이 친숙해 지기 전 가상공간이란 말로 알려졌다. 사이버 공간의 접속은 처음 초고속 인터넷으로 대중화되기전 전화 모뎀을 통한 PC 통신으로 시작되었다. 실제 우리 현실에서 존재하지 않지만 사람들이 모여 실생활과 같은 일을 하는 생활과 업무와 놀이의 터전이 되었던 것이다. 그래서 이 가상공간에서 펼쳐진 문학을 (PC)통신 문학으로 부르다 후에 사이버 문학이라 불렀는데, 모든 분야가 그러하듯, 이 두 용어를 구분해야 한다는 의견도 있었으나 사실상 PC 통신이든 사이버 공간이든 모두 가상공간이므로 명확히 구분해야 되는 타당성은 없다. PC 통신이든 사이버 공간이든 우리나라에는 특징적으로 판타지, 공상 과학, 때로는 무협 장르가 압도적이었던 문학 향유 형태는 마찬가지였기 때문이다.

한편 사이버 공간에서 펼쳐지는 내러티브 중 컴퓨터 게임도 중요한 비중을 차지하고 있었으므로 이에 대한 논의도 우리나라에서 활발하였다. 그러나 게임의 쌍방향성과 서사성보다는 판타지 문학의 내용과의 연계성 선상에서 게임을 언급하곤 하였다. 여기에서는 앞에서 기회가 있을 때마다 몇 번 소개했으므로 문학 장르에 논의를 국한시키기 위해 컴퓨터 게임은 언급하지 않았다. 또한 보다 자세한 판타지 문학과 게임의 상호 관련성에 대해서는 필자의 다른 저서를 통해 구체적으로 탐구한 바 있다.[1]

우리나라에서는 사이버 문학 또는 디지털 문학하면 곧 판타지 소설을 가리키는 것으로 사용되어 오다가 나중에 판타지 문학이라고 자체

---

1) 류현주, 제5장 「게임과 문학의 판타지아」, 『컴퓨터 게임과 내러티브』, 현암사, 2003.

문학 장르로 부르거나 혹은 환상 문학이라고 우리말로 옮겨 부르기도
했다. 여기서 문제는 컴퓨터 매체 사용을 시사하는 '사이버'나 '디지털'
등 용어나 개념은 광범위하게 정의하면서 판타지 문학이라는 편중된
장르를 논의하는 것은 컴퓨터 매체가 문학 텍스트에 가져온 텍스트성
과 서사성의 변화라는 핵심 사항은 배제하고 있다는 사실이다. 그래서
또 한 편에서는 이를 주제로 하이퍼 문학 담론이 등장하게 되었고 동
시에 우리나라의 문화관광부와 정보 통신부에서 프로젝트가 진행되기
도 했다.

이와 같이 우리나라에서는 사이버 문학과 판타지 문학이 동일한 개
념으로 쓰이는 경우가 많기 때문에 컴퓨터를 활용한 문학이란 의미에
서 필자는 잠정적으로 '전자 문학'이란 용어를 사용하기도 하였기에
일단 여기서 전자 문학이란 용어를 사용해 보기로 한다. 우리나라의
전자 문학 연구는 정식 장르로 칭하면 판타지 문학과 하이퍼텍스트 문
학 이렇게 두 가지로 크게 나누어 볼 수 있다.

전자 문학은 컴퓨터 툴이나 소프트웨어를 사용하는 기술과 능력이
수반되어야 하므로 기존의 인쇄물 창작보다 시간과 노력이 더욱 필요
하고 무엇보다 근본적으로 기존 문학에 대한 깊은 이해와 독서 경험을
든든한 기반으로 하고 그 위에 컴퓨터 기술을 활용해서 자신의 창의력
을 발휘하여야 하는 이중 부담을 작가들에게 준다. 어떤 면에서는 일
반인들에게 그럴듯하게 보이는 부분은 컴퓨터 기술이나 지식이므로 이
부분을 부각시켜 잠시 관심을 붙들어 놓는 데는 성공할 수는 있을 것
이다. 그러나 그러한 노력들이 실험적 행위로는 좋은 전시 거리로 기

억될 수는 있으나 이 장르를 대신하는 진정한 대표적 작품으로 인정받을 수는 없다. 가령 그렇다 하더라도 짧은 기간 일부의 사람을 그렇다고 현혹시킬 수는 있으나 항상 모든 사람을 그렇게 하기는 어려울 것이다. 판타지 문학에 대한 논의는 사이버 문학이란 이름으로 많이 진행되어 왔다. 그래서 그런지 사람들은 새로운 용어와 개념인 하이퍼 문학, 그러나 생소한 만큼 또 어렵게 느껴지기 때문에 더욱 호기심과 오해를 낳은 하이퍼 문학에 잠깐 주목하기도 했다.

앞의 사람이 올려놓은 글에 이어 붙이기를 하는 형식으로 이어지는 릴레이 글쓰기는 온라인 상에서 문학적 향취를 즐기기에 좋은 장치이다. 다른 사람의 글을 읽고 영감을 얻어 다시 또 자신의 느낌과 생각을 네티즌과 공유하는 것은 또 다른 문학 창작 수업이 될 수 있다. 옹은 "전자 기술로 인해 우리는 '제 2의 구술 문화' 시대를 살고 있다. 이 새로운 구술 문화는 참여 할 수 있다는 신비감, 공동체 느낌, 현 순간 집중이란 면에서 과거의 구술 문화와 매우 유사하다"라고 한 바 있는데[2], 그가 컴퓨터 시대에서 구술 문화 시대를 읽어 냈을 때 공통점으로 지적한 요소들을 릴레이 글쓰기는 잘 보여 준다.

우선 우리가 막연히 공상 과학 소설로 접했던 사이버 스페이스의 환상적 이미지는 사실 환상보다는 실제적인 피드백 장치에 그 근본적 중요성이 있다. 우리가 자주 사용하는 사이버 스페이스란 용어의 근원지가 노버트 위너의 '사이버네틱스'에서 비롯되었다는 것은 잘 알려져 있으나 그러나 그 용어의 핵심이 쌍방향작용 혹은 상호작용에 있다는

---

2) Walter J. Ong, *Orality and Literacy*, Methuen, 1982, p.174.

것은 쉽게 간과되고 있는 듯하다. 위너는 자신의 '조절과 커뮤니케이션' 이론을 지칭하기 위해 이 단어를 사용하였는데 이는 앞에서 설명했듯이 배의 조타 엔진에 있는 조속기가 가장 피드백 장치가 잘 되 있다는데서 아이디어를 얻은 것으로서 효과적으로 A의 행동에 대해 B라는 행동이 바로 이어지는 시스템을 의미하는 것이다. 따라서 반응을 보내는 것, 즉 이야기를 올려놓은 것에 대해 다시 응답하는 반응을 보여주는 체계에 따라 온라인 상에 글을 올리고, 답하고 또 다시 글을 올리는 과정이 진행되는 것이다. 사실상 온라인 이전에 이미 우리나라에서는 PC 통신 소설에서 독자의 피드백에 의존도가 높은 이러한 구조가 독자들에게는 익숙해 있다. 여기서 독자는 적극적 독자로서 작품 이해 차원에서 참여하는 것 못지않게 실제 전달되는 이야기 창작의 한 구성원이 됨으로써 참여하는 공동체로서 전체적인 이야기보다는 이야기를 엮는 그 순간에 몰입하는 성격을 가지고 이것이 바로 옹이 지적했던 구술 문화 특성과 일맥상통하는 부분이다.

멀티미디어를 문학 작품에 가미하여 멀티미디어 소설, 때로는 하이퍼 소설로 칭하는 경우가 많으나 사실 이때의 멀티미디어는 독자들이 읽는 텍스트를 변화시키는 텍스트성의 문제가 아니라 읽는 이야기와 듣고 보는 음향과 그림의 배경적 요소를 가미하는 차원이기 때문에 이것을 하나로 정착된 컴퓨터 매체를 부각하는 문학 형식으로 보는 것은 무리가 있다. 현재 인쇄물로 발표된 시들도 '시 낭송회'나 '시와 미술의 만남'이라는 형식으로 읽는 또는 듣는 시의 배경으로서 음악과 미술이 사용되고 있기 때문에, 멀티미디어적 요소를 사용했다는 자체가

문학의 이야기를 바꾸어 놓는 것은 아니고 더욱이 새로운 문학적 요소
도 아니다.

하이퍼 문학 하이퍼

디지털과 돼지털, 사이버와 사이비, 하이퍼와 하이프. 이들 두 단어 묶음들은 마지막 영어 두 단어를 제외하고는 우리에게 익숙한 영어와 우리말인데 발음도 글자도 비슷하지만 의미심장한 단어 짝이다. 처음 의 것은 우리말도 아닌 디지털이란 영어 단어가 컴퓨터 대중화로 등장 하자 회자되었던 것이다. 두 번째 것은 가상공간이란 말을 쓰다가 지 금은 앞의 접두사(cyber)는 그대로 두고 'space'만 공간을 붙여 자연스럽 게 사용한다. 그런데 마지막 하이퍼는 영어 Hyper-란 접두어이면서 동 시에 우리가 하이퍼텍스트를 통해 들어 본 말이지만 영어권만큼 하이 퍼의 의미를 인지하고 있는 것 같지는 않다. 영어 접두사 하이퍼는 민 기 어려운 과장된 포장 상태를 의미할 때 자주 사용된다. 쉽게 말해 붕 떠 있는 들뜬 느낌(hypereal)이나 허풍 혹은 과장(hyperbole)의 뜻을 가진다.

재미있는 것은 하이퍼란 말이 그 자체 명사로 쓰이면 지나친 흥분 상태를 의미하는데, 우리나라의 하이퍼텍스트 문학 유행어가 바로 이 하이퍼 상태가 아니었나 생각된다. 너도 나도 하이퍼… 하이퍼… 했으니까. 하이퍼의 특징이 원래 요란한 만큼 사라질 때는 소리 소문 없이 순식간에 자취를 감춘다.

하이퍼, 하이퍼 하게 되면 하이프(hype)가 된다. 요란한 과장이란 뜻이다. 이것은 사기란 의미도 가지고 있는데 새로운 문학의 시도가 결코 사기는 아니었다고 본다. 다행스러운 일이다. 과오와 착오가 있었을 뿐이다. 넬슨이 하이퍼텍스트를 비롯해 하이퍼미디어란 용어를 사용할 때 하이퍼의 의미는 광범위하게 뻗어 나갈 수 있음 즉 기존의 것에 무한히 확장된다는 확장성을 시사하는 것이었다. 다시 말해, 기존의 텍스트에서 확장된 하이퍼텍스트, 미디어에서 확장된 하이퍼미디어란 의미이다. 그래서 하이퍼가 들어간 하이퍼텍스트는 넬슨이 1965년 발표한 논문 제목과도 같이 "복잡하고 변화하고 결정할 수 없는 파일 구조"(A File Structure for the Complex, the Changing and the Indeterminant)를 가지고 있다. 이미 익숙한 것인데 개념과 용어가 새롭다보니 낯설게 느껴지는 것이다. 넬슨의 하이퍼텍스트 개념은 이를 잘 설명해 준다. 넬슨에 따르면 하이퍼텍스트에서 텍스트는 새롭게 가지를 치는 보편성("a new branching generality")3)으로 확장된다. 여기서 가지를 치는 것은 하이퍼링크를 통해 말 그대로 사통팔달(四通八達)로 텍스트가 다른 텍스트와 연

---

3) Theodor Nelson, "Opening Hypertext: A Personal Memoir", *Literacy Online: The Promise (and Peril) of Reading and Writing with Computers*, U. of Pittsburg Press, 1965, p.46.

결되면서 확장되는 것을 의미하고 이러한 것이 일반적인 현상이 되는 것이므로 '보편성'이라고 표현한 것이다.

　네티즌의 출현과 현대인들의 급격한 사이버 공간으로의 급격한 이동, 그리고 우리의 삶에서 차지하는 인터넷 비중이 폭발적으로 증가함에 따라 사회 전반의 패러다임 이동이 파격적으로 이루어졌었다. 그래서 재미있게도 시대가 바뀌었다는 말도 당시에는 영어로 패러다임(paradigm) 전환이란 말이 회자되었다. 컴퓨터 혹은 사이버 공간의 문학적 담론에서 흥분하게 만들었던 '하이퍼'의 근본적인 현상은 글 읽기, 특히 글쓰기의 공간과 방식의 변화에서 목격되었다. 이는 단순하게는 자신의 의견과 감성을 즉각적으로 게시판이나 문학 창작 웹 사이트에서 표출하는 피드백 기능의 즉발성에서 출발하여 내러티브 스토리텔링에서의 작가와 독자의 쌍방향성으로 발전하였다. 또한 나아가 수많은 텍스트 단위들을 연결하고 언어적 텍스트는 물론 비언어적 텍스트인 음향, 동영상 등 멀티미디어를 링크로 연결하는 하이퍼텍스트로 확대되었다. 현대인의 놀이터가 사이버 공간이 된 마당에 문학 놀이 또한 이 공간에서 펼쳐지게 되었다. '놀이'라는 말은 가볍게 들릴 수도 있으나 그만큼 누구나 친숙하게 접근할 수 있는 대중성을 잘 보여 주는 개념이기도 하다.

　하이퍼텍스트란 용어가 21세기 초 몇 년간 자주 사용되었던 것은 사실 하이퍼텍스트란 새로운 텍스트에 대한 기술적 심층 연구보다는 그것을 문학에 활용한 하이퍼텍스트 문학에 국한되면서 잘못 개념이 정립되는 사례가 많았다. 링크로 텍스트를 연결하는 것이 하이퍼텍스트 문학의 목적이 되었는데, 한 마디로, 문학 보다는 이러한 컴퓨터 기술 혹은 도구적 성격에 더욱 주목하는 것이 그 대표적 예이다. 그 결과 대부분 하이퍼텍스트란 매우 광범위한 주제의 기획물들이 거의 하이퍼텍스트 문학이란 매우 한정된 내용을 담고 있었다. 2000년이 시작될 무렵 하이퍼텍스트 관련 원고 청탁이 쇄도할 때 필자가 처음 확인한 것은 하이퍼텍스트인가 하이퍼텍스트 문학이냐 하는 것이었다. 필자는 하이퍼텍스트 전문가가 아니라 하이퍼텍스트 문학 연구자이며 하이퍼텍스트에 대해 논할 만큼 전문 기술 엔지니어가 아니라는 것을 밝히곤 했다. 그리고 필자는 덧붙였다. 필자는 문학 평론 전공자로서 외국에서 새로운 문학 형태에 대해서 연구하다가 우연히 하이퍼텍스트 문학을 알게 되었기 때문에 극히 제한적인 하이퍼텍스트에 대한 지식만을 가지고 있다고. 그러나 이렇게 긴 단어를 줄여서 부르는 습관 때문에 사람들은 하이퍼텍스트 문학을 하이퍼텍스트라고 불렀고 또 이 둘을 동일한 것으로 생각하기까지 하였다. 이후 이 새로운 문학 형태는 여기서 더 줄여 하이퍼 문학이라고 부르기도 했다.

1. 하이퍼 문학의 새벽

우리나라의 하이퍼 문학의 본격적인 담론의 출발점은 2000년이라 생각한다. 개인적으로는 <김영사>에서 출간된 필자의 졸저 『하이퍼텍스트 문학』이 발표된 시점이기도 했다. 필자의 연구 분야에 대한 인터뷰가 주요 일간지에 게재된 후 책 출판을 제안하는 출판사들이 이어질 정도로 문학계와 출판계에서는 새롭다는 이유만으로 높은 관심을 보였다. 물론 이것이 대중적이라고 말하기는 힘들고 관련 학계나 업계에서도 무엇인가 시사할 만큼 지속적이고 깊은 관심은 아니었다. 그저 시류를 읽는 선에서 다루는 정도였다고 보는 것이 맞을 것 같다.

우리나라 문학계에서 하이퍼텍스트 문학에 대한 관심이 일기 시작했다는 신호탄은 문화관광부에서 문학 프로젝트로 '하이퍼텍스트와 문학'이란 주제를 선정한 것에서 찾을 수 있다. 하이퍼텍스트는 텍스트 자체를 말하는 것으로 가장 광범위한 용어와 개념을 수반하는 것인데 그것을 정확히 하이퍼텍스트 문학이라 칭하지 않고 하이퍼텍스트라고 잘못 칭하는 것은 마치 인터넷은 문학이다라고 거창하게 말하는 것과 같다. 이러한 용어와 개념에 대한 오해는 하이퍼텍스트 링크의 맹목적 이용과 멀티미디어 파일 편중 등 문학이란 창작물의 기본적 특징은 무시하고 기술에 대한 맹신 경향으로 이 장르를 유도하였다. 이는 정부에서 지원한 하이퍼 시와 소설의 프로젝트에서 잘 나타났다.

2000년 문화관광부에서 시도했던 '하이퍼텍스트와 문학' 프로젝트는 이어 쓰기를 이용한 시의 숲을 만드는 것이었다. 이 프로젝트는 실험적인 공동 시 창작 작업의 종류이다. 필자가 '종류'라고 표현한 것은 시 창작의 협업 형태가 가능해진 컴퓨터 사용 환경이 되었으니 작가 주도가 아닌 정부 주도로 시류에 맞게 무엇을 시작했다는 의미에서이다. 이 프로젝트는 '언어의 새벽'이란 이름으로 웹 페이지를 개설하여 작가의 글과 참여자의 글을 링크하는 식으로 진행되었다. 과연 언어의 새벽으로 한국 하이퍼 문학의 새벽은 밝았는가? 그 새벽은 빛을 가져다 주었는지 뒤에서 자세하게 확인할 수 있다.

컴퓨터 매체와 글 읽기와 글쓰기에서 쌍방향성 구현이란 소통이다. 즉 앞의 말을 듣고 내가 말을 하는 것처럼, 앞의 글을 보고 내가 말을 하는 것을 글로 응대하는 것이다. 그래서 이것을 이용한 문학의 경우 독자의 참여를 적극적으로 유도 또는 전제로 내러티브가 전개되므로 이것을 문학에도 활용한 것이 컴퓨터 매체 문학일 것이다. 여기서 독자는 글을 읽는 독자이면서 동시에 자신의 글을 작품 텍스트로 추가시킬 수 있기 때문에 작가의 역할을 할 수 있다. 일명 작가와 독자를 합쳐 줄인 '작독자'이다. 다시 말해 텍스트 글을 써서 링크를 만드는 글쓴이 측면과 다시 또 이것을 읽는 글 읽는 이 역할이 자신의 글을 연결하는 참여자 역할인 작독자가 된다. 그러나 중요한 것은 작독자란 존재가 이렇게 자신의 글만을 올려놓고 사라져 버리는 유령이 아니다. 작독자는 언어텍스트의 행위예술가도 아니다. 아니 차라리 언어 행위 예술가가 되면 멋진 시가 탄생하는 쾌거를 거두기도 한다. 무엇보다 작독자란 전체 '작품'의 구도를 생각하는 책임 있는 독자이다. 무엇이 과연 문학 작품으로서의 조건이고 가치인가는 의견이 분분할 수는 있으나 '이것은 정말 아니다'란 느낌의 공감대는 상대적으로 쉽게 얻을 수 있을 것이다.

2. 하이퍼 구보(驅步)

21세기 새로운 세기를 하이퍼텍스트 혹은 하이퍼텍스트 문학으로 밝힌 우리나라 시류를 타고 일부 연구자들은 아주 발 빠르게 움직였다. 작가가 아니라 이론가들이 주도하여 정부의 많은 지원이 투입된 문학 프로젝트가 2년 연속으로 진행된 것이다. 정부가 이들을 찾은 것인지 이들이 정부를 찾은 것인지는 모르겠지만 말이다. 2000년 '언어의 새벽'에 이어 정보 통신부에서 지원한 2001년 '디지털 구보 프로젝트'는 "세계적인 수준의 하이퍼텍스트 소설이 한국에서도 탄생되었다"며 홍보를 하였다. 하이퍼 혹은 하이프가 아닐 수 없다. 정부 입장에서는 이렇게 홍보를 많이 혹은 과장해서 사람들의 시선을 끌 수밖에 없는 입장에 있다는 것 잘 알고 있다. 우리나라의 최초, 최고, 최대가 들어간 사업들은 어디가나 많다. 이것이 이제 대대적인 예산이 투입된 문학에서도 드러나게 되었다. 이들 단어들이 들어간 것은 예외 없이 큰 기대를 품게 하나 결국 그 기대가 너무 커서 실망을 하는 사례들이 얼마나 많았던가.

무엇을 보고 이 디지털 구보를 본격적인 하이퍼텍스트 문학이라고 할 수 있을까? 나아가 '세계적 수준의 하이퍼텍스트 소설'이라고 할 수 있을까? 앞에서 이야기한 최초, 최고, 최대로 수식될 수 있는 것만이 그 답이라면 안타깝다. 여기에 분명 이렇게 골치 아픈 문학 작업은 처음이라고 느꼈을 사업 관계자들의 부담감도 역시 최대가 아니었을까? 그러나 유감스럽게도 그 결과는 예술로서의 문학 그리고 그것의 이야기하기 본질에 충실하지 못한 부분을 화려한 멀티미디어 기술, 단편 영화 버전의 제작 상영 등 화려한 포장지로 감싼 것은 아닌가 하는 회의를 불러일으킬 정도로 실망스러웠다. 구체적으로 살펴보면 이는 독설이 아니라 충분히 설득력 있는 평이다.

문학을 연구하는 학자와 작가가 아니더라도 이 작품의 하이퍼링크 연결 구도는 문학 혹은 소설이란 이름으로 왜 링크를 사용했는지 그 사용 목적에 의문을 제기하게 되고 결국 실소마저 짓게 한다. 어떤 독자가 이야기를 읽을 때 관심을 주로 갖는 것은 사건의 전개이다. 링크가 있어 방해받기 마련이라고 변명하지는 말자. 그렇다면 유명한 하이퍼 소설들은 어떻게 탄생했고 또 어떻게 인정받았겠는가. 더욱이 처음 이것을 시도한 마이클 조이스 경우 기존의 방법으로 글을 쓰던 소설가였는데 그가 링크에 매료되어 링크를 소설에 걸어둔 것은 절대로 아니었다. 조이스가 컴퓨터 전문가 친구의 조언을 얻어 스토리스페이스란 하이퍼텍스트 문학 제작 도구를 만드는데 참여하고 결과적으로 최초의 하이퍼 소설을 탄생시킨 것은 그가 가르치던 학생들이 떠오르는 단상들을 어떻게 연결하여 이야기를 만드는지 어려워하는 것을 보고 이를 도와주면서 동시에 읽을 때마다 달라지는 이야기를 만드는 방법이 없을까 하는 생각에서 출발하였다. 이는 분명, 하이퍼 문학에서도 무엇이 먼저인지를 잘 보여 주는 예이다. 다시 말해, 조이스의 하이퍼 문학 창작에는 기술이 있음으로 한번 이용해 보자가 아니라, 사실상 기존의 컴퓨터 도구가 없어서 결과적으로 만들기까지 했으나, 어떻게 창작과 독서의 문제를 해결할까 하는 기본적인 고민이 출발점이 되었던 것이다.

그 방법과 내용이 어떠하든 내러티브는 등장인물들이 연루된 사건이 무엇이며 그 사건이 어떻게 전개될 것인가를 근본으로 하여 독자를 작품의 탐험 길에 초대하게 된다. 그것이 문학이라는 이름을 내걸었을 때는 더욱 그러하다. 그런데 이 프로젝트에는 주요 핵 사건에 대한 이야기 흐름보다는 그 사건에 나오는 배경이나 부차적인 사소한 정보를 하이퍼링크로 만들어 놓았다. 예를 들어 등장인물들이 국수 먹는 장면이 나오면 국수 집 웹 사이트를, 등장인물들의 외모를 묘사하는 부분에서는 그 인물이 신고 있는 유명 운동화—요즘은 명품 혹은 브랜드 운동화라는 말을 쓰는—회사 사이트를, 그리고 대화에 TV 시트콤, 영화가 나오면 그 드라마와 영화 공식 홈페이지를 링크로 만들어 놓았다. 과연 소설을 읽는 독자가 국수집, 신발, 드라마 영화 사이트를 방문하여 어떤 풍부한 문학적 경험을 얻겠는가. 이러한 사이트를 일단 방문한 독자는 결코 이 구보 이야기의 소설로 다시 돌아오지 않는다. 결국 구보 이야기를 읽기 위해 이 소설 사이트에 들어갔던 방문객들은 소설을 읽는 것이 아니라 단지 여러 웹 사이트를 지나쳐 가는 한 경유지로서만 이 소설 사이트에 잠깐 머물게 되는 결과가 된다. 여기서 하이퍼링크는 여러 문서를 결합하여 놓은 일반 정보 차원의 목적 없는 웹 사이트 서핑 차원에서 이루어지고 있다.

기술과 이야기의 행복한 동거. 이러한 이상은 일찍이 영국 현대 심리 소설의 초석을 다진 헨리 제임스(Henry James)의 말에서 지혜를 찾을 수 있다. 제임스는 좋은 이야기들은 모두 거기에 그림과 생각이 함께 "섞여 있다"(interfused)고 했다. 그림이 있어 효과를 준다고 할 때, 이것은 어디까지나 조화롭게 이야기를 즐기고 이해하는데 도움을 준다는 것이지 그림과 이야기가 별개로 따로 노는 느낌이 들지 않아야 한다는 것을 의미하는 것이리라. 제임스는 혼돈스럽다(confused)라는 느낌을 주지는 않는 균형과 조화가 필요하다는 것을 지적한 것이다. 한 비평가는 헨리 제임스의 이 말을 빌어 그림과 생각을 장장 300페이지나 되는 시의 형태로 '소설'을 창작하여 발표한 브레드 레이트하우저(Brad Leithauser)의 파격적 작품을 해석한 바 있다.[4] 그렇다면 전통의 계승과 파격, 문학뿐 아니라 모든 예술 분야의 가장 어려운 문제가 아닐 수 없다. 하이퍼 문학 프로젝트들은 계승보다는 파격에 무게를 두고 기술을 맹신한 것이라는 비난을 면하기 어려울 것이다. 제임스의 말에서 그림은 실제 그림이기도 하고, 이야기의 이해를 돕는 도구적 장치로도 해석할 수 있다. 그렇다면 제임스의 말이 시사하는 것은 파격의 아름다움이란 그림이 이야기에 녹아들어야 되듯, 기술 또한 이야기에 녹아들어야 된다는 말일 것이다.

우리나라에서 낯선 하이퍼 문학이란 형태를 여러 사람이 모여 시도를 한다는 자체가 대단한 모험이고 프로젝트 담당자로서는 매우 많은 고생을 했을 것임에 틀림없다. 창작의 경험이 있는 필자로서 이렇게 컴퓨터를 도구로 사용하는 문학 창작은 작가에게는 흥미롭지만 동시에 매우 큰 부담을 준다는 것을 누구보다 잘 알고 있다. 그러나 그렇기 때문에 더욱 기본적으로 필요한 컴퓨터 도구 내지 소프트웨어를 잘 다루

---

4) Philip Kennicott, "Evolution of a Novel", *Washington Post*, June11, 2002. 헨리 제임스의 말은 이 기사에서 재인용.

어야 하지만 그에 못지않게 이러한 것을 사용하여 자신의 창작에 어떠한 매력을 줄 수 있는가를 고민해야 했다. 쉽게 말해 하이퍼 소설을 제대로 한 편이라도 읽었다면 이런 결과가 나왔을까 싶을 정도이다. 읽더라도 많은 사람들이 그러한 것처럼 링크를 쫓아다니며 클릭, 클릭하는 것이 하이퍼 소설 독서의 경험으로 착각한다. 클릭함으로써, 링크를 연결함으로써 이야기 전개에 어떠한 변화와 변수가 생기는가… 도대체 읽었다고 하는 텍스트 단위 수는 이야기를 이야기할 정도로 일정 수를 넘겼는가를 생각하면 이는 쉽게 알 수 있는 문제이다. 이를 통해 기존의 인쇄물 창작과는 다르게 텍스트가 전개되는 비선형적 전개의 목적과 방법에 신경을 써야 한다는 중요한 사실을 간과해서는 안 될 것이다. 하이퍼 소설이 기존의 인쇄물 소설과 어떤 면에서 다른지를 보여주기 위해서는 단지 외양적으로 하이퍼텍스트와 멀티미디어를 사용한 것만 강조되어서는 안 되었다.

인쇄물 창작자들이 그러했듯이 하이퍼 소설 창작에 뜻이 있는 사람들 또한 기존에 발표되어 많은 사람들이 인용하고 있는 교과서적 작품 정도는 그것이 영어로 되어 있더라도 사전을 참고하면서 그룹 연구를 통해 읽을 정도로 기본적 연구가 필수적으로 선행되었어야 했던 것이다. 앞에서 인용한 제임스의 언급에서, 무엇과 무엇이 한데 어울려 녹아든다(fuse)는 것은 잘 되면 조화를 이룬다고(interfused) 했는데, 어떤 이 두 가지가 섞이되, 그렇게 되지 못하고 겉돈다면 혼란을 야기시키(confused)는 것임이 분명하다. 컴퓨터를 우리가 생각하는 대로"(As we may think) 생각을 정렬하는 기계로 꿈꾸어 왔던 바네바 부시나 역시 유사하게 하워드 라인골드가 "생각의 도구"(Tool for thought)로 내다보았듯이 중요한 것은 기계가 아니라 인간의 생각이었다. 역시 꿈과 현실은 괴리가 있는가 보다. 컴퓨터가 곧 "하이퍼텍스트 위주의 기계"(hypertext-driven machine)[5]인데 이야기보다 하이퍼텍스트로 점철된 우리나라의 이러한 프로젝트는 기계와 생각의 행복한 동거가 얼마나 어려운지를 여실히 보여 주었다. '혼돈의 미학'이란 근사한 말이 있다. 혼돈되더라도 그것에서 아름다움(美)을 찾는다면 가치는 구현된다는 말이다. 그러나 아무리 구보 프로젝트에서 미학을 찾으려 해도 찾지 못하고 오직 어지러움과 불편함만 남는 것은 나만의 경험은 아닐 것이다.

인쇄 문학의 내러티브와 전자 문학의 하이퍼텍스트 내러티브는 독자의 입장에서 독서냐 혹은 탐험이냐, 혹은 이 둘이 동시에 실현되는 문제로 압축된다. 독서 자체가 단어, 문장, 문단, 페이지 등 선형적인 형태로 이루어지는데 비선형적 하이퍼텍스트 내러티브는 독서를 전제로 한 언어적 글 읽기로 되어 있는 것이면서 동시에 하이퍼링크가 있어 독자는 선형적 읽기가 아니라 비선형적 마우스 클릭하면서 '내용 파악'이 아닌 언어의 숲에서 '링크 탐험'을 하는 것일 수도 있다. 이 프로젝트에서 과연 숲 속에서 길을 잃고 있는 독자에게 문학은 아직도 또는 계속 길을 제시하는 안내자의 역할을 해야 하는 것인지 또는 할 수 있는지 의문이 남는다. 무엇보다 문학 창작자 입장에서는 아주 편안하게, 차분하게 책장을 넘겨가며 이야기 줄거리를 파악하는 글 읽기의 재미

---

5) Steven Johnson, "Tool for Thought", *The New York Times*, January 30, 2005. 부시와 라인골드 언급과 함께 이 부분은 본 기사에서 가져온 것이고 '생각'에 중점을 두어 필자가 재해석.

를 왜 정신없이 계속 링크를 클릭하며 헤매어 다녀야 하는 하이퍼 글 읽기로 바꿔야 하는지 충분한 이유가 있어야 한다. 단순히 새로운 것이어서, 멋있게 보여서라는 이유만으로 독자를 정신없게 만드는 새로운 컴퓨터 문학은 지양되어야 한다. 모든 허구적 내러티브의 창작자와 향유자들은 이 '왜'를 명쾌히 설명할 수 있을 때 비로소 어떠한 새로운 문학 형태든 뿌리를 내릴 수 있을 것이다.

문학은 무엇인가? 역시 오랜 세월 동안 해답이 나오지 않는 복잡다 단한 화두이다. 그러나 분명한 것은 글은 사람이 쓰는 것이지 기술이 쓰는 것이 아니라는 점이다. 마찬가지로 하이퍼 소설 역시 하이퍼링크 만 연결했다고 하이퍼 소설이 되는 것은 아니다. 창작적 출구로서 작가가 먼저 동기 유발이 되어 글을 쓰는 것과 사업성으로 전시 행정의 일환의 정부와 기관들의 움직임으로 시작된 것은 결국 한때의 사업으로 끝나는 것이다.

3. 하이퍼 연구 하이퍼

하이퍼텍스트 문학 프로젝트는 우리의 컴퓨터 디지털 내러티브의 문제점을 가장 잘 보여 준 전형이다. 이것을 비판적으로 분석하고 검토함에 있어 필자는 관련된 모든 담론과 사업들을 '집게손가락'으로 가리킨 셈이다. 무엇을 지칭할 때 밖을 향해 가리키는 손가락은 집게손가락 하나이지만 나머지 네 손가락은 결국 손가락질 하는 당사자를 향해 굽혀져 있다. 연구자로서 그 나머지 네 손가락은 나를 향해야 할 것이다. 그래서 이 기회에 필자가 이 분야 연구를 처음하면서 경험하고 배웠던 것을 다시 반추해 보려고 한다.

컴퓨터를 매개로 하는 문학 형태 가운데 매체의 특성을 반영한 것으로 자주 거론된 것은 하이퍼 문학이었다. 한국에서 하이퍼텍스트는 하이프가 더 이상 아니었다. 즉, 현실로 하이퍼텍스트를 경험하고 활용하며 구성하고 있었기 때문이다. 인터넷 텍스트가 곧 하이퍼텍스트의 전형 아닌가. 그러나 하이퍼텍스트 문학에 대한 담론은 하이프로 끝난 것이라고 볼 수 있다. 적어도 하이퍼텍스트를 문학에 활용한 하이퍼 문학 장르에서는 그러하다. 말만 무성하고 실체가 없다는 의미이다. 이유는 간단하다. 기존에 이 장르로서 공인 받고 많이 연구된 작품들을 실제로 읽지 않고 추측에 의해 혹은 피상적인 단편적 지식에 의해 작품을 구상하고 그것을 포장한 근사한 외양에만 도취 또는 현혹되어 빈약한 내용물에 대해서는 무감각하지 않았나 생각된다.

이러한 배경에 나름대로 이해할 수 있는 이유는 있다. 외국 특히 미국에서 1987년대부터 획기적으로 작품 발표, 대학 강의, 국제 학술대회가 열린 후 거의 15년이 넘는 역사의 시간과 깊이를 연구하고 분석하고 실험하기에는 우선 가장 큰 것이 언어 장벽이다. 개인적으로 이 분야를 알게 된 것이 미국에 있을 때여서 주로 필자의 하이퍼텍스트 문학 담론은 미국의 사례를 중심으로 한 것이다. 그러나 하이퍼텍스트 국제 학술회의가 미국 컴퓨터 학회 주최로 세계 각 도시에서 개최되어 다른 나라의 관계자들이 참여하는 것을 볼 때 미국이 이 분야 연구의 선두주자라고 이해하는 것에는 무리는 없다고 생각한다.

2000년대 본격적인 하이퍼텍스트라는 이름으로 하이프가 우리나라의 문학 담론에 본격적으로 등장하기 전까지 연구서와 논문 그리고 작품이 모두 영어로 되어 있었다. 물론 이전에 우리나라에서 외국의 사례 연구를 알리는 정도의 글은 있으나 이것은 어디까지나 외국 학자의 이론서를 번역한 것이거나 논문의 경우에도 외국 학자의 논문을 번역한 수준에 자기의 해석을 덧붙인 정도였다. 미국에서 나온 대부분의 기존 하이퍼 문학이 처음 선 보일 때 하이퍼텍스트 창작 프로그램인 스토리스페이스로 창작되어 플로피 디스켓이나 CD롬으로 판매되었는데 이것을 한국에서 외국에 개인적으로 주문해야 하는 번거로움이 있었다. 인터넷에 올려진 작품들 또한 무료로 볼 수 있다고 하더라도 역시 전자 형태와 같이 영어 이해 능력이 수반되어야 한다. 무엇보다 이 새로운 분야를 이해하기 위해서는 선행 연구가 수반되어야 하기 때문에 쉽게 접근할 수 있는 장르가 아니었음은 틀림없다.

처음 이 분야에 대한 특강과 질문을 개인적으로 받았을 때 가장 알기 쉽게 일반인들의 이해를 도와주는 방법은 가장 큰 하이퍼텍스트라고 할 수 있는 인터넷 웹 사이트였다. 그리고 문학 전공자들에게는 실제 내 노트북에 개인적 졸작을 비롯한 기타 유명한 하이퍼 소설 작품을 담아 보여주면서 이해를 돕곤 했다. 이제 하이퍼텍스트란 멀티미디어 환경에서 전개되는 인터넷 텍스트이고 하이퍼 문학이란 여러 개의 텍스트 뭉치로 된 소설로서 그 텍스트 각각에 하이퍼링크들이 있어서 독자들이 어떻게 그 링크를 선택하느냐에 따라 이야기 전개의 연결 고리들이 달라지는 것이라는 것을 누구나 잘 알고 있다. 덧붙여서 기본적으로 하이퍼텍스트 아이디어는 1940년대 바네바 부시의 효과적 자료 저장 및 검색 방법으로 주창된 것이고 1960년대 그의 제자 테오도르(혹은 영어 애칭으로 줄여 테드)넬슨이 만든 것이라는 배경지식도 모두 상식적으로 알려져 있다. 그래서 더 이상 하이퍼 문학을 거론할 때 이러한 안내를 필요로 하지 않는다. 어떤 측면에서는 이미 세계적 초고속 인터넷 강국으로 잘 알려진 우리나라 대다수 사람들이 하이퍼텍스트를 이용해 왔고 또 이용하고 있어서 익숙한 것이었다. 다만 그 용어의 낯설음 때문에 처음 이 단어를 들었을 때 생소한 개념으로 생각되는 것일 뿐 누구나 하이퍼텍스트에 대한 '실전 경험'은 우리나라 사람이 많았다고도 할 수 있다.

앞의 문단에서 밑줄 친 부분을 보고 의아해 하는 독자들이 분명 많을 것이다. 그러나 만일 이것이 인터넷 텍스트로 읽는다면 누구나 독자들은 이것이 하이퍼링크로서 마우스를 줄 친 부분 위에 올려놓으면 검지손가락 모양이 나오면서 클릭했을 때 그 해당 단어들에 대한 보충 설명을 나타내는 문서로 옮겨가게 된다는 것을 쉽게 이해하고 또 그렇게 활용했을 것이다. 이것은 이미 워드 작업할 때도 보편적으로 사용되는 것이어서 워드 문서를 읽다가 하이퍼링크를 만들어 놓을 수도 있고 또 참고할 수도 있어서 보충 설명에 대한 손쉬운 도구로 사용되고 있다. 대부분 파란색과 같이 다른 색으로 표시되거나 줄이 그어져 있어서 이것이 하이퍼링크의 표식이라는 것이 보편적으로 알려져 있다. 그럼에도 불구하고 인쇄물에 익숙한 사람들이 인터넷 텍스트로서 하이퍼텍스트에 대한 설명만 듣고 개념을 이해하기란 매우 힘들다. 그렇기 때문에 그 아이디어와 용어가 몇 십 년 전에 나온 것이라도 컴퓨터와 인터넷이 대중적으로 보급되어 실제 이용자 혹은 독자가 그것을 접하게 된 1990년대가 되어서야 비로소 하이퍼텍스트에 대한 본격적인 이해와 연구가 시작되게 된 것이다.

모든 분야가 그러하겠으나 특히 컴퓨터 정보 통신 분야는 인지적 이해와 실용적 활용 사이에는 현격한 차이가 있다. 디즈니랜드의 미키 마우스에 매료된 어린이들이 분명 1960년대 더글라스 잉겔바르트가 개발한 (컴퓨터) 마우스가 있었음에도 불구하고 이 '마우스'를 몇 십 년이 지나서야 모든 어린이들이 상식적으로 알게 된 것은 컴퓨터 인터페이스가 아이콘과 윈도우로 되어 있어 마우스로 클릭하는 환경으로 컴퓨터 운영체제가 바뀌고 난 뒤였다. 1980년대만 하더라도 분명 컴퓨터는 있었으나 명령어를 하나하나 컴퓨터 키보드로 입력하는 도스형 운영 체제여서 컴퓨터가 있다고 하더라도 윈도우 체제에 사용되는 마우스를 사용할 일은 없었다.

컴퓨터 게임도 비교적 1990년 후반에 와서 미래의 가장 유망한 비즈니스 아이템으로 주목 받았고 게이머의 수나 인기도 폭발적으로 증대했으나 사실 그 게임 개발은 1970년대 말 1980년대 초에 이루어졌음에도 불구하고 그 게임을 이용할 만큼 저렴한 가격의 컴퓨터가 대중적으로 보급되기까지 10년 이상의 세월이 필요했다. 또한 요즘 청소년들과 젊은 층이 열광하는 머드 게임도 좋은 예가 된다. 머드 게임은 1980년대 영국에서 개발되어 대학생들에게 주로 인기를 얻었으나 오늘날에 와서야 머드 게임의 본산지가 미국으로 이동하면서 일종의 청소년은 물론 일부 어른들의 문화 코드로까지 자리매김 될 정도로 대중적인 인기를 얻게 되었다. 그 배경에는 영국의 통신망 접속 전화 요금 즉 전화 모뎀 사용료가 미국보다 훨씬 비싸서 주도권이 상대적으로 전화 요금이 저렴한 미국의 젊은이들이 쉽게 이용할 수 있었던 것이 큰 영향을 미쳤다. 오늘날에는 미국이 가장 널리 사용되고 있는 컴퓨터 하드웨어와 소프트웨어의 종주국이므로 컴퓨터 게임 산업에서도 유리한 사회 인프라를 구축하면서 이 분야의 선두주자가 될 수 있었다. 그러나 이러한 컴퓨터 산업의 하드웨어에 자리를 내 준 영국이 창조 산업(우리나라의 문화콘텐츠)이란 소프트웨어로 세계를 제패한 것은 매우 흥미롭다. 컴퓨터 소프트웨어나 툴의 낯선 이름보다 반지의 제왕, 해리포터 이야기가 사람들에게는 더 친숙하게 잘 알려져 있지 않은가. 영국 출신 전 세계 게이머의 연인, 라라 크로프트(컴퓨터 게임 '툼 레이더'의 여주인공)는 또 어떤가?

필자가 처음 하이퍼텍스트 문학 분야에 박사 학위 논문을 쓴 것에 대해 과도한 반응이 많았다. 일부 교수 중에는 컴퓨터는 '아이들 장난' 하는 것인데 이러한 것을 가지고 하는 문학을 학위 논문의 주제로 할 수 있느냐 하는 경우도 있었다. 그에 대한 반박 혹은 설득력 있는 증거로 필자는 당시 미국의 유수 대학에서 교과 과정으로 가르치고 있다는 자료를 인쇄하여 보여 준 적도 있었다. 혹자는 필자의 논문을 한국에서 이 분야의 최초 논문이라고 하기도 하고 <김영사>에서 출간된 필자의 졸저『하이퍼텍스트 문학』은 최초의 이 장르 입문서라고 언론에서 광고도 되었다. 어느 정도 일리가 없는 말은 아니다. 그러나 전자에 대해서는 정확한 근거가 없고 후자는 출판사나 필자의 조사 결과 사실이지만 한국적 상황에서 이 분야에 대한 체계적 소개가 이전에 없어서 최초란 것이 전경화 되었던 것 같다. 분명한 것은 이러한 부담스러운 주변의 반응은 더욱 연구에 매진하라는 채찍질로 삼아서 지금까지도 계속 문학과 서사에 대한 연구를 하고 있다. 요즘에 회자되는 스토리텔링, 문화콘텐츠 운운도 사실 용어와 개념만 유행어로 바뀌어 회자되는 것일 뿐 이미 오랜 시간 문학과 서사의 한 종류로 계속 연구되어 왔던 것이었듯이 말이다.

결국 어떠한 새로운 분야에 대해 더욱 알고 싶다고 하더라도 대부분이 그것이 우리말로 안내가 되어 있지 않는 한 일부 학자들의 외국 사례 전공 분야로 남고 말 것이다. 영문학자인 필자의 이 분야 연구는 이러한 맹점을 안고 있었던 것이 사실이다. 영미 평론 전공자로서 필자는 학위 논문에서 하이퍼 문학의 이론적 연구를 했고 다음에 출판된 책에서는 실제 작품을 위주로 글을 엮어 나갔다. 당시 이 장르 자체가 매우 낯설고 어렵게 느낄 때였으므로 출판사와 필자는 논문식이 아니라 좀 더 일반인들에게 친숙하게 다가 갈수 있도록 글을 풀어서 써야 할 정도로 이 분야에 대한 세인의 관심이 적었다.

앞에서 필자가 우리나라의 하이퍼 문학의 본격적인 담론의 출발점을 2000년대로 생각했던 것은 개인적으로 필자의 논문(1999년, 학위 수여는 2000년)과 졸저(2000년)가 발표된 시점이기도 했지만 오히려 주목해야 할 것은 우리나라 문학계의 눈에 보이는 이 분야에 대한 관심이 이때 시작되었다는 사실이다. 한편 문화관광부에서 2000년을 새천년 예술의 해로 정했었고, 문학 분과에서는 같은 해 주제를 '하이퍼텍스트와 문학'으로 선정했다. 이를 계기로 계속 이 분야의 실험은 계속 되면서 각 문학잡지는 물론 학술지에도 이 장르에 대한 논의가 활발히 진행되었는데 개인적으로 내게 오는 많은 이메일을 통해서도 이 분야에 대해 학위 논문을 준비하는 사람도 증가하고 있음을 목격할 수 있었다. 그래서 이후 내 졸저는 물론 제목에 하이퍼텍스트가 들어간 책이 계속 출판되어 오고 있고 심지어는 우연인지 필연인지 모르겠으나 필자와 이름이 매우 유사한 사람의 이 분야 책도 몇 년 뒤 출판되어 개인적으로 지인들에게 또 이 분야 책을 출간했느냐는 질문을 받은 적도 있었다.

영문학도로서 외국에서 공부한 것을 바탕으로 필자가 영문학 박사 학위 논문을 쓴 것에 대해 한 한국의 문학 연구자는 이 분야에 대해 개인적으로 관심을 표해 온 적이 있다. 그 연구자는 이 이질적 '외국 것'에 대해 호기심과 의구심을 함께 표하곤 했다. "우리의 문학 현실에서 하이퍼텍스트가 어떻게 받아들여지고 있는지, 혹은 받아들여져야 하는지에 대해 왜 언급을 하지 않느냐 하는 것이었다.6) 이 지적에서 우선 정확성을 기해야 하는 것은 '하이퍼텍스트'이다. 당시 우리 학계의 습성으로 보아 '하이퍼텍스트 문학'을 줄여 '하이퍼텍스트'라고 불렀으나 이는 용어의 문제가 아니라 이 둘을 동일시하는 것이 하이퍼

---

6) 이후 장노현은 '한국적' 노력들에 대해 상세하게 그의 학위 논문(『하이퍼텍스트 서사에 관한 연구』, 한국정신문화연구원 박사학위 논문, 2002, 그 후 이 내용은 책으로도 출판)에 밝혀 놓았다. 그러나 많은 국문학 연구자들이 그러했듯 이론적 배경이나 설명은 역시 외국의 것이 대부분이었다.

문학을 이해하는데 중요한 오해를 자아내기 때문에 문제가 되었다. 이러한 문제 제기에서 어느 의미로 '하이퍼텍스트'란 용어를 사용하였는지 모르겠으나 당시 우리 학계가 안고 있던 이 용어와 개념의 혼동이 반영된 것이라고 보인다. 여기서 우선 문제라고 볼 수 없는 것은 첫째, 영문학 평론 논문이 영문학을 대상으로 한다는 점이다. 또한 중요한 사실은 둘째, 회자할 만한, 즉 하이퍼 소설이라고 자타가 공인할만한 한국 소설이 발표되지 않았다는 점이다. 앞의 문제점 제기에서는 이러한 기본적 사실들이 간과되었다. 그리고 '어떻게 받아들여져야 하는지에 대한 언급'이 없다고 했으나 이는 분명 한국의 상황에서 어떻게 받아들여져야 하는 이론적 측면에서 이미 선진 연구가 이루어진 외국의 사례를 논문에서 밝힌 바 있다.

또 한편에서는 하이퍼 문학에 대해서 그렇게 잘 알면 왜 창작물을 발표하지 않느냐는 호기심 반 질타 반의 음성도 들은 적이 있었다. 좋은 지적이다. 그러나 문학 평론가들이 모두 작가는 아니라는 사실을 상기할 필요가 있다. 어떤 면에서 작가일 필요도 없는지 모른다. 물론, 작가의 입장이 되어 보는 것은 분명 의미 있는 일이다. 더욱이 새로운 분야는 이러한 경험이 비평에 매우 중요한 사실을 깨닫게 하는 도움이 된다. 사실 외국 학교 과정에서 배운 하이퍼 문학은 기본이 이론 공부와 실제 창작을 겸하고 있었다. 필자는 관련 워크숍에서 『용의 궁전, Palace of a Dragon』이란 하이퍼 소설을 창작해 본 경험이 있다. 그러나 필자는 무엇보다 문학이란 것이 일회성 전시 상품이 아니므로 전시용으로 보여 줄 의사가 전혀 없었고 대신 제대로 된 작품을 창작하고자 하는 여느 작가의 소망을 간직하고 있었기에 당시 플로피에 담아 놓았었다. 더군다나 필자가 창작 도구로 사용한 스토리 스페이스는 영어 사용 환경에서 구동 되도록 만들어졌기 때문에 한글 환경에서 한글이나 하이퍼링크 연결이 끊어지는 경우가 있어서 더욱 세심한 주의가 필요했던 것도 이유 중 하나였다. 다만 진심으로 관심을 가지고 궁금해 하는 사람들을 위해 이미 필자가 창작했던 작품은 필자의 졸저에 자세히 설명했고[7] 특강을 요청 받을 때마다 컴퓨터로 직접 청중들 앞에서 설명을 곁들여 공개를 했었다.

모든 문학 평론가가 창작가가 아니듯 실험적 형식이나 시도는 바람직하나 사람들의 주목을 끌기 위한 전시적 시도는 지양되어야 한다. 그 대표적인 사례는 2002년 구보 프로젝트에서 찾을 수 있다. 2002년 한 소설 창작자는 '최초의 하이퍼 소설'이란 출판사의 문구와 더불어 인터넷에 올려진 자신의 소설에 대한 서평을 부탁했으나 필자는 남의 작품을 읽고 공공연하게 책에 '최초'라는 것에 동의할 만큼 지식이 깊지 못해 거절을 하자 같은 해 또 다른 '최초의 하이퍼 소설' 운운하는 이 프로젝트를 접하게 되었다. 한 나라에서 최초의 하이퍼 소설이 두 개라!!! 승리는 내용의 문제가 아니라 지명도와 경제적 지원 유무의 차원으로 여론이 형성되는 것을 목격하면서 이 분야의 전문 연구가로서 씁쓸한 기분을 경험한 적이 있다. 사실 서평을 부탁했던 지방의 이 작가는 자신의 창작력과 컴퓨터 지식을 가지고 정말 성실하게 자신의 예산을 들여 작품을 창작한 사람이었다.

---

7) 류현주, 「용의 궁전」, 『하이퍼텍스트 문학』, 김영사, 2000, 61~79면.

우리의 하이퍼 문학 담론은 크게 이론과 실험 두 가지 측면으로 고찰할 수 있다. 우선 이론 면에서는 개념에 대한 모호한 이해와 용어의 부적절한 사용 문제가 자주 발견된다. 컴퓨터 용어 자체가 이 분야의 기술이 발달한 영어권에서 용어를 차용하는 경우가 많은데 그것을 또 다시 우리말 식으로 번역하는데서 정신 분석학자들의 언어 분석 용어와 같이 의미가 "미끄러지고" 이는 또 다시 번역 차원을 넘어 우리 식 새로운 용어가 등장하는 경우가 많기 때문에 같은 개념에 대해서 서로 다른 몇 개의 용어들이 혼돈을 가중시키기도 했다. 하이퍼텍스트는 비교적 그대로 영어 용어가 사용되지만 가장 큰 문제는 기회가 있을 때마다 강조한 바와 같이 하이퍼텍스트와 하이퍼 문학이라는 용어의 혼용과 오용이다.

다음의 예를 또 보자. "시간성과 공간성에 대한 새로운 인식은 하이퍼텍스트라는 새로운 문학 형식을 통해 텍스트의 미완 구조라는 형식 미학으로 구체화된다."[8] 이렇듯 많은 사람들은 하이퍼텍스트가 곧 문학이라는 생각을 했다. 또한 개인적인 경험으로 원고 청탁을 받아 글을 넘기고 난 후 출판된 것을 보면 표제를 뽑는 사람 측에서 '하이퍼 문학'을 간단히 '하이퍼텍스트'라고 줄여 쓰곤 했는데 이것은 말의 줄임이 아니라 잘못된 표현이다.

하이퍼텍스트는 텍스트 자체를 말하는 것으로 가장 광범위한 용어와

---

8) 이용욱, 『정보화 사회 문학 패러다임 연구』, 한남대학교 대학원 박사학위 논문, 2000, 99면.
　　이용욱은 일찍이 활발한 실제 통신 공간의 문학 활동과 그에 대한 심층적 연구를 진행하였고 이론과 실제를 겸비한 초기 우리나라의 선구적 사이버 혹은 통신 문학의 대표적 연구자이다.

개념을 수반하는 것인데 그것을 정확히 하이퍼 문학이라 칭하지 않고 하이퍼텍스트라고 잘못 칭하는 것은 마치 인터넷은 문학이다라고 거창하게 말하는 것과 같다. 이것은 비유적으로 혹은 철학적으로 함축적인 명제가 될 수 있지만 적어도 담론의 주제와 관련해서 하이퍼텍스트 문학에 대한 통찰력에서 비롯된 오해는 아니다. 하이퍼텍스트가 들어간 논문, 저서를 보면 거의 모두 이 어렵고 광범위한 하이퍼텍스트란 용어를 사용하고 있지만 사실상 하이퍼 문학에 국한된 것이 대부분이다. 따라서 하이퍼링크와 텍스트 자체의 기술적인 문제는 문학적 연구자들이 대부분 문외한이기 때문에 '우리나라의 하이퍼텍스트'라는 어색한 표현이 자주 발견된다.

이러한 용어와 개념에 대한 오해는 하이퍼텍스트 링크의 맹목적 이용과 멀티미디어 편중에 잘 드러났다. 이는 문학이란 창작물의 기본적 특징은 무시하고 기술에 대한 맹신 경향으로 이 장르를 유도하는 오류를 범했다. 이는 정부에서 지원한 하이퍼 시와 소설의 프로젝트에서 잘 나타난다. 2000년 문화관광부에서 시도했던 '하이퍼텍스트와 문학' 프로젝트는 이어 쓰기를 이용한 시의 숲을 만드는 것이었다. 풀을 소재로 한 시에 총 155명의 시인이 수형도 모양으로 텍스트 가지치기를 만들고 난 후 방문객 모두에게 독자가 쓴 텍스트를 링크할 수 있도록 만든 것이다. 여기서 가장 큰 문제는 시어 거의 모두에 링크를 만들어 놓아서 글을 읽는 독자는 시상을 생각하지 않고 그 단어 자체에서 연상되는 자신의 글만 이어 붙임으로써 마치 말 이어가기 게임을 하는 듯한 결과만을 남겼다. 김수영 시인의 "풀이 눕는다"로 시작한 첫 시가 왜 마지막 링크 텍스트에 영화 '매트릭스'의 이미지로 남았는지 이해할 사람은 이 사이트에 글을 이어 붙인 몇백 명 방문객 들 중 단지 매트릭스를 썼던 마지막 사이트 방문자뿐이다. 작독자란 자신의 글만을 올려놓고 사라져버리는 유령이 아니다. 작독자는 언어텍스트의 행위예술가도 아니다. 작독자란 전체 '작품'의 구도를 생각하는 책임 있는 독자이다.

2001년 한국 서사학회 가을 정기 학술대회에 발표자로 참가했을 때 한 교수는 하이퍼 문학에 대해 이러한 질문을 한 적이 있다.

> "하이퍼텍스트는 왜 중요한가? 이 점이 해명되지 않으면 다음과 같은 비난을 받을 수 있다. 첫째, 그것은 컴퓨터로 가능한 작업이니까 한 번 해 보자는 것뿐이지, 참신하지도 않거니와 필요에 의해서 고안된 아이디어가 못 된다. 둘째, 언제까지 실험성이라고만 말할 것인가? 셋째, 하이퍼 텍스트는 인터넷 보급 운동 차원이 아닐까?"

여기서도 역시 하이퍼 문학과 하이퍼텍스트를 동일시하여 용어를 하이퍼텍스트라고 불렀지만 맥락상 하이퍼 문학에 대한 발표 이후에 이어진 질문이었으므로 이 새로운 문학 형태에 대한 질문이었다. 이 질문들은 상당히 다음과 같은 이유에서 호소력이 있다. 우선 일단 인터넷 환경에 모든 사람이 익숙해 있는 가운데 링크가 난무하는 인터넷 사이트와 이러한 문학이란 이름의 시도가 무엇이 다르냐는 이의 제기였기 때문이다. 또한 이러한 언급은 참신하지 않은 것으로 보였던 이유는 인터넷에 이미 많은 글쓰기 애호가들이 이어 쓰기 글쓰기를 선보이고 있었는데 마치 이것이 국가적 프로젝트로 새로운 실험을 하는 것처럼 하이퍼 시 실험이 전개되었던 상황에 대한 문제의식을 반영한 것이었다. 결과적으로 이 프로젝트는 근본적으로 앞선 작품에 링크를 만들어 방문객이 자신의 글을 이어 붙이는 글쓰기 방식과 이렇게 운영되고 있는 많은 문학 사이트가 기존에 존재하고 있기 때문에 문학 관계자들의 기대에 부응을 하지 못했다. 그러나 이 프로젝트는 분명 '하이퍼텍스트 시'라고 하지 않고 '하이퍼텍스트와 문학'이라는 명칭을 사용함으로써 적어도 한 번 정도 시도하는 차원으로 끝난 정도라고 볼 수 있다.

그러나 소설 프로젝트는 앞의 시 프로젝트가 가능성을 보여주었다고 관계자들이 칭하는데 비해 자칭 한국 최초의 하이퍼 소설이라고 이 장르의 선구자라고 부르면서 새로운 장르에 대한 혼란을 야기시켰다. "세계적인 수준의 하이퍼텍스트 소설"이라고 했던 '디지털 구보 2002'는 이야기 하기의 본질이 포장지의 화려한 광채에 퇴색되었다는 느낌을 주었다.

문학을 연구하는 학자와 작가가 아니더라도 이 작품의 하이퍼링크들을 보면 읽는 이들은 상당히 그 사용 목적에 신뢰감을 잃게 되고 실소마저 짓게 된다. 필자가 자주 강조하듯이 하이퍼텍스트 문학에서 경계해야 할 것은 링크의 남발이다. 이것이 독자의 몰입을 방해하기 때문이다. 소설을 읽고 있는데 중간중간에 신발, 음식, 드라마, 영화 등등 광고들이 뜬금없이 자주 나오면 어떻겠는가?

담당자들은 과연 이에 대해 얼마나 고민을 해 보았을까?

이 의문에 대한 설명을 해야만 프로젝트 때문에 고생했던 관계자들이 보람을 찾는 것이 아닌가 싶다. 혹시 창작은 문학 관련자가 하고, 하이퍼텍스트 기술은 컴퓨터 기술자가 한 것이 아닌가 의심이 간다. 그렇다면 오히려 문제는 더욱 심각하다. 이는 새로운 문학 창작 시도, 적어도 예술 분야에서 자주 시도하는 '콜라보레이션'(collaboration)이란 협업 형태의 진지한 작업이라기 보기에는 너무 아무 링크나 걸어 둔 기술의 남용과 오용의 사례를 극명히 보여주기 때문이다. 어떤 면에서는 이러한 과오를 통해 이러한 과오를 저질러서는 안 된다라는 것을 보여 주는 예로서의 역할만 한 것인지도 모른다. 관계자들이 이 분야에 뿌리를 내려온 외국의 사례에 대해 제대로 연구를 하지 못한 채 과장된 광고를 통해 프로젝트를 홍보만 하고 왜 끝마무리를 제대로 하지 못했을까? 그것은 분명 단순히 "짜잔" 하면서 '최초의…'라는 요란한 수식어에 약한 우리의 약점 때문이었으리라.

이 프로젝트가 진행되었을 해당 프로젝트 사이트는 하이퍼 문학의 대표로서 자부하며 다른 하이퍼 소설과 결합하여 소위 하이퍼 문학 전문 사이트를 표방하기도 했다. 그러나 구보 프로젝트는 앞에서 지적한 허점을 가지고 있었고 또 하이퍼링크된 다른 하이퍼 소설들은 문학 작품에 효과 음악 내지 배경으로 단순히 다른 미디어 창작물을 연결시킨 형태를 취하고 있었다. 이 전문 사이트는 문학의 이야기하기 장치에 대한 기본적 지식과 고민을 바탕으로 하고 그것을 전제로 컴퓨터 기술을 활용해야 하는데 오히려 컴퓨터 문학이라는 이름으로 컴퓨터의 기능 내지 기술을 앞세운 것에서 끝났다. 왜 링크를 만드는가? 하이퍼 문학이 되게 하기 위해서. 멀티미디어 활용의 효과는 무엇인가? 화려하게 보이기 위해서. 이러한 기본적 질문에 대해서 이렇게 밖에는 대답을 못할 정도로 이 사이트에 있는 소설물들은 설득력 있는 이 장르의 선구자 역할을 하지 못했다.

물론 우리나라에서 생소한 하이퍼 소설이란 형태를 여러 사람이 모여 시도를 한다는 자체가 대단한 모험이고 담당자로서는 매우 많은 고생을 했을 것임에 틀림없다. 그 책임자는 정말 막중한 부담과 책임감이 따랐을 것이다. 그러나 그 부담과 책임감 이전에 해당 분야에 대해 전문가라고 자부했고 또 그렇게 인정받았기 때문에 기꺼이 스스로 자처하거나 혹은 떠안았을 부담과 책임감은 아니었겠나. 창작의 경험이 있는 필자로서 이렇게 컴퓨터를 도구로 사용하는 문학 창작은 작가에게는 흥미롭지만 동시에 매우 큰 부담을 준다는 것을 누구보다 잘 알고 있다. 그러나 그렇기 때문에 더욱 기본적으로 필요한 컴퓨터 도구 내지 소프트웨어를 잘 다루어야 하지만 그에 못지않게 이러한 것을 사용하여 자신의 창작에 어떠한 매력을 줄 수 있는 가를 고민하며 기존의 인쇄물 창작과는 다른 쪽의 비선형적 전개의 목적과 방법 면에서도 신경을 써야 한다는 중요한 사실을 분명히 담아야 했다. 과장 광고들은 분명 이 문학 작품을 창작한 사람들의 목소리가 아니라 광고의 효과를 노리는 다른 기관이었을 것이고 오히려 창작 참여자들은 고민과 도전들을 해결하느라 분명히 매우 많은 고생을 했을 것이다. 그러나 하이퍼 소설이 기존의 인쇄물 소설과 어떤 면에서 다른지를 보여 주기 위해서는 단지 외양적으로 하이퍼텍스트와 멀티미디어를 사용한 것만 강조되어서는 안 된다.

그러면 여기서 제기되는 문제는 과연 어떠한 기준으로 하이퍼 소설을 평가할 것인가, 그리고 우리나라에서는 언제까지 이론만 논의된 채 제대로 된 작품을 가지고 그 이론을 전개 시킬 수 있을 가에 대한 것이었다. 인쇄 문학에서 그러하듯 전자 문학에서도 첫 번째 질문은 여러 개의 의견이 있을 수 있고 더욱이 컴퓨터를 사용한 새로운 형태의 문학에서는 그 기준이 더욱 모호하다. 그러나 하이퍼 문학에 대해 좋고 나쁘고의 평가를 내리기 전에 이것이 하이퍼 문학이라는 이름 자체로 불릴 수 있는 지에 대해서는 합의점을 찾을 수 있는데, 그 근거와 내용은 이미 앞에서 설명한 바와 같다. 두 번째에 대한 고민 또한 첫 번째의 것과 매우 유사한 관계를 가지고 있는데, 그 답은 매우 분명하다. 하이퍼 문학이라고 적어도 명칭을 사용할 수 있을 정도의 하이퍼 문학 기반을 닦은 후 문학 창작 결과물을 비록 습작 창작 수준이라도 발표하는 것이 바람직하다고 생각한다. 인쇄물 창작자들이 그러했듯이 하이퍼 소설 창작에 뜻이 있는 사람들 또한 기존에 발표되어 많은 사람들이 인용하고 있는 교과서적 작품 정도는 그것이 영어로 되어 있더라도 사전을 참고하면서 그룹 연구를 통해 읽을 정도로 기본적 연구가 필수적으로 선행되었어야 했다.

하이퍼 문학 프로젝트로서 시와 소설에 대한 두 시도가 이루어졌으나 하이퍼 문학에 대한 분석적 논의 역시 수에 있어서는 압도적이었지만 모두 외국 문학 이론가의 그것을 반복하는 정도였다. 그 많은 논의와 주장 속에 정작 우리나라의 이러한 프로젝트 사례에 대한 고찰이 없었다는 것은 이를 잘 말해 준다.

이러했던 것에 비해 많은 학문 후속 세대와 미래 작가들은 컴퓨터 매체를 활용한 문학에 대해 보다 높은 진지한 관심을 가지고 있다. '진지하다'는 것은 말이 아닌 실제 창작의 장에 컴퓨터 도구를 열심히 활용하려고 시도했고 또 시도하고 있는 사람들이었기 때문에 그리고 무엇보다 일회성 호기심과 시류에 합류하는 앞서간다는 인식보다 지속적으로 이에 대한 관심을 가지고 작업을 해 오고 있기에 붙인 말이다. 물론 여기서 단지 원고지 대신 컴퓨터 화면에 워드 작업하는 정도의 작업을 이렇게 부른 것은 아니다. 그래서 이들은 컴퓨터의 창작 도구 활용 면에서도 유용한 지식을 많이 가지고 있고 활용도 잘 하고 있는 것을 쉽게 목격할 수 있다.

하이퍼 문학은 먼저 시작하여 오랜 역사를 가지고 있는 외국에서도 대중성보다는 실험성에 치우쳐 있었던 것이 사실이다. 그러나 이는 하이퍼 소설 작가들이라고 불리거나 혹은 하이퍼 소설의 새로움에 주목하여 작품 발표와 논의가 이루어지지 않는다는 뜻일 뿐이다. 여기서 주목할 것이 있다. 이것이 한때의 반짝하던 하이프로 끝났다는 것이 아니라 현재까지 진행되고 있다는 점이다. 하나의 독자적인 작품으로 발매되는 하이퍼 소설은 아니지만 이미 하이퍼링크와 텍스트를 통해 인터넷에서 굳이 화려하고 생소한 '하이퍼 문학'이란 이름이란 말을 사용하지 않고도 작품 활동과 공유는 꾸준히 전개되고 있다. 외국 대학에서 전자 문학 강좌가 활발히 이루어지고 있고 그 문학 강좌의 필수가 하이퍼 문학 고전 탐험 및 창작이다. 여기서 중요한 것은 전자 문학의 핵심 과목은 컴퓨터 활용 수업이 아니라 문학 이론과 고전이라는 사실이다. 이러한 기본에 충실한 연구 풍토는 미국의 컴퓨터 게임 회사의 예에서도 잘 나타나 있다. 우리나라에서는 과거, 게임의 기본이 되는 이야기 소스에 대한 관심과 투자가 저조했었다. 이에 비해 미국은 게임 사업의 시작부터 일렉트로닉 아트사와 같이 장대한 계획을 가진 게임 개발사들의 경우 정기적으로 문학 고전 강의를 회사에서 진행했었다. 게임 개발자들이 문학 공부를 하고 있다는 사실은 쌍방향성과 내러티브가 결합된 미래의 문학 형태에 대한 연구는 물론 게임 개발의 기저를 얼마나 단단히 다져 왔던가를 잘 보여 주는 것이다.

우리나라에서 국가 차원으로 진행했던 하이퍼 시와 소설 프로젝트가 반짝 행사로 끝나기에는 문학 사업치고 전례 없이 대대적인 국민의 세금이 투자 되었고 관계자들의 고생 또한 많았다. 그것이 소문만 요란한 한 차례 잔치로 끝나지 않기 위해서는 이 두 프로젝트 결과물에 대한 면밀한 분석과 연구가 더욱 활발하게 이루어져야 했다. 더욱이 하이퍼 문학에 대한 논의 현장에서 너무 외국의 사례 일변도가 아니냐고 하이퍼 문학 담론에 이의를 제기했던 사람들은 스스로 우리나라 프로젝트에 대한 연구에는 왜 좀 더 적극적으로 진지한 관심과 애정을 보이지 않았는지 물어볼 필요가 있다.

아울러 필자는 이 기회에 비록 실망스러웠다고 하더라도 진심어린 애정을 가지고 해당 사이트를 방문해서 진지하게 고민했던 작가들과 문학을 가르치는 사람들[9]에게 존경심을 표하고 싶다. 그리고 최초라는

---

9) 개인적인 서신을 통해 함께 고민을 하고 의견을 나누어 주신 박덕규 선생님이 생각난

것에 현혹되어서가 아니라 새로운 문학 형태를 몸소 창작하고 체험해 보고자 '위험한 모험'을 한 사람들에게 감사함을 표하는 기회는 좀 더 있어야 될 것 같은 아쉬움이 남는다.

우리나라 정부 지원으로 문학계에서 실험하였던 두 프로젝트 <언어의 새벽>과 <구보 프로젝트>의 문제 핵심은 컴퓨터 도구와 소프트웨어의 남용이 부족한 창의력과 기본적 서사성을 보완해 주는 것은 아니라는 점이다. 시대 조류에 신속하게 부응하기 위해 컴퓨터를 사용하는 예술가들이 유념해야 하는 것은 쌍방향 작용의 기본은 인지 활동이지 신체 활동이 아니라는 점이다. 눈으로 보고 손을 움직여 종이 책 페이지를 넘기거나 마우스로 클릭하는 표면적 신체 활동은 머리와 마음에 생각과 상상이란 보이지 않는 사유와 느낌의 활동을 전제로 이루어진다. 인지적 상호작용을 전제로 하지 않고 맹목적으로 많은 링크를 만들거나 익명의 수많은 텍스트 수용자들 모두에게 텍스트를 이어 붙이도록 하는 현재의 인터넷 웹 디지털 내러티브에서 쌍방향성은 수용자의 마우스 클릭과 키보드 동작에만 편중되어 있다.

무작위로 모든 사람을 참여 시켰다고 해서 예술의 협업은 아니다. 협업이 되려면 강요나 지시는 아니지만 전체 그림에 대한 작품의 방향성은 정해져야 하고 이에 따라 하나의 작품으로서 참가자들이 참여할 때만 가능해 진다. 인터넷에서 작품을 공모할 때 수많은 사람들의 이어붙이기식으로 전개되는 것을 하나의 작품으로 인정하지 않는 것은

다. 박 선생님께서는 소설가이면서 당시 협성대학교에서 문학 강의를 할 때 가르치는 학생들에게 디지털 구보 프로젝트 사이트를 방문하여 독자로서 새로운 문학 형식을 접한 경험을 나누면서 수업을 진행하신 것으로 알고 있다.

이러한 이유에서이다. 물론 '하나의 작품'이란 것이 어패가 있는 표현일 수도 있다. 그러나 하나의 프로젝트라고 바꾸어도 거기에는 방향성과 작품이 의도하는 바를 실현하기 위한 일정한 규칙은 있어야 되는 것이다. 아니면 설령 그것이 무작위로 붙여 놓는다고 했을 때도 그렇게 해서 추구하는 것이 무엇인지 공감할 수 있는 설득력은 적어도 그 프로젝트 혹은 프로젝트로 진행되는 '작품'은 지니고 있어야 하는 것이다.

수용자의 인지적, 지각적, 감정적 상호작용을 고려하지 않은 내러티브에서 쌍방향성은 오히려 수용자들의 내러티브 몰입을 방해한다. 이것이 현재 웹에서 발표되고 있는 쌍방향 내러티브의 가장 큰 문제점들이다. 우리나라의 컴퓨터 내러티브 담론 또한 내러티브에 대한 기본적 이해와 고민 없이 쌍방향성과 멀티미디어의 컴퓨터 기술에만 지나치게 무게를 두었다. 컴퓨터 매체의 특성을 인쇄물에도 적용하여 내러티브 기법과 발전 차원에서 전자물을 수용할 때 디지털 내러티브는 진정한 이 시대의 대표적, 대중적 내러티브로 자리매김 될 수 있을 것이다.

필자는 이 책을 다음과 같은 확신으로 썼다. 인간의 마음은 가장 훌륭한 스토리텔러라는 것을. 그리고 창의성이야말로 가장 첨단적 기술이라는 것을. 이제 이 책을 다음과 같은 꿈을 꾸며 마치려 한다. 이야기는 매체와 기술을 넘어 계승될 것이다. 그리고 이야기와 기술은 정말 행복하게 결혼할 수 있다.

고위공.『문학과 미술의 만남』, 미술문화, 2004.

김득렬. "'한국판 반지제왕의 꿈' 제2회 NHN 게임문학상 시상식",『게임메카』, 2011년 11월 21일자, http://www.gamemeca.com/news/news_view.html?seq=26&ymd=201111 21

김민영.「2001년 한국의 사이버 문학과 판타지」,『21세기 문학』, 여름호, 2001.

남정석. "NHN, 제2회 NHN 게임문학상 시상식 21일 개최", 2011년 11월 21일자,『스포츠신문』, 문화체육관광부, "제5회 대한민국 디지털작가상 시상식 개최", 2011년 1월 12일.

낸시 케이슨 폴슨, 정경원 외 역.『보르헤스와 거울의 유희』, 태학사, 2002.

류현주.『컴퓨터 게임과 내러티브』, 현암사, 2003.

_____.『하이퍼텍스트 문학』, 김영사, 2000.

『부산ICON 국제콘텐츠 개발자회의』, 발표 자료집. 부산정보산업진흥원, 2007.

『부산 문화콘텐츠산업 현황 조사보고서』, 부산정보산업진흥원, 2005.

스티븐 잭슨과 이안 리빙스톤. 윤현화 역.『불꽃산의 마법사』, 그린북, 2003.

에스판 올셋, 류현주 역.『사이버텍스트』, 글누림출판사, 2007.

왕진오 "문학과 미술의 만남 가나아트 기획전", http://blog.naver.com/PostView.nhn?blogId=wangpd&dogNo=120121739400

윤종석 역.『디지털 시대의 글쓰기』, 문예출판사, 1998.

이가림.『미술과 문학의 만남』, 월간미술, 2000.

이용욱.『사이버문학의 도전』, 토마토, 1996.

_____.『온라인게임 스토리텔링의 서사시학』, 글누림출판사, 2009.

이창복.『문학과 음악의 황홀한 만남』, 김영사, 2011.

이인화 외.『디지털 스토리텔링』, 황금가지, 2003.

자넷 머레이. 한용환, 변지연 역.『인터랙티브 스토리텔링』, 안그라픽스, 2001.

장노현. 『하이퍼텍스트 서사』, 예림기획, 2005.

저작걸이전 운영위원회. '전시개요', "저작걸이展", http://www.jeojag-geori.com

최유찬. 『컴퓨터 게임의 이해』, 문화과학사, 2002.

_____. 『컴퓨터 게임과 문학』, 연세대학교 출판부, 2004.

츠베탄 토도로프 이기우 역. 『환상문학 서설』, 한국문화사, 1996.

호르헤 루이스 보르헤스 황병하 역. 「끝없이 두 갈래로 갈라지는 길들이 있는 정원」, 『보르헤스 전집 2: 픽션들』, 민음사, 2004.

Aarseth, Espen J. *Cybertext: Perspectives on Ergodic Literature*. Johns Hopkins U. Press, 1997.

Adams III, Roe R. EXEC INFOCOM: Adventures in Excellence. *Softalk Magazine*, October 1982.

Addams, Shay. "The Wizards of Infocom", *Computer Games*, February 1984.

Attebery, Brian. "Science Fantasy and Myth", George Edgar, et al. *Intersections: Fantasy and Science Fiction*. Southern Illinois U. Press, 1987.

Bal, Mieke. *Narratology: Introduction to the Theory of Narrative*. Christine van Boheemen (trans.), U. of Toronto Press, 1985.

Barthes, Roland. "Introduction to the Structural Analysis of Narratives", *Image-Music-Text*. Fontana, 1977.

_____. "Theory of the Text", *Untying the Text: A Post-Structuralist Reader*. Robert Young. (ed.), Routledge and Kegan Paul, 1981.

Bartle, Richard. "Interactive Multi-User Computer Games", MUSE, 1990.

Blank, Marc and Lebling, David. *Zork I: The Great Underground Empire*. Computer Game. Infocom, 1981.

Bolter, J. David. Writing Space: *The Computer, Hypertext, and the History of Writing*. Lawrence Erlbaum, 1991.

_____ & Richard Grusin. *Remediation: Understanding* New Media. MIT Press, 1999.

Borges, Jorge Luis. *Ficciones*. Grove Press, 1962.

Brian, Attebery. "Science Fantasy and Myth", George Edgar, et al. *Intersections: Fantasy and Science Fiction*. Southern Illinois U. Press, 1987.

Brooks, Peter. *Reading for the Plot*. Harvard U. Press, 1992.

Bush, Vannevar. "As We May Think", *Atlantic Monthly* 176, July 1945. pp.17~35, pp.101~108.

Chatman, Seymour. *Story and Discourse: Narrative Structure in Fiction and Film*. Cornell U. Press, 1978.

Coover, Robert. "The End of Books", *The New York Times*, June 21, 1992.

Darley, Andrew. *Visual Digital Culture*. Routledge, 2000.

_____. "Zork and the Future of Computerized Fantasy Simulations", Byte. 1980.

Dinkla, Soke. *Connected Cities: Processes of Art in the Urban Network*. Hatje Cantz Publishers, 2000.

Douglas, Coupland. *Generation X: Tales for an Accelerated Culture*. St. Martin's Press, 1992.

Douglas, J. Yellowlees. "The End of Books—Or Books without End?", *The Interactive Narratives*. U. of Michigan Press, 2000.

Elmer-De Witt, Philip and Jamie Murphy. "Computers: Putting Fiction on a Floppy", *Time*. December 5, 1983.

Firme, Matthew A. "This Ain't Your Daddy's Game or How I Learned to Stop Whining About Text Parsers and Love the Bomb", *PC Gamer*, 1982.

Genette, Gérard. *Narrative Discourse: An Essay in Method*. Jane E. Levin. (trans.), Cornell U. Press, 1980.

Goodheart, Eugene. *Does Literary Studies Have a Future?* U. of Wisconsin Press, 1999.

Goodreads, "Leonard da Vinch quotes", http://www.goodreads.com/author/quotes/13560.Leon ardo_da_Vinci.

Goetz, Phil. "Interactive Fantasy 1", *Interactive Fiction and Computers*. Crashing Boar Books, 1994.

Haraway, Donna. *"Cyborg Manifesto: Science, Technology and Socialist-Feminism in the Late Twentieth Century"*, *Simians. Cyborgs, and Women: The Reinvention of Nature*. Routledge, 1985. pp.149~181.

Holland, Norman N. *The Dynamics of Literary Response*. Oxford U. Press, 1968.

_____ and J. Niesz, Anthony and Norman N. Holland. "Interactive Fiction", *Critical Inquiry* 11. U. of Chicago Press, 1984. pp.120~135.

Iyer, lars. "Nude in your hot tub, facing the abyss(A literary manifesto after the end of literature and manifestos", *The White Review*, http://www.thewhitereview.org.

Jackson, Rosemary. *Fantasy: The Literature of Subversion*. Methuen, 1981.

Juul, Jesper. *A Clash Between Game and Narrative*. MA thesis. U. of Copenhagen, 1999.

Joyce, Michael. *Of Two Minds: Hypertext Pedagogy and Poetics*. U. of Michigan Press, 1995.

_____. *Afternoon, a story*. Eastgate Systems, 1990. computer disk.

Kernan, Alvin. *The Death of Literature*. Yale U. Press, 1990.

Landow, George. *Hypertext* 2.0. Johns Hopkins U. Press, 1992.

_____. *Hyper/Text/Theory*. Johns Hopkins U. Press, 1994.

_____. *Hypertext 3.0*. Johns Hopkins U. Press, 2006.

Lebling, David. "Zork and the Future of Computerized Fantasy Simulations", *Byte*, 1980.

_____. Mark Blank and Timoth Anderson. "Zork: A Computerized Fantasy Simulation Game", IEEE *Computers Magazine*, 1979.

Leitch, Thomas M. *What Stories Are*. Penn State U. Press, 1986.

LiestÖl, Gunnar. "Wittgenstein Genette, and the Reader' Narrative in Hypertext", *Hyper/ Text/Theory*. Johns Hopkins U. Press. George Landow. (ed.), 1994. pp.87~120.

Lievrouw, Leah A & Sonia Livingstone. *The Handbook of New Media*. Sage Publications. 2006.

Lister, Martin. Kieran Kelly, Jon Dovey, Seth Giddings and Iain Grant. *New Media: A Critical Introduction*. Routledge, 2003.

Martin, Wallace. *Recent Theories of Narrative*. Cornell U. Press, 1986.

Maxwell, James Clerk. "On governors", *Proceedings of the Royal Society 16*, 1868. pp.270~283.

McConnell, Frank D. "Will Deconstruction Be the Death of Literature?", *The Wilson Quarterly*. Woodrow Wilson International Center for Scholars, Winter 1990.

McLuhan, Marshall. *Understanding Media: The Extension of Man*. The New American Library, 1964.

Murray, Janet. *Hamlet on the Holodeck*. The Free Press, 1997.

Nelson, Theodor Holm. *Literary Machines*. Mindful Press, 1993.

_____. "Opening Hypertext: A Personal Memoir", *Literacy Online: The Promise(and Peril) of Reading and Writing with Computers*. U. of Pittsburg Press. 1965.

Prince, Gerald. *Dictionary of Narratology*. U. of Nebraska Press, 1987.

Propp, Vladimir. *Morphology of the Folktale*. 2d ed. Laurance Scott. Austin. (trans.), U. of Texas Press, 1968.

Rieser, Martin and Andrea Zapp. (eds.) *New Screen Media: Cinema/Art/ Narrative*. BFI, 2002.

Rimmon-Kenan, Sholomith. *Narrative Fiction: Contemporary Poetics*. Methuen, 1983.

Rothstein, Edward. "Reading and Writing: Participatory Novels", BOOK REVIEW. *The New York Times*. May 8, 1983.

Ryan, Marie-Laure. *Narrative across Media*. U. of Nebraska Press, 2004.

Said, Edward. "Restoring Intellectual Coherence", *MLA Newsletter*, Vol, 31, No. 1, Spring 1999.

Shklovsky, Victor. "Art as Technique", *Russian Formalist Criticism: Four Essays*. Lee T. Lemon, Marion J. Reis. (trans.), U. of Nebraska Press, 1965. pp.3~24.

Stern, Andrew. "Interactive Fiction: The Story is Just Beginning". *IEEE Intelligent Systems and Their Applications 13.6*, 1998.

Szeemann, Herald. "When Attitude Becomes Form", 『비엔날레, 숨쉬는 도시를 위하여』 부산 비엔날레 학술 심포지엄 발표집. 부산비엔날레조직위원회, 2007.

Wedeles, Lauren."prof. Nelson Talk Analyzes P.R.I.D.E", *Vassar Miscellany News*. February 3, 1965.

Wiener, Norbert. *Cybernetics: or Control and Communication in the Animal and the Machine*. MIT Press, 1961.

William, Gibson. *Neuromancer*. An Ace Book. Berkley Publishing Group, 1984.

Williams, Noel. "Computers and Writing", *Computers and Writing*. Butler, Christopher S. (ed.), Blackwell, 1992. pp.247~266.